Herstellung und Verlag:
BoD - Books on Demand, Norderstedt
ISBN 978-3-7412-5207-5

MIX
Papier aus verantwortungsvollen Quellen
Paper from responsible sources
FSC® C105338

Für meine Eltern Rupert und Maria
– ohne die ich nicht sein würde.

Für Theresa und Levi
– ohne die ich nicht sein möchte.

Personen

Mia Schöndorf: die neue Kommissarin
Steinmeier: Dorfpolizist
Toni Hammerdinger: Kommissar im Ruhestand

Gabi Steinmeier: Ladenbesitzerin und Mutter von ‚Steinmeier'

Albrecht Zilles: Lehrer
Silvia Zilles: seine Frau
Johanna Zilles: ihre Tochter

Theodor Stenzel: Powertexx-Erfinder, ehemals Kapellmeister
Edwin Stenzel: Bruder von Theodor, Geschäftsführer, geschieden, alleinerziehend
Bernhard (Bernie) Stenzel: Sohn von Edwin Stenzel

Andi Bauknecht: 13 Jahre alter Superman-Fan
Rudi Bauknecht: jüngerer Bruder
Evelyn Bauknecht: ihre Mutter
Hans Bauknecht: ihr Vater

Maxl: Schulkollege von Andi
Leni Rosenbach: Schulkollegin von Andi

Herbert (Bertl) Kohlböck: Bürgermeister, Obmann der Musikkapelle
Trudl: seine Frau

Helmut Kastner: Dorfarzt

der dicke Roli: Bankdirektor, verheiratet, 2 Kinder
Gerti: seine Frau

Rosi: Kellnerin

Herkules (alias Thomas): Stammtischgeselle

Fanny: Mitglied der Kaffeerunde

Karl: alleinstehender Bauer vom Moarhof

Franz Kaltenberger: alter Einsiedler

4 Jahre zuvor

»Das kannst du nicht machen!«, schrie sie ihn an.
»Sicher kann ich das machen!«, brüllte er zurück.
»Das hätte ich schon längst tun sollen, Silvia!«
»Aber denkst du dabei auch an mich oder an Johanna?«
»Ich habe immer an Johanna gedacht! Und ich habe auch immer an dich gedacht! Das lass ich mir von dir nicht vorwerfen! Fünfzehn Jahre lang habe ich euch immer unterstützt, mit Geld und wer weiß was sonst noch! Fünfzehn Jahre sind das jetzt schon. Siebzehn Jahre gehen wir miteinander ins Bett und fünfunddreißig Jahre kenne ich den Albrecht. Seit fünfunddreißig Jahren ist er mein bester Freund und die Hälfte der Zeit hab ich ihn hintergangen – habe mit seiner Frau geschlafen. Habe ihm mein Kind ins Nest gesetzt – wie ein Kuckuck! Glaubst du nicht, dass es an der Zeit wäre, reinen Tisch zu machen? Johanna ist jetzt wohl alt genug, die Wahrheit zu ertragen. Und wir sind es auch, oder nicht? Außerdem soll es nicht zu Johannas Nachteil sein. Morgen habe ich einen Termin beim Notar, dort werde ich mein Testament zu ihren Gunsten ändern. Schließlich ist sie mein einziges Kind.«
Silvia antwortete nicht sofort. Sie sog den benzolhaltigen Duft des Labors ein und ließ ihren Blick schweifen.

Textilien, Chemikalien, Apparaturen und Abzüge. Unbewusst blieb ihr Blick an einem offenen Notizbuch haften, dem ein Gewirr aus unlesbaren und handschriftlichen Zahlen und Zeichen entsprang, das sie aber nicht weiter beachtete.

Ihr Herz raste. Tausend Gedanken gingen ihr durch den Kopf. Wenn Theodor ihre Affäre auffliegen ließ, würde sich ihr Mann scheiden lassen. Das wäre das Ende von allem Gewohnten. Sie müsste in eine kleine Wohnung ziehen und sich einen Job suchen. Auch wenn die Ehe mit Albrecht nicht ihr Lebenstraum war, weil sie ihn nie geliebt hatte, so hatte sie sich doch ganz gut eingerichtet. Er hatte wenigstens den Anstand, sie zu heiraten und ordentlich zu versorgen – ganz im Gegensatz zu Theodor, den sie zwar geliebt hatte, der aber nie den Mumm besaß, sich wirklich mit ihr einzulassen. Ihm genügte allein das Vergnügen mit ihr. Selbst als sie ein Kind von ihm erwartete, wollte er keine Verantwortung übernehmen. Hier ein kleines Geschenk, dort ein größerer Geldbetrag – alleine darauf beschränkte sich seine Fürsorge. Und Albrecht, dieser Naivling, glaubte tatsächlich, dass Theodor dies alles aus Freundschaft zu ihm tat. Aber momentan war er weder ein Freund der Familie noch ein Geliebter, für den es wert war, irgendetwas aufs Spiel zu setzen. Er war egoistisch und selbstsüchtig.

Wie immer denkt er nur an sich und sein *schlechtes Gewissen.* Wie hatte sie so einen selbstherrlichen Menschen nur jemals lieben können?

»Ich bitte dich! Denk noch einmal darüber nach! Sei nicht so egoistisch!« Wut schnürte ihr beinahe die Kehle zu.

»Sei nicht so egoistisch? Ich bin egoistisch? – Ich bin es doch, der an den Albrecht denkt. Ich bin bereit, meine Freundschaft zu opfern.«

»Eine feine Freundschaft ist das!«, sagte Silvia sarkastisch. »Nach siebzehn Jahren kommst du plötzlich drauf, dass du ein Gewissen hast? Weißt du überhaupt, was das für mich und Johanna bedeutet? Und für meinen Mann? Du zerstörst unsere Familie! Ein schöner Freund bist du!«

Silvia war außer sich vor Wut und es erforderte ihre äußerste Beherrschung, um nicht die Kontrolle zu verlieren.

Theodor schwieg und nahm eine Packung Zigaretten und ein Feuerzeug aus seiner Hemdtasche. Nachdem er sich einen Glimmstängel angesteckt und einen tiefen Zug genommen hatte, sagte er: »Es ist ohnehin zu spät. Meine Entscheidung ist gefallen. Und auch du kannst nichts mehr daran ändern.«

»Wie kannst du nur so borniert sein?« *Versteht er denn nicht, dass er gerade mein Leben ruiniert?* »Du bist echt das Letzte! Du bist der größte Saukerl von allen, ein Riesenarschloch! Es war ein Fehler, jemals etwas mit dir anzufangen!«

Ihre Hände zitterten, als sie nach dem Becherglas auf dem Labortisch griff, das zu ihrer Rechten stand und mit einer klaren Flüssigkeit gefüllt war. Mit einer flinken Handbewegung schüttete sie ihm den Inhalt ins Gesicht.

Schlagartig entzündete die glimmende Zigarette die Flüssigkeit und setzte Theodors Kopf und Schultern in Brand. Er schrie wie am Spieß.

Silvia entfuhr ein Aufschrei. Dann hielt sie sich die Hand vor den Mund. Das wollte sie nicht! *Ich dachte es wäre Wasser! Wie konnte das geschehen?!* Die Schreie, das Feuer und der Gestank ließen Panik in ihr aufsteigen.

In jedem ordentlichen Labor gab es für Situationen wie diese eine Notbrause, falls jemand in Kontakt mit Chemikalien kam. Allerdings schien Theodor nichts mehr zu sehen, weil seine Augen verbrannt waren und der Schmerz ihm die Denkfähigkeit raubte. Und so kauerte er sich orientierungslos, schreiend und um sich schlagend in eine Ecke.

Kurz dachte Silvia daran, ihm zu helfen. Doch die Sekunden verstrichen und sie stand wie gelähmt. Dann kam ihr der Streit wieder in den Sinn. Konnte sie die Situation vielleicht für sich nutzen? Schließlich war es ein Unfall, den Theodor selbst provoziert hatte und keine unmittelbare Absicht. Woher hätte sie wissen sollen, dass sich in dem Glas kein Wasser befand? Es hatte schließlich so ausgesehen. Ihr Blick glitt zu der Stelle, an der zuvor das Becherglas gestanden hatte. Gleich daneben stand eine 2,5l Vorratsflasche Aceton, bedruckt mit einem orangen Gefahrenzeichen, das *leicht entzündlich* symbolisierte.

Silvia stellte das Becherglas wieder ab, hob die immer noch glimmende Zigarette vom Boden auf, die Theodor fallengelassen hatte. Ein kurzes Zögern, dann warf sie ihm die Zigarette hinterher. Kurz zuckte sie, als sie den

Gestank verbrannter Haare und Haut wahrnahm. Es war, als hätte eine fremde Macht von ihr Besitz ergriffen, der sie nichts entgegenzusetzen hatte. Sie zog ihren Pullover über die Hände, nahm die Flasche mit dem Aceton und schleuderte sie vor Theodor auf den Boden. Die Explosion ließ sie zurückweichen. Theodors Geschrei steigerte sich für einen Moment, stieg in ungeahnte Höhen, bevor er bald darauf verstummte.

Silvia packte das Becherglas, das sie zuvor berührt hatte, und verließ eilig das brennende Labor. Hastig wischte sie die Türklinke ab.

Hoffentlich habe ich keine Spuren hinterlassen! dachte sie, als sie in ihr Auto stieg. Sie sah sich verstohlen um, doch auf der Straße war niemand zu sehen. Es konnte jedoch nicht mehr lange dauern, bis jemand das Feuer bemerkte. Sie wusste, es würde keinen Feueralarm geben, der Feuermelder war nutzlos. Theodor hatte ihn deaktiviert, weil er zu oft Alarm schlug, wenn er rauchte. Und da es sein Privatlabor war, konnte er sich die Vorschriften selbst machen. Aber es hätte ihn ohnehin kein Feuermelder mehr retten können. Textilien, Chemikalien und Einrichtung fingen Feuer und beendeten das, was das Lösungsmittel begonnen hatte.

Kaffeerunde

Trudl: »Grauenhaft! Ich glaube ja nicht, dass das ein Unfall war. Mein Mann sagt, er hat etwas erfunden. Einen neuen und revolutionären Stoff. Bei so etwas geht es immer um Geld. Und wo es um Geld geht, da sind die Meuchelmörder nicht weit.«

Gabi: »Aber geh! Das kannst du doch gar nicht wissen.«

Trudl: »Na sicher weiß ich das! Er hat ja mit meinem Bertl drüber gesprochen.«

Silvia: »Über was haben die gesprochen?«

Trudl: »Na, über die Erfindung vom Stenzel. Dieser neue Stoff. Der Bertl wollte ihm im Namen der Gemeinde ein Grundstück für eine neue Fabrik geben. Ihr kennt ja meinen Bertl, als Bürgermeister hat er immer das Wohl der Gemeinde im Sinn. Und da hätten dann alle etwas davon gehabt. Wir die Arbeitsplätze, die Gemeinde die Steuereinnahmen und der Stenzel den Gewinn. Aber der Stenzel hat abgelehnt.«

Gabi: »Ja warum denn jetzt das?«

Trudl: »Na, warum wohl? Weil er nicht besser war wie alle anderen. Gierig durch und durch. Das war ihm zu wenig. Am liebsten hätte er die Fabrik in China gebaut und keine Steuern gezahlt. Silvia, du und dein Mann, ihr habt ihn doch besser gekannt. Was kannst du uns dazu sagen?«

Silvia: »Eigentlich nichts. Zumindest nichts Schlechtes. Mir ist nicht bekannt gewesen, dass er eine Fabrik in China hätte bauen wollen. Von dieser Erfindung weiß ich auch nichts. Ich glaube, dass das nur ein Gerücht ist.«

Fanny: »Ich glaube auch nicht, dass er so ein schlechter Mensch war. Weil ein schlechter Mensch hätte in seinem letzten Willen nicht so eine großzügige Spende veranlasst.«

Gabi: »So großzügig ist das auch wieder nicht. Die Musikkapelle bekommt das Geld nur, wenn sie jahrein jahraus nur dieses eine Lied spielt. Da muss man schon ein bisschen sadistisch veranlagt sein, wenn man sich so etwas einfallen lässt.«

Rosi: »So schlimm ist das jetzt auch wieder nicht. Und verstehen tu ich es auch. Er wollte sich halt ein Denkmal setzen, der selige Herr Erfinder und Kapellmeister. Und Statuen gibt es ja wirklich schon genug. Das ist doch mal etwas anderes.«

Trudl: »Aber das Denkmal hätte er sich sparen können. So schnell vergisst den Abgang von ihm keiner mehr.«

Gabi: »Ein wenig komisch finde ich diesen Unfall aber schon. Man möchte meinen, dass so ein vielseitiger und intelligenter Mann mit Chemikalien umzugehen weiß.«

Rosi: »Aber wenn er doch nebenbei geraucht hat. Und dazu hat er auch noch den Feuermelder abgeschaltet. Grob fahrlässig war das, das hat die Polizei gesagt.«

Silvia: »Eben. Ich glaube auch, das war ein ganz normaler Unfall.«

Gegenwart - Faschingsdienstag

»Andi, jetzt geh weiter!«

»Ja, ich tummle mich eh schon! Wo ist denn mein Kostüm?«

»Na, in deinen Schrank hab ich es dir hinein gelegt! Wo soll es denn sonst sein?«

»Ahh! Was ist denn das? Ein grünes Cape? Ein grünes Cape!«, fügte Andi nochmals schreiend hinzu und kam verzweifelt weinend die Treppe runter. Nur mit Unterhose und Unterleiberl stand er nun im Vorhaus, wo sich seine Mutter Evelyn mit einem knallroten Lippenstift vor dem Spiegel gerade den letzten Schliff verpasste.

»Mama, das geht doch nicht! Ich kann doch nicht mit einem speigrünen Cape als Batman in den Fasching gehen! Die lachen mich ja aus!«

»Aber geh' Andi! Jetzt gehst schon sechs Jahre als Batman. Du bist dreizehn Jahre alt, bald hast du eh keine Lust mehr auf dieses Kostüm! Wenn du glaubst, dass ich extra einen teuren Stoff kaufe, damit ich einen Fetzen zum Umhängen daraus machen kann, dann hast du dich geschnitten!«

»Aber die lachen mich doch alle aus!« sagte er weinerlich.

»Wieso denn? Es ist Fasching und gerade da ist doch egal, wie man daher kommt!«

»Ja genau, gehst halt als *Fetznman*«, sagte Rudi, sein zehnjähriger Bruder, der aus dem Wohnzimmer hinzutrat.

Auch er war, seinem Bruder ähnlich, ein recht korpulentes Kind. Deshalb gab er als *Zorro* ein komisches Bild ab, als er so dastand, mit schwarzem Langarm-Shirt, das eng anliegend gerade noch seinen Bauch bedeckte, und den schwarzen Leggins. Schwarze Augenmaske, schwarzer Hut und Plastik-Degen inklusive.

»Rudi, sei still!«, maßregelte ihn seine Mutter. »Und pass ja auf meinen Hut auf! Den brauche ich noch, das ist mein einziger Begräbnishut!«

»Andi! Und du mach jetzt schnell, weil sonst bleibst du da!«

»Ma he!«, sagte er niedergeschlagen. »Das ist so gemein!« Resigniert schlurfte er zurück ins Kinderzimmer.

»Also was ist? Seid ihr dann fertig?«, fragte Hans Bauknecht, als er zur Tür hereinkam und dabei fast mit seiner Frau kollidierte, die immer noch vor dem Spiegel stand.

»Ja, wir sind eh schon fertig.«, gab sie zur Antwort.

»Andi, wir fahren jetzt!«, rief sie noch einmal.

»Als was geht denn ihr?«, fragte Rudi und runzelte die Stirn.

»Sieht man das nicht?«, fragte seine Mutter und drehte sich dabei einmal um ihre Achse.

»Als Bauer und Bäuerin.«

»Aber ihr habt euch ja gar nicht verkleidet. Ihr schaut ja aus wie immer!«

»Wir sind ja auch Bauern, deswegen haben wir uns auch angezogen wie immer.«

»Aber Hans, mit den dreckigen Gummistiefeln für den Stall kannst du wirklich nicht fahren.«

»Wieso nicht? Ich hab sie doch abgespritzt! Und jetzt geht's weiter, der Umzug beginnt gleich, Evelyn! Andi, wo bleibst denn?«

»Ja, ich komm schon!«, sagte dieser kleinlaut und kam in seinem Kostüm mit gesenktem Kopf heran.

»Ich habe mir gedacht, du gehst heuer auch wieder als Batman?« fragte ihn sein Vater, worauf ihm seine Frau sofort einen Stoß mit dem Ellbogen versetzte und ihn böse anblickte.

Genauso unmittelbar trällerte Rudi: »*Naa*! Der geht heuer als *Fetznman*!«

»*Ma geh*!« Andi brach in Tränen aus. »Nicht einmal der Papa erkennt mich als Batman!«

»Der Papa hat doch nur Spaß gemacht!«

»Ja genau!«, sagte dieser schnell, um nicht noch einen bösen Blick von seiner Frau zu ernten. »So, und jetzt fahren wir! Kommt! Hinaus mit euch ins Auto!« Jeder weitere Protest war zwecklos und so verließen Andi und der Rest der Familie Bauknecht schließlich das Haus. Im rostenden silbergrauen VW-Passat (Family Edition) fuhren sie das kurze Stück in Beidlhausens Ortskern zum alljährlichen Faschingsumzug.

Der Faschingsumzug

»Ah, die Bauknechts! Wieder einmal als Bauern verkleidet. Sehr originell. Wie haben wir es denn diesmal? Schweinebauern, Kuhbauern oder Körndlbauern?«

»Grüß dich, Karl! Ja weißt, bei so vielen Rindviechern kann's gar nicht genug Bauern geben. Als was gehst denn du? Als König der Rindviecher?«

»Na sieht man doch! Als Ludwig der Vierzehnte.«

»Aha!«, gab Hans zurück und nuschelte dann leise und abgewandt: »Das hab ich doch gesagt.« Zum Glück hatte Karl die Bemerkung nicht gehört. Nur Evelyn kicherte verstohlen vor sich hin.

»Wann geht es denn endlich los?«, frage Rudi ungeduldig und zappelte dabei von einem Bein aufs andere.

»Eh gleich«, gab seine Mutter zurück. Der ganze Ort war auf den Beinen. Es gab jene, die aktiv in das Faschingstreiben eingebunden waren und einen der Umzugswagen gestaltet hatten, der in Kürze durch den Ort rollen würde, und es gab solche, die passiv teilnahmen und im Spalier entlang der Umzugsstraße aufgereiht waren und sich das bunte Faschingstreiben als Zuschauer zu Gemüte führen würden. Am Ende allerdings würde wie jedes Jahr die ganze Masse am Kirchenvorplatz zu einem einzigen bunten Haufen verschmelzen, wo dann für einen Abend und eine Nacht Sodom und Gomorrha herrschten, – was nicht einer gewissen Ironie entbehrte. Hinter Maske und Verkleidung sucht man vergebens nach Anstand und Rittertum.

»Da kommen sie!«, rief Andi, der die Musikkapelle erspäht hatte, die den Faschingszug anführte. Und tatsächlich, da kamen sie. Bis zur Unkenntlichkeit verhüllte goldene Mumien, die auf ihren Instrumenten spielten.

»Na, die lassen ihren Reichtum aber heuer wieder groß heraushängen! Weiße Mullbinden haben anscheinend nicht genügt. Nein! Goldene müssen es sein!«, lästerte Karl.

»Der hochwohlgeborene König wird's dem einfachen Volk doch nicht etwa neidisch sein?« Hans grinste.

»Heut' spielen sie es aber wieder flott«, bemerkte Evelyn. *When the Saints Go Marching In*.

»Ist ja schließlich kein Begräbnis«, gab Hans zur Antwort.

Nein, ein Begräbnis war es wahrlich nicht. Der Musikkapelle folgend kam der erste Umzugswagen. Oder besser gesagt, ein Thronwagen. Der Bürgermeister und seine Gemahlin saßen in zwei gewaltigen Sesseln. Mit Zeptern bestückt und Kronen auf den Köpfen ließen sie keinen Zweifel daran, wer die Herrscher von Beidlhausen waren.

»Na, Ludwig,«, sagte Hans zu Karl, »scheint so, als wärst du abgesetzt worden.«

»Von wegen!«, antwortete dieser und lachte. »Revolution!«, brüllte er hinaus Richtung König und Königin. »Revolution!« König und Königin wurden von einer Prinzessin begleitet. Selig schlief das lockige

Mädchen auf zwölf Matratzen und – vermutlich – auf einer Erbse.

»Schau mal! Das ist doch der Bruder vom Stenzel als Prinzessin verkleidet, den da unser Bürgermeister Kohlböck im Schlepptau hat!«, bemerkte Gabi zu Rosi, die sich beide ebenfalls am Straßenrand positioniert hatten. Die eine als Engerl, die andere als Teuferl verkleidet.

»Dem Kohlböck ist aber auch nichts zu blöd. Direkt *arschkriecherisch* könnte man das bezeichnen, was der aufführt. Seit der Stenzel Theodor unter der Erde ist macht er alles, um sich beim Edwin einzuschleimen. Dabei dauert es nicht mehr lange und die Firma ist ohnehin pleite, wenn man glauben kann, was man so hört.«, sagte das Teuferl.

»Na, lass ihnen doch die Freude. Sie schaden ja keinem und vielleicht taucht die Erfindung von seinem toten Bruder ja doch noch auf. Man muss sich alle Optionen offen halten. Der Bürgermeister, der weiß schon, was er tut«, gab das Engerl zurück. »Sieh dir mal den Bernie an!«, wechselte Gabi das Thema und zeigte auf eine Stelle weiter vorne, auf die gegenüberliegende Straßenseite, welche gerade von der Musikkapelle passiert wurde.

Bernhard war der achtzehnjährige Sohn von Edwin Stenzel und Neffe vom toten Theodor. Edwin war schon seit zehn Jahren geschieden und mit der alleinigen Erziehung seines Sohnes betraut.

»Der hat sich ja heute wieder fein in Schale geworfen. Sogar im Fasching ist der geschniegelt und gestriegelt.

Heute mit Frack und Zylinder. Die Sachen hat er sich sicher wieder vom Papa ausgeborgt. Sieht aus wie ein Bräutigam aus alter Zeit.«

»Pah, was interessiert mich der Bernie?«, gab Rosi zurück.

»Na, jetzt tu nicht so!«, sagte Gabi. »Glaubst du, ich weiß nicht von dir und von ihm?«

»Das war nur *einmal*!«

»Ja, *leider* nur einmal!«, bemerkte Gabi lächelnd und versetzte Rosi einen freundschaftlichen Ellbogenstoß. »Ich weiß doch, dass dir zwei- oder dreimal auch nicht unrecht wären.«

»Aber er interessiert sich doch nicht für mich«, bemerkte Rosi mitleidheischend und deutete mit dem Kopf in Bernies Richtung. Und als wäre es choreographiert, zog Bernie plötzlich sein liebstes Lächeln auf und hob die Hand zum Gruß. Allerdings bedachte er mit diesem nicht Rosi, sondern eine Mumie.

»Da, sieh dir das an!«, sagte Rosi. »Er steht auf die Johanna!«

»Das kannst du ja gar nicht wissen, die sehen ja alle gleich aus!«

»Erstens weiß ich das sicher, es ist ja nicht nur heute so, dass er sie anhimmelt, und zweitens ist Johanna die Mumie mit der Klarinette.«

»Kann schon sein, dass er sich ein bisschen in sie verguckt hat. Du warst auch einmal achtzehn, oder nicht? In diesem Alter will man zunächst einmal alle Früchte des Gartens kosten, bevor man sich festlegt. Aber es ist ja ganz offensichtlich so, dass die Johanna nichts von ihm wissen will. Irgendwann wird ihm das auch klar und dann ist sie ganz schnell wieder aus seinem Kopf verschwunden. Weißt eh, wie die Männer sind: Wenn die Phase mit dem Verliebtsein einmal vorüber ist, dann werden sie zu *Tuttlbären*. Dann haben sie nur noch Augen für Brüste, Arsch und Haut. Und da hast du dann alle Trümpfe in der Hand.« Und wie zur Bestätigung schlug Gabi, das Engelchen, Rosi, dem Teufelchen, mit der flachen Hand auf den Po.

Und dann begannen sie laut zu lachen, schließlich hatten sie gerade den nächsten Umzugswagen erblickt. Gerade für Rosi als Kellnerin des hiesigen Dorfwirts waren es keine Unbekannten, die sich da mit nacktem Oberkörper und lediglich mit Saunatuch bekleidet präsentierten. Der Stammtisch hatte sich als Saunarunde verkleidet.

»Der ist aber ordentlich *blaht*«, sagte Gabi zu Rosi. Und diese wusste gleich, wen Gabi im Blick hatte. Sie konnte nur den Bankdirektor meinen, der Wasserkelle um Wasserkelle auf die Oberfläche eines heißen Ofens beförderte und mächtige Dampfwolken erzeugte. Die Figur des Saunameisters wirkte umso gewaltiger, da neben ihm der Dorfarzt stand, welcher spindeldürr war. Dieser schaufelte mit Begeisterung Zuckerl und kleine Süßigkeiten in die Menge der Schaulustigen, worauf sogleich die Kinder aktiv wurden. Wie Hühner, die einen fetten Wurm erspäht haben, stürmten sie auf die am Boden liegenden Naschereien und füllten Taschen, Sackerl und Hände – sowohl die eigenen als auch die der Eltern.

»Das ist meines!«, schrie Rudi, weil Andi ihn gerade von einem der begehrten Naschwerke abgedrängt hatte.

»Ich war schneller!«, gab Andi zurück.

»Der ist so gemein!«

»Kinder, seid brav!«, maßregelte die Mutter unmotiviert und ohne den Blick vom Umzugswagen abzuwenden ihre beiden Söhne.

Und ganz entgegen ihrer sonst so streitlustigen Art, gehorchten diese auch. Da waren einfach zu viele Zuckerl, die darauf warteten, von ihnen aufgelesen zu werden. Streiten konnten sie später auch noch.

»Wenn das der Papst wüsste!«, sagte Hans. »Seht euch mal den Pfarrer an!«

»Der weiß wie man feiert!«, stimmte Karl alias Ludwig der Vierzehnte zu. »Dem haut es jetzt den Vogel aus seinem Hirn heraus, weil dann vierzig Tage Fasten bevorstehen.« Er tippte mit dem Zeigefinger an seine Stirn.

»Aber der Steinmeier, unser sonst so ruhiger Polizist, ist auch nicht ohne!«, warf Evelyn ein. »Die sind ganz in ihrem Element.«

Belustigt beobachtete die Menge die beiden halbnackten Männer, die sie sonst nur in Talar oder Uniform zu Gesicht bekamen und welche als der *Anstand in Person* bezeichnet werden konnten. Einzig der Pfarrer hatte als letztes Zeugnis seiner Herkunft noch den weißen Kollar um den Hals, was die Szenerie nicht weniger komisch machte. Das Bild eines Strippers drängte sich unwillkürlich in die sonst so keuschen Gedanken.

Darüber hinaus schwangen beide ein Handtuch wie Cowboys ihr Lasso und bewegten sich hüftschwingend zur Musik.

»Juuhuuu, schaut uns an! – Der Steinmeier und ich, wir sind der Beidlhausener Frauenschwarm!«, hörte man es weithin schallen.

»Ja, was ist denn mit denen los?«, fragte Rosi und konnte es kaum glauben. »Sind die besoffen? Die habe ich ja noch nie so gesehen!«

»Nein, die sind nicht betrunken! Es ist halt Fasching. Die Aufregung und der Übermut, weißt eh!«

»Die zwei hätten besser auf den nächsten Wagen gepasst«, kicherte Rosi. Ein riesiger Hühnerstall, gezogen von einem Traktor, schob sich ins Bild. Das Werk der hiesigen Jugend. Diese hatte sich als Hühnerschar verkleidet und lieferte sich eine wilde Polsterschlacht, so dass die Daunen nur so flogen. Dazu dröhnte aus den Lautsprechern, die am Gefährt befestigt waren, der dazu passende Schlager von Horst Chmela:

Her mit meine' Hennen
da Gockala is' da
da Gockala is' da
da Gockala is' da
a Nacht lang war i' ausg'flog'n,
jetzt bin i' wieder da
bin i' wieder da
daheim im Stall

Dazwischen wurden immer wieder ein Kikeriki und ein *Ga- Ga- Ga- Gegackere* eingespielt, woraufhin kleine Schokoladeneier in die Menge flogen – der offensichtliche Restposten vom Ostern des Vorjahres – aber dies tat der Freude und dem Spaß keinen Abbruch. Kindern wie Eltern war das Mindesthaltbarkeitsdatum heute egal. Der letzte Wagen war wie immer der Feuerwehrpritschenwagen. Wenig originell auch *von* der Feuerwehr. Und mittlerweile war es Brauch geworden, dass diese dafür sorgte, dass am Ende niemand auf der Strecke blieb. Dies tat sie sehr gewissenhaft mittels Wasserspritzen, mit denen sie die Leute in Bewegung brachte und vor sich hertrieb. Allen voran reihten sich die Kinder hinter dem Hühnerwagen ein und dann folgten die Erwachsenen.

»He Andi, als was gehst denn du heuer?«, fragte Maxl, sein böswilliger Klassenkamerad im Rennfahrer-Outfit.

»Das siehst du doch!«, versuchte sich Andi selbstsicher. »Ich bin der Batman!«

Maxl lachte. »Du willst Batman sein? – Du bist höchstens *Fett-man!*«

Alle lachten. Alle bis auf Leni Rosenbach, die als Catwoman verkleidet war und das gar nicht lustig fand.

»Was weißt du schon von Batman?«, versuchte sich Andi zu verteidigen.

»Ich weiß, dass Batman von einem Hochhaus runterfliegen kann! Kannst du das auch? Hä?«

»Sicher kann ich das! Das zeig ich dir schon noch, du Arschloch!«

»Selber Arschloch!!«

»So, Kinder! Was wird das jetzt? Wenn ihr euch nicht vertragt, dann muss ich euch zu euren Eltern schicken!«, griff nun Albrecht Zilles, ihr Lehrer, ein und versuchte zu deeskalieren. Er und die restliche Lehrerschaft waren die einzigen Erwachsenen, die sich im Pulk der Kinder bewegten.

»Der Maxl hat angefangen!«, warf Andi ein.

»Bitte, Herr Lehrer, ich kann nichts dafür. Der Wappler behauptet, dass er Batman ist, aber jeder weiß, dass Batman einen schwarzen Umhang hat und fliegen kann.«

»Maxl, Andi, ihr hört jetzt beide sofort auf! Du gehst dort hinten hin und Andi du dort nach vorne. Und von euch zweien will ich heute nichts mehr hören, sonst ist der Fasching für euch gelaufen!« Damit verwies er die zwei Streithähne auf getrennte Plätze.

Während sich Maxl mit einem lachenden Gesicht, einem weiteren »Wappler« auf den Lippen und begleitet von seinen Freunden zurückfallen ließ, trottete Andi mit hängendem Kopf an zwei Indianern, einem Mistel- und Efeugestrüpp, einer Osterhäsin, einer Fee, einer Hexe und einem Roboter vorbei nach vorne.

»Als was gehen denn Sie, Herr Lehrer?«, fragte nun Catwoman. »Gehen Sie auch als Mumie?«

»Nein, ich gehe als Unfallopfer.«

»Ah, dann sind das Blutflecken, die sie da oben haben«, sagte die Kleine und deutete auf die gefärbte Bandage, die nahezu Albrechts ganzen Körper bedeckte.

»Was war denn das für ein Unfall, Herr Lehrer?«, mischte sich nun ein anderes Mädchen ein, die in ihrer Verkleidung irgendeinen Star darstellen sollte.

»Ich bin in Nervensägen hineingeraten«, sagte er mit leidender Miene.

»Nervensägen?«, fragte der kleine Star ungläubig. »Ha ha, wie witzig! Dann sollten sie aber schnell zum Nervenarzt.«

»Ja, ich werde mir gleich einen suchen. Heute sind ja sowieso genug Ärzte da«, beendete der Lehrer das Gespräch mit einem Zwinkern.

Schließlich waren alle am Kirchenplatz angekommen und jegliche Formation löste sich auf. Aus großen Lautsprechern ertönte Apres-Ski Musik. Und während die einen sich zu schütteln und rütteln begannen – was gemeinhin auch als tanzen bezeichnet wird – stürmten die anderen die Bar, um sich dem Alkoholgenuss hinzugeben. Nur die Kinder gingen zum Wurstkessel, um sich dort eine heiße Wurst mit Senf und Semmel abzuholen und am Stand daneben eine Limonade.

»Ich finde dein Kostüm super«, sagte Catwoman zu Andi.

»Danke!«, gab dieser mit vollem Mund zurück. »Aber letztes Jahr war es besser. Da hatte ich noch ein schwarzes Cape.«

Nachdem er den Bissen hinuntergeschluckt hatte, nuschelte er: »Aber du siehst echt gut aus! Ich meine, dein Kostüm ist echt voll super!« Er räusperte sich verlegen.

»Das hat mir meine Mama genäht«, erzählte sie voller Stolz. »Die kann alles nähen, was man sich wünscht.«

»Ich wünsch mir auch ein schwarzes Cape, aber meine Mama näht mir nicht alles…«

Plötzlich knallte es: *Peng Peng Peng Peng Peng Peng Peng…*. Erschrocken zuckten die beiden zusammen. Maxl hatte Knallkörper zwischen Andis Füße geworfen, zur Belustigung von ihm und seiner Bande.

»Geh schon Wappler, flieg! Ich geb dir Starthilfe! Hahaha!«

»Findest du das witzig?«, fuhr Catwoman ihn an, stellte sich vor Andi, nahm einen Beutel in die Hand, zog blitzschnell an Maxls Hemd und versenkte eine Handvoll Pulver unter seiner Kleidung.

»Heee!«, rief er. »Bist du deppert?«

Er zupfte an seinem Hemd. »Was ist das?« Er zupfte heftiger an seinem Hemd. »Ahhhhh! Das juckt!« Er riss sich das Hemd aus der Hose und versuchte, den feinen Staub herauszuschütteln. Seine Kameraden und Andi verfielen derweil in schadenfrohes Gelächter. Catwoman blieb ernst. »Wenn du noch einmal auf unschuldige Leute schießt, dann machen wir dich fertig! Wir sind nämlich ein Team, Batman und ich. Und wir kämpfen für das Gute!«

»Weißt du was ihr seid, der *Fettman* und du?«, schrie Maxl zornig, während er sich heftig am Oberkörper kratzte. »Ihr seid das Oberwappler-Duo von Beidlhausen!

Ihr seid der King und der Kong! Die Bimbi und der Bambo! Ihr seid ...«

Aber Catwoman ließ ihn nicht ausreden. Sie fasste erneut in ihren Beutel, machte einen andeutungsvollen und energischen Schritt auf Maxl und seine Kumpane zu, so dass diese erschraken und zurückwichen. Woraufhin sie gleich noch einen Schritt in ihre Richtung setzte und diese abermals zurückwichen. Als sie zornig mit dem Fuß aufstampfte, flüchteten sie schließlich und tauchten in der Menge unter.

»Ihr Feiglinge!«, rief sie ihnen noch nach. Dann blieb sie stehen und gesellte sich zu Andi.

»Das war echt voll cool. Was war das?«, fragte er beeindruckt.

»Katzenstreu mit Juckpulver – meine Spezialwaffe für Trottel.«

»Leni, hast du das ernst gemeint? Das mit dem Team und so?«

»Ja sicher! Der echte Batman hat ja auch immer wen, der ihm hilft!«, sagte sie.

»Silvia, ist alles in Ordnung mit dir?«, fragte Rosi besorgt. »Du siehst echt fertig aus!«

»Ja, es war etwas stressig heute mit den Kostümen und so. Und so gut fühle ich mich gerade auch nicht.« Sie legte eine Hand auf ihren Unterleib.

Rosi nickte wissend.

»Aber es wird schon noch werden. Noch ein, zwei Gläser Sekt und es *pfeift* wieder. Wo ist eigentlich die

Fanny?«, lenkte Silvia das Gespräch in eine andere Richtung.

»Gute Frage. Sie wollte eigentlich kommen.«, sagte Gabi.

»Wahrscheinlich schwingt sie schon mit Eros die Hüften«, warf Rosi ein.

»Prost, Trudl!«
»Prost, Karl!«
»Hat dich dein Herbert sitzen lassen? Ein feiner Regent ist das! Ich wäre gewiss ein besserer König, falls du einen neuen brauchst!«, sagte er schelmisch und schon reichlich angetrunken.

»Wenn man es genau nimmt, dann hab ich ihn sitzen lassen. Drüben im Scheißhaus. Und sei mir nicht böse Karl, aber *ein* Scheißer genügt mir. Und sei er noch so königlich. Scheißer bleibt eben Scheißer. Aber wie wär's mit der Gabi?«, sagte sie und reichte so die heiße Kartoffel weiter. »Die Gabi ist so ein Engerl – wie du siehst – die hätte sich einen König verdient.«

»Nein, bitte nicht!«, ließ Gabi den Sonnenkönig gar nicht erst zu Wort kommen. »Das hat mir gerade noch gefehlt. Ein Mannsbild, das glaubt, es sei ein König. Da kommst du mit dem Hinterherputzen und Kochen nicht mehr zusammen und am Abend, wenn du ihn dann von der Couch weg ins Bett gebracht hast und deinen ehelichen Pflichten nachgekommen und dann vollkommen erledigt bist, dann darfst du auch noch *Danke für den schönen Tag* sagen. Ich habe eh einen

Prinzen wie du weißt. Der reicht mir völlig. Ich versuche schon seit zehn Jahren, den loszuwerden und unter die Haube zu bringen. Wenn der weg ist, dann, Karl, ja dann wäre wieder Platz. Aber jeden will ich auch nicht«, fügte sie noch schnell hinzu. Sie hoffte dabei, dass Karl diesen ablehnenden Wink verstehen würde und sich nicht vorschnell falsche Hoffnungen machte. Karl entsprach nun mal ganz und gar nicht ihren Vorstellungen eines Traummannes.

Dieser war nun ein wenig überfordert und wusste nicht so recht, was er sagen sollte. Also wurde er erst einmal rot, während die Damen lauthals lachten. Passend dazu – oder auch unpassend, je nach Perspektive – drängte just in diesem Moment ein massereiches Gespann heran. Hans und Evelyn Bauknecht tangierten Polka tanzend die illustre Gruppe. Und Hans konnte sich nicht verkneifen, seinem Konkurrenten vom Felde die Suppe noch mehr zu versalzen: »Na Karl, mein König, ist das dein neuer Harem oder dein Putzgeschwader? – Oder beides?« Er lachte schallend und so schnell wie die Bauknechts herangedreht kamen, so schnell waren sie auch schon wieder weg. Rosi hatte schließlich Mitleid mit ihm und sagte: »Komm schon, Karl! Gehen wir an der Bar einen Tequila trinken! Ich lade dich ein – ein König wie du hat ja sicher kein Geld eingesteckt!«

»Ja, wenn das so ist, dann gehe ich auch mit!«, sagte Silvia.

»Ich auch! Ich auch! Ich auch!«, ertönte es im Chor von den Umstehenden. Und weil es selten bei einem Tequila bleibt, wenn man mit fünf Leuten an die Bar geht, wurde bald zum fünften Mal geprostet, Zimt vom Handgelenk geleckt, der Tequila in einem Zug geleert und in die Orange gebissen, um sie auszuzuzeln, gefolgt von einem erfrischt bis angewidert klingenden *Ahh*. Als sie die Gläser absetzten, durchfuhr ein gellender Schrei über den Kirchenvorplatz, doch niemand reagierte darauf. Es war schließlich Fasching und wann sollte geschrien werden, wenn nicht dann? Die Musik war laut, dazu Tröten und Gehupe, Knallfrösche und grölender Gesang und dann noch das Gebrüll der um Weibchen werbenden Männchen.

Doch plötzlich gewann die Masse scheinbar an Dynamik. Die Bauknechts eilten vorbei und suchten laut rufend ihre beiden Söhne: »Andi! Rudi! AAAndi! Ruuudi!« Und plötzlich verstummte die Musik.

»Was ist denn jetzt los?«, fragte Trudl erschrocken, die plötzlich das Geschrei und Gehetze wahrnahm und den anderen aus der Seele sprach. Allgemeines Schulterzucken und ratlose Blicke.

Aber die Stimmung ließ nichts Gutes hoffen. »Oh Gott!«, ertönte es immer wieder und man hörte einige Leute schreien und schluchzen.

»Was ist passiert?«, fragte Gabi eine aus der Menge tretende Frau mit Geweih auf dem Kopf.

»Da liegt ein Toter!«, erwiderte sie völlig aufgelöst.

»Was?«, entfuhr es Trudl. »Wer?«

»Ich weiß es nicht. Eine ... Eine Mumie!«

»Oh Gott!«, entfuhr es jetzt auch Gabi. Obwohl es schon zweitausend Jahre her war, dass dieser auf ein solches Bitten reagiert hatte und einen Toten wieder auferstehen ließ.

»PAPA! PAPA! NEIN! BITTE NICHT!« Silvia japste als sie die schrille Stimme erkannte.

»Das ist doch Johanna!«, stellte sie erschrocken fest.

»Dann war es keine Mumie, sondern ...«, Trudl stockte.

»...ein Unfallopfer«, vollendete Gabi den Satz, während Silvia loseilte und sich zum Mittelpunkt des Geschehens vorkämpfte. Und dann blieb ihr die Luft weg. In der Mitte des Kirchenplatzes hatte sich ein Ring aus Schaulustigen gebildet. In dessen Mitte lag ihr Mann Albrecht auf dem Bauch, den Kopf zur Seite gedreht. Neben seinen hellroten Farbflecken hatte sich ein weiterer großer, dunkelroter Farbfleck linksseitig auf seinem Rücken gebildet, aufgesogen von den Mullbinden, in die er eingewickelt war. Und inmitten dieses Blutflecks steckte ein Messer. Lediglich der Griff war noch zu sehen – definitiv kein Unfall. Das Messer war nach unten abgewinkelt, sodass es jemand von unten, unterhalb der Rippen, in ihn hineingerammt haben musste. Aber all das sah Silvia natürlich nicht. Sie sah ihren Mann, das Blut, die Reglosigkeit. Und sie sah ihre Johanna, die sein Gesicht hielt und weinte. Sie sah sich selbst wie im Film, wie sie auf die Knie sank und nichts von dem fassen konnte, was dort gerade passiert war. Ein dünner Mann im Bademantel drängte durch die Menge. Es war der Dorfarzt. Er eilte zu dem Lehrer und fühlte ihm den Puls an der Halsschlagader. 1 Sekunde ... 5 Sekunden ... 10

Sekunden. Er beugte sich über seinen Kopf und lauschte nach Albrechts Atem. Dabei stieß er mit seiner Nase an Johannas Hand und bekam von ihrem Kostüm eine goldene Nasenspitze. Doch niemand beachtete das. Dann fühlte er nochmals den Puls. Sicher war sicher. Vielleicht getraute er sich auch nicht zu sagen, dass der Lehrer tot war. Nicht vor dessen Tochter.

»Helmut! Was ist?«, fragte ihn schließlich ein älterer Mann mit grauem Haar und in Polizeiuniform. Der Arzt drehte sich zu Kommissar Hammerdinger um – der nicht verkleidet, sondern im Dienst war – und schüttelte den Kopf. »Exitus!«

»Aha, also tot«, kommentierte dieser.

Und für einen Moment war es totenstill.

»Ist jetzt morgen schulfrei?«, durchbrach eine kindliche Stimme die Stille. Und gleich darauf hörte man das *Patsch* einer Watsche, gefolgt von einem »Ja, spinnst du!« und einem Geheul, das sich bald zusammen mit den hörbaren Schritten harter Absätze entfernte. Der Beamte übernahm nun fachmännisch das Kommando.

»Gabi, Rosi!«, sagte er zu den beiden, die sich ebenfalls zur Szenerie vorgekämpft hatten und gab ihnen mit einem Blick in Richtung Silvia zu verstehen, was sie zu tun hatten. Diese handelten sofort, knieten sich zu ihr, nahmen sie in den Arm und begannen mit einer ersten Seelsorge.

Trudl verstand auch ohne weitere Aufforderung und bemühte sich sogleich um Johanna. Langsam und behutsam führte sie diese von der Leiche weg. Dabei schrie Johanna immer wieder »Nein! Nein!« und weinte unaufhörlich. Schließlich breitete der Kommissar seine Jacke über Kopf und Oberkörper des toten Albrechts. Dann verkündete er: »*So da*, liebe Leute, die Party ist vorbei!«

Der Kater danach (Aschermittwoch)

»Guten Morgen, meine Herren!«
Mia betrat mit Elan die Polizeidienststelle und wirbelte in die Stube. Steinmeier, der gerade an seinem Kaffee nippte, erschrak dermaßen, dass er ihn sich beinahe über Hemd und Hose schüttete. Der alte Kommissar Hammerdinger war etwas besonnener und weniger überrascht.
»Ah, Sie sind die Neue«, kam er ohne ein Wort der Begrüßung gleich auf den Punkt.
Sie nickte. »Mia Schöndorf aus Berlin«, sprach sie auf diese hochdeutsche, preußische Art mit leicht nasalem Ton. »Bereit zum Dienstantritt!«
»Aha«, sagte der Alte. »Gut. Das ist Kollege Steinmeier.«
Wie aus einer Schockstarre gerissen, platzierte dieser abrupt seine Tasse auf dem Schreibtisch und sprang mit vorgestreckter Hand aus seinem Bürostuhl. Den Mund halb geöffnet, die Augen weit aufgerissen, so dass er keinen sehr intelligenten Eindruck vermittelte. Es war mehr ein Blick wie Menschen ihn haben, wenn sie zuhause an *ihre* Tür klopfen und anstatt der eigenen Frau oder des eigenen Mannes öffnet diese der Nachbar oder die Nachbarin – nackt. Vielleicht stellte er sich Mia ja gerade nackt vor, denn schön war sie ja, die Mia Schöndorf. Sie war klein und sehr schlank, wodurch sie zierlich, ja beinahe zerbrechlich wirkte. Andererseits hatte

sie ein gut gefülltes Dekolleté und einen runden Po, was ihr einen blickbehafteten Auftritt verschaffte. Dazu kam eine blonde Haarmähne, die sie hochgesteckt trug.

»Angenehm!« Mia ergriff die ihr entgegengestreckte Hand.

Steinmeier brachte es offenbar nicht fertig, etwas zu sagen, allerdings gelang es ihm, den offenen Mund zu schließen und ein kurzes »Mhm« zu summen.

»Na, gestern waren sie aber gesprächiger«, bemerkte Mia mit einem schelmischen Lächeln. »Wie war das nochmal? Ach ja: *Juuhuuu, schaut mich an! Ich bin der Steinmeier, der Beidlhausener Frauenschwarm!*«, zitierte sie nicht ganz korrekt den gestrigen Ruf, den eigentlich der Pfarrer getätigt hatte. »HihaHihaHiha!«, lachte sie.

Wenn jetzt jemand vor der Türe der Polizeistube gestanden hätte, würde dieser jemand ziemlich sicher glauben, einen Esel schreien zu hören. Das Lachen von Mia Schöndorf war wahrscheinlich das Einzige, was manche als ihr *großes Manko* bezeichnet hätten. Andere fänden es süß im Sinne von einzigartig und authentisch. Oder im Sinne von nahbar, weil dieses Lachen sie etwas weniger perfekt machte und sie dadurch gewissermaßen trotz ihrer Schönheit für jedermann – der sich ebenfalls als nicht perfekt empfand – erreichbar wurde. Steinmeier wusste zunächst nicht, in welche Richtung er sich schämen sollte, so peinlich war ihm das Ganze.

»Aha«, sagte der alte Kommissar wieder und entspannte damit die Situation.

»Und wo waren Sie dann gestern, als der Mord passierte? Da hätte ich eine helfende Hand gut brauchen können!«, fragte er verwirrt.

»Wieso? Gestern war ich doch nicht im Dienst! Da hatte ich meinen letzten Urlaubstag. Und ja auch schon den einen oder anderen Punsch intus. Ich war da schon ziemlich bedient und womöglich hätte ich mich auf die Leiche übergeben. Da hätte die Spurensicherung sicher wenig Freude gehabt. HihaHihaHiha!«

»Na, aber jetzt sind Sie im Dienst!« Und ohne auf eine Antwort zu warten, fuhr er fort: »Gestern um zirka 17:00 Uhr wurde der Lehrer Albrecht Zilles erstochen aufgefunden und zwar inmitten eines Faschingsrummels am Vorplatz der hiesigen Kirche. Trotz der vielen Menschen gibt es bislang keinen Zeugen. Die Leiche ist bei der gerichtsmedizinischen Untersuchung. Die Tatwaffe wird von dort dann gleich zur forensischen Untersuchung gebracht. Der Bericht wird per Post zugesandt. Bisher gibt es keine Verdächtigen oder Motive. Adressen, Bilder, erste Befragungen und so weiter sind in der Akte«, leierte er routiniert herunter und drückte diese Mia in die Hand. Dann ergänzte er: »Also dann, *habt es noch lustig*!« Dabei setzte er seine Kappe auf, die er zum Abschiedsgruß gleich wieder ein Stück anhob.

»*Momentchen mal*, wie meinen Sie das jetzt?«, fragte Mia verwirrt.

»Was gibt es da nicht zu verstehen?«, gab der Alte streng zurück. »Sie haben jetzt den Fall über. Sie sagten doch, Sie sind bereit zum Dienstantritt. Also, ich gratuliere, das ist die Akte und hier ist der Steinmeier, Ihr Kollege. Was sollten Sie sonst noch wissen?«, fragte er sich selbst. »Ach ja, hier sind die Schlüssel für das Auto und die Polizeidienststelle. Am Donnerstag kommt die Putzfrau und den Rest erfahren Sie vom Steinmeier, im Laden, beim Pfarrer oder im Wirtshaus. Alles klar?«

»Ja, aber was tun Sie jetzt?«, wollte Mia wissen, immer noch verwirrt.

»Ich?«, fragte der Alte ungläubig. »Wieso? Ich bin heute nicht im Dienst. Ich hatte gestern meinen letzten Arbeitstag und gehe jetzt in den Ruhestand. Und eigentlich bin ich ja ziemlich bedient und habe von gestern Nacht noch einige Bier intus. Womöglich kotze ich gleich in die Stube«, äffte er Mia nach. Dann ging er.

»Na, der hat ja einen Humor«, sagte Mia ungläubig zu Steinmeier.

Dieser zuckte nur mit den Schultern.

»Und was tun wir jetzt?«, fragte sie etwas ratlos mit Blick auf die Akte. Nach kurzem Überlegen meinte sie: »Hat er nicht gesagt, dass ich im Laden alles weitere erfahre? Ich hätte ohnehin Appetit auf ein Frühstück. Wie sieht's bei dir aus, Steinmeier? Zeigst du mir Beidlhausen, dann lade ich dich auf ein Heringkäsbrot mit Essiggurken ein«, forderte sie den neu gewonnenen Kollegen fröhlich auf, so als wären sie Altbekannte. Steinmeier lächelte schüchtern.

Der Laden (Aschermittwoch)

»Guten Morgen!«, trällerte Mia, gleich nachdem sie die Ladentür geöffnet hatte und ohne jemand Bestimmtes damit zu grüßen.

»Guten Morgen!«, hallte es hinter der Theke hervor, doch ohne dass dort jemand stand. Vielmehr kam es aus einer offenen Tür, die sich hinter der Theke befand. »Bin schon da!«, ergänzte die Stimme. Gabi trat aus der Tür hervor.

»Ah, hallo?«, sagte sie erstaunt, als sie Mia erblickte. »Wer sind denn jetzt Sie?«. Sie gehörte zu jener aussterbenden Art von Wurstwarenverkäuferinnen, die erst einmal wissen wollen, wer man überhaupt war und was man konnte, bevor man für würdig befunden wurde, bedient zu werden. Vielleicht verschwinden auch deswegen die ganzen Krämerladen, weil die Verkäuferinnen immer seltener einen Kunden für würdig befinden.

»Ich bin die neue Kommissarin, Mia Schöndorf«, gab sie zur Antwort und lächelte dabei wie in einer Zahnpastawerbung.

»Sie sind aber nicht von hier«, bemerkte Gabi.

»Nein, aus Berlin. Aber meine Oma, Agathe Schuster – die letztes Jahr gestorben ist – war von hier und ich habe ihr altes Haus geerbt.«

»Ach, Sie sind die Enkelin von der Frau Schuster? Jetzt wo Sie es sagen, man erkennt die Ähnlichkeit. Aber warum kommen Sie jetzt aus Berlin hierher, ich meine, dass ist ja wohl ganz etwas anderes hier.«

Mia wurde die Fragerei zu persönlich. Sie hatte natürlich ihre Gründe für ihren Umzug und das Erbe war dabei eine willkommene Möglichkeit, allerdings wollte sie das hier nicht näher mit einer ihr unbekannten Person besprechen. »Ja wieso sollte ich denn nicht hierherkommen? Ist doch schön hier! Und jetzt, wo ein Posten frei wurde, habe ich die Gelegenheit ergriffen.« Gabi überlegte sichtlich, welche Frage sie als nächstes stellen wollte. Schließlich fragte sie: »Ist der alte Hammerdinger jetzt endlich in der Pension?«

»Gestern war sein letzter Tag«, bestätigte Mia.

»Na, da hätte ich ihm aber auch was anderes gegönnt«, nahm Gabi das Wort wieder auf. »Schrecklich ist das! So eine grausame Tat hat es hier bei uns noch nie gegeben. Haben Sie schon einen Verdacht?«

»Nein, noch ermitteln wir in alle Richtungen.«

»Na, ich bin mir nicht sicher, ob das auch für Ihren Kollegen gilt«, sagte Gabi mit schelmischer Miene. Bisher hatte sie ihn eigentlich nur eines kurzen Blickes gewürdigt, aber irgendwie schien sie dennoch zu bemerken, dass er Mia gerade von hinten auf den Busen hinabstarrte. Mia drehte sich um und verstand die Anspielung, da Steinmeier seine Augen nicht schnell genug abwenden konnte. Doch sie gab sich ganz als loyale Kollegin und ignorierte die Kritik – sofern es denn eine war – und fügte kurz hinzu: »Ich ermittle und er deckt mich von hinten.«

»Soso, er *deckt* Sie von hinten«, setzte Gabi jetzt noch mal eins nach und warf dabei Steinmeier einen fragenden Blick zu. Mia verstand nicht, Steinmeier schon. Er wurde rot.

»Ja, das sagt man so unter uns Kollegen. Das machen alle guten Einsatzbeamten. Nur mein Kollege *gleitet* in seinem Einsatz manchmal etwas ab«, fügte Mia hinzu und meinte seinen busenverschlingenden Starrblick. Mia schaffte es offenbar mühelos, eine peinliche Situation umgehend noch peinlicher zu machen.

»Soso, er gleitet manchmal ab«, wiederholte Gabi abermals Mias Worte. Steinmeiers Gesicht wurde dunkelrot.

»Ja, ist aber nicht so schlimm«, griff Mia das Gespräch auf und wollte diesem endlich eine andere Wendung geben. »Solange er das richtige tut, wenn es *hart auf hart* kommt, kann ich mich nicht beklagen. Und ich kenne ihn zwar erst seit heute, beziehungsweise gestern, aber ich glaube, dass ich da in guten Händen bin. Nicht wahr?«, fragte sie in Richtung ihres Kollegen. Der wurde schließlich feuerrot und nickte.

»Haben Sie den Toten gekannt?«, fragte Mia.

»Wer nicht?«, gab Gabi zur Antwort. »Beidlhausen ist ja schließlich nicht so groß. Da kennt jeder jeden. Und einen Lehrer kennt schon überhaupt jeder. Genauso wie man einen Pfarrer, einen Arzt oder eben die Dorfpolizisten kennt. Aber wieso fragen Sie mich das, ich stehe doch wohl nicht unter Verdacht?«

»Nein, nein!«, korrigierte Mia schnell, obwohl sie das eigentlich nicht ausschließen konnte. »Wir wollen eigentlich etwas zum Frühstück kaufen. Könnten Sie uns bitte vier Heringkäsbrote streichen? Und dazu ein paar Essiggurkerl!«

»Kein Problem, gerne!« Gabi begann ihre Arbeit. Und es ist, als läge es diesem Typ von Verkäuferinnen in den Genen: Sobald sie hinter der Theke zugange sind, öffnet sich der Mund und alles was dort nicht hineingehört, weil es ursprünglich für andere Ohren bestimmt war, strömt heraus. Man könnte diesen Vorgang auch als *Tratschen* bezeichnen.

»Ich habe heute noch gar nichts essen können«, begann sie in leicht vorwurfsvollem Ton. »Die Silvia ist ja meine Freundin – wir sitzen immer gemeinsam beim Kaffee – und die tut mir jetzt so leid. Das hat sie einfach nicht verdient. Die ganze Nacht hat sie geweint. Und die Hälfte von der Nacht habe ich mit ihr geweint. Das ist ja alles so traurig. Die Johanna ist gerade mal fünfzehn Jahre alt. Fünfzehn Jahre! Noch so jung! Was soll jetzt aus ihnen werden? Die Silvia ist ja nicht arbeiten gegangen und die Johanna steht auch noch nicht auf eigenen Beinen. Wenn es wenigstens den Stenzel noch gäbe. Das war der beste Freund der Familie, er hat sie immer unterstützt. Aber der ist ja auch so tragisch gestorben. Das können Sie natürlich noch nicht wissen. Der ist vor vier Jahren in seinem Labor verbrannt. Am ersten April passierte das, aber das fand niemand scherzhaft komisch. Offiziell war das natürlich ein Unfall, da können Sie ihn da fragen.« Sie deutete mit dem Kopf in Richtung Steinmeier und nahm ein Streichmesser in die Hand. »Aber wenn Sie mich fragen, dann ist das alles mehr als dubios. Weil der

Stenzel, also der Theodor Stenzel – und nicht sein vertrottelter Bruder, der Edwin – also der Theodor Stenzel hat damals eine Erfindung gemacht. Irgendeinen neuen Stoff. Der Stenzel war ja Textilfabrikant. Heute führt sein Bruder die Fabrik und es dauert sicher nicht mehr lange, bis sie Pleite geht – wenn sie es nicht eh schon ist. Ich würde Edwin zutrauen, dass er zu blöd ist, um es selbst auszurechnen. Der kann ja nicht bis hundert zählen. Na, jedenfalls hat Theodor diesen Stoff erfunden, das weiß jeder hier. Leider hat diesen noch niemand gesehen und keiner weiß genau, wie man ihn herstellt oder was er kann. Natürlich gibt es Gerüchte, aber die will ich Ihnen hier ja nicht auftischen, so eine bin ich nämlich nicht. Auf jeden Fall hat der Bürgermeister sofort das große Geld gerochen und wollte ihm gleich ein Grundstück von der Gemeinde besorgen, wo *das Ganze* in Produktion gehen hätte können. Und die Trudl sagt, also die Frau vom Bürgermeister, dass der Stenzel das nicht wollte. Das war dann aber ohnehin hinfällig, weil dieser dann starb und sein Geheimnis mit ins Grab nahm. Zumindest glaubt das jeder. Ich habe allerdings gehört, dass da die Chinesen auch dran interessiert waren, an diesem Stoff. Also ich glaube, die haben sich seine Erfindung geholt, ihn abgemurkst und es wie einen Unfall aussehen lassen. Der ist ja ganz elendig in seinem Labor verbrannt. Angeblich weil er bei der Arbeit geraucht hat und ein Lösungsmittel zu brennen begonnen hat. Wie ihn dann die Feuerwehr rausgeholt hat, war er außen nur noch verkohlt und innen ein gekochter *Baatz*. Bitte sehr! Hier die Brote. Darf es sonst noch was sein?«

»Zwei Flaschen Mineralwasser, bitte«, sagte Mia. »Und wie hat der Lehrer Albrecht damals auf den Tod seines Freundes reagiert?«

»Na, der war natürlich wie aus allen Wolken gefallen. Aber es ging uns ja allen so. Der Theodor war sehr beliebt und das, obwohl er ein Unternehmer war. Normal sind solche Leute eher ein wenig abgehoben und garstig. Aber nicht der Theodor, nein, der nicht. Der war ja auch unser Kapellmeister. Der war hoch angesehen und alle haben ihn gemocht.«

»Und wer ist dann heute Kapellmeister?«

»Niemand. Den brauchen wir nicht mehr. Es genügt, wenn die zwei Marketenderinnen vorgehen und die anderen hinten nachschwänzeln.«

»Aha«, sagte Mia und fragte sich im Stillen, warum es vorher einen Kapellmeister brauchte und nun nicht mehr. »Und...«, begann sie, wurde aber dann von einem kindlichen »Hallo!« unterbrochen. Andi und Leni stürmten in den Laden. Als sie die beiden uniformierten Beamten sahen, hielten sie inne. »Guten Tag!«, sagten sie artig und voller Respekt.

»Hallo, wer seid denn ihr zwei Süßen?« Mia warf ihnen ein mütterliches Lächeln zu.

Andi wurde verlegen und senkte den Blick. Unauffällig versuchte er dabei seinen Bauch einzuziehen und ihn mit vorgehaltenen Händen zu kaschieren. »Ich bin der Andi und das ist die Leni«, sagte er schließlich.

»Ja, sagt einmal, müsstet ihr beiden denn nicht in der Schule sein?«

»Nein, die fällt heute aus, wegen unserem Klassenlehrer. Der ist gestern gestorben«, sagte Leni, viel weniger verlegen und mit bestimmtem Ton.

»Ach, das war euer Lehrer!«, stellte Mia fest. »Das tut mir aber leid.« Dabei ging sie in die Hocke, sodass ihr Andi, der seinen Blick immer noch gesenkt hatte, nun in die Augen blickte. Eine Hand legte sie auf seine Schulter. Das machte ihn nur noch verlegener.

»Ich heiße übrigens Mia und bin die neue Kommissarin.«

»Werden Sie den Mörder suchen und fangen?« Andi sah sie mit großen Augen an.

»Ich werde es zumindest versuchen.«

»Darf ich dabei helfen?«, fragte er begeistert. »Ich bin nämlich wie Batman. Ich helfe der Polizei. Ich habe auch ein echtes Batman Kostüm.«

»Oh, das ist aber lieb von dir!« Dabei kniff sie ihm mit der rechten Hand liebevoll in die Wange. Die linke ruhte immer noch auf seiner Schulter. Andi wurde von einem Gefühl ergriffen, dass zwar viele Burschen in seinem Alter kennen aber nur wenige zuordnen können. Liebe? Triebhaftigkeit? Der Geruch von Heringkäse, von dem ihm flau im Magen wurde? Und auch Leni wurde von einem Gefühl ergriffen, dass viele Mädchen in ihrem Alter kennen und von dem sie ebenso wenig wissen, wie sie damit umgehen sollen. Eifersucht? Zorn? Der Übelkeit erregende Anblick einer anderen Frau, die gerade mit ihren dreckigen Heringkäsfingern ihren Schwarm begrapschte?

»Ich helfe aber auch!«, sagte sie entschlossen. »Ich bin seine Partnerin! Ich bin Catwoman!«

»Das finde ich aber wirklich toll!«, sagte Mia Schöndorf und blickte kurz zu Leni. »Ihr könnt für mich Augen und Ohren offen halten. Morgen möchte ich ohnehin in die Schule kommen und alle zu eurem Lehrer befragen.«

»Kinder, was braucht ihr denn?«, mischte sich nun Gabi ein, der der polizeiliche Eifer ein wenig zu weit ging. Kinder hatten bei einer Mordermittlung nichts verloren.

»Eine starke Angelschnur aus Nylon«, sagte Andi. »Und Batterien für meinen Stimmverzerrer.« Mia hatte sich inzwischen wieder erhoben.

»Na, dann wünsche ich euch noch viel Vergnügen und *Petri Heil*. Aber ich glaube, sämtliche Fische sind heute schon gefangen und zu Heringkäs verarbeitet. »HihaHihaHiha!«, lachte sie über ihren eigenen Scherz. Gabi sah fragend zu Steinmeier.

Leni sah fragend zu Andi.

Es lag eine unausgesprochene Frage in der Luft: *Hast du das gehört? Das kann doch jetzt nicht wahr sein?* Steinmeier und Andi zuckten mit den Schultern und meinten damit wohl: *Das nehme ich in Kauf. Ich finde sie trotzdem toll!*

»Was bin ich schuldig?«, fragte Mia schließlich.

»Ach, lassen Sie es stecken. Das ist mein Einstandsgeschenk an Sie.«, sagte Gabi freundlich.

»Oh, vielen Dank! Das ist aber nett!«, sagte Mia und Steinmeier nickte. Mit einem »Auf Wiedersehen!«

verließen sie den Laden, während Andi und Leni tiefer in ihn vordrangen.

»Das war doch ein nettes Willkommen!«, sagte Mia schließlich zu ihrem Kollegen. »Wie wäre es jetzt mit einem Kaffee? Ich bin mir sicher, dass der Bürgermeister einen für uns ausgibt. Da hab ich ohnehin jetzt meinen Antrittstermin. Kommst du mit?«
Er nickte.
»Überlass aber das Reden diesmal mir ...«
Steinmeier wusste nicht was sie meinte und runzelte verwirrt die Stirn.

Beim Bürgermeister (Aschermittwoch)

»Schönen guten Morgen!«, sagte Mia.

»Grüß Gott, liebe Frau Schönberg!«, erwiderte Herbert Kohlböck und nahm dabei galant ihre Hand, die er daraufhin gar nicht mehr loslassen wollte. »Schön, dass Sie mich nicht vergessen haben, was ja unter diesen Umständen verständlich wäre. – Darf ich Ihnen etwas anbieten? Tee, Kaffee – oder vielleicht mich?«, sagte er mit einem vielsagenden und zweideutigen Zwinkern und wartete lauernd auf eine Antwort.

»Schöndorf, nicht Schönberg. Vielleicht erst mal nur einen Kaffee für mich und Kollegen Steinmeier. Mehr nicht, schon gar kein abgehangenes Fleisch, schließlich ist ja heute Aschermittwoch«, parierte sie seine Anmache und setzte noch ein »HihaHihaHiha!« drauf. Worauf sich Herbert Kohlböck veranlasst sah, wieder voll und ganz in die Rolle des Bürgermeisters zu schlüpfen. Er setzte seine ernste Miene auf, zog seine Hand von Mia zurück und brüllte mangels Gegensprechanlage lautstark in Richtung seiner Sekretärin, dass sie doch schnell drei Tassen Kaffee bringen solle, was diese in Windeseile tat, noch bevor er den Satz beendet hatte. Es war ja schließlich nicht das erste Mal, dass der Bürgermeister Besuch bekam. Und so bekam sie den Befehl fast ins Gesicht gebrüllt, was die Sekretärin, wie üblich, resigniert zur Kenntnis nahm. Mia war aufgrund des Wandels von Dr. Jekyll zu Mr. Hyde erst einmal baff und es trat eine unangenehme Stille ein. Nachdem die Sekretärin wieder gegangen war, sah sich der Bürgermeister bemüßigt, die Konversation in Gang zu bringen.

»Nun, ich weiß es ist eigentlich noch zu früh, das zu fragen, aber wie sieht's in dem Mordfall aus?«

»Tja, ich schätze, da wissen Sie mehr als ich«, sagte Mia und wollte fortsetzen, war jedoch eine Spur zu langsam und wurde barsch vom Bürgermeister abgewürgt.

»Wie meinen Sie das?«

»Na, Sie kannten den Lehrer Zilles Albrecht besser und länger als ich. Hatte er irgendwelche Feinde? Worin hat er sich zuletzt engagiert? Mit wem hatte er sich angelegt oder hatte er ein *Gspusi*, wie man bei euch so schön sagt? Ich suche also nach einem Motiv!«

»Motiv, Motiv!«, brabbelte der Bürgermeister wiederholend vor sich hin. »So etwas gibt es bei uns nicht! Der Lehrer war bei allen beliebt – außer bei seinen Schülern natürlich. Da sind Lehrer selten beliebt. Die nehmen aber deswegen nicht gleich ein Messer und stechen ihn ab. Zumindest nicht hier bei uns. Mit dem Albrecht hat noch nie jemand Schwierigkeiten gehabt. Wahrscheinlich war es ein Unfall. Da wird ein als Holzschnitzkünstler verkleideter Irgendwer mit einem Messer herumgefuchtelt haben und im Suff stolpert der Lehrer hinein. Aus die Maus. So was passiert!«

»Aha. Ein Unfall also«, sagte Mia und bemerkte dabei selbst, dass sie heute bereits zum zweiten Mal den Terminus *Aha* verwendete, was sie bisher nie getan hatte. Aber hatte nicht der alte Kommissar auch immer *Aha* gesagt? Schien so, als hinge dies mit der Arbeit zusammen. *Davon stand aber nichts in der Stellenbeschreibung.*

»Hatte nicht der Theodor Stenzel vor vier Jahren auch so einen *Unfall*?«, warf sie jetzt ein, weil sie zur aktuellen Leiche nichts mehr zu sagen hatte und ihr der Ausdruck *Unfall* heute ebenfalls schon einmal begegnet war.

»Ja, da leck mir doch einer die *Furzritze*! Woher wissen Sie denn das jetzt schon? Die Kirchmesse ist erst am Abend, der Doktor schläft noch, das Wirtshaus hat noch geschlossen, also kann es eigentlich nur die Gabi im Laden gewesen sein!« Strafend blickte der Bürgermeister zu Steinmeier. Und der blickte strafend in seinen Kaffee.

»Wieso wollte der Kapellmeister damals das Grundstück für die Fabrik nicht?«, zog Mia den Blick wieder auf sich.

»Das geht Sie nichts an!« Zornesröte fuhr ihm ins Gesicht, doch nach einer kurzen Denkpause fuhr er fort: »Hier im Ort wird viel geredet und bevor Sie es von irgendwem hören, erzähle ich es lieber. Ich habe dem Stenzel ein Grundstück für eine neue Fabrik angeboten, wo er seine neueste Erfindung hätte produzieren können. Irgend so ein *Wunderwuzzi-Stoff*. Der wird steif und hart wie Stahl, wenn er plötzlich stark beansprucht wird. ›Nicht einmal eine Kugel geht da durch‹, hat er mir gesagt, obwohl der Stoff fast so dünn und leicht wie Seide ist. Im Gegenzug für das Grundstück wollte ich eine kleine Beteiligung am Gewinn. Natürlich nicht für mich, sondern für die Gemeinde.«

»Natürlich!«, ergänzte Mia. Ob das sarkastisch gemeint war oder nicht, konnte der Bürgermeister nicht erkennen.

»Was hat das eigentlich mit dem Lehrer zu tun?«

»Vorläufig nichts. Aber wie ich immer sage: Man darf bei einem Mordfall nie etwas ausschließen, nicht einmal das Ausgeschlossene. »HihaHihaHiha!«

Damit versuchte sie, die *Suppe* am Kochen zu halten. Was ihr auch irgendwie gelang – nicht, weil ihre Antwort sonderlich überzeugend oder sinngebend war, sondern weil sie erreichte, dass der Bürgermeister seine Frage schon wieder vergessen hatte. Angesichts der implizierten Unlogik von *nichts ausschließen – nicht einmal das Ausgeschlossene,* hing er kurz in einer Denkschleife fest, bevor ihn das Eselsgeschrei schließlich wieder in die Realität zurückholte, wo Mia ihn mit einer neuen Frage abholte: »Was ist eigentlich aus der Fabrik geworden?«

»Nichts. Er ist ja dann gestorben.«

»Aber was wurde aus seiner Erfindung?«

»Niemand weiß, wo sie ist. Niemand hat sie je wahrhaftig gesehen. Ich frage mich, ob sie wirklich existiert hat. Und falls ja, dann ist alles beim Brand vernichtet worden. Wenn da etwas gewesen wäre, hätte es sicher sein Bruder vermarktet. Der hat fast alles geerbt. Wobei der aber zum Scheißen zu deppert ist und sowieso alles den Bach hinunter wirtschaftet. Der Theodor war ein Genie. Alles, was der begonnen hat, wurde zu Geld. Der Edwin hingegen ist ein Trottel. Alles was der beginnt, wird zu Fliegenkacke. Aber das will der sich nicht sagen lassen. Nicht von mir und nicht von irgendwem. Was soll man da tun? Beidlhausen hängt an seiner Firma, seine Firma hängt an ihm und bei ihm *hängt* das Gehirn.«

»Und was ist mit den Chinesen, könnten die etwas mit der Sache damals zu tun gehabt haben?«

»Welche Chinesen?«, fragte der Bürgermeister erstaunt.

»Na, die Chinesen, die an seiner Erfindung interessiert *sind* und selbst eine Fabrik bauen *wollen*«, hakte Mia nach und tat, als wäre alles gerade erst gestern gewesen und noch *brandaktuell*.

»Also ich weiß nichts von irgendwelchen Chinesen. Wir haben hier jede Menge Amtsschimmel, die nur spanisch verstehen, wir haben eine *Dorfmatratze,* die es gerne französisch treibt, wir haben ein paar linke Agenten, die auf die russische Tour daher kommen und es gibt jede Menge schenkelreitende Schweinsaugen, aber wir haben und hatten nie Chinesen! Wo kämen wir denn da hin?!«

»Egal, ist ja auch nicht so wichtig«, versuchte sie ihn wieder zu beruhigen. »Sie sagten, dass das Meiste der Bruder geerbt hat. Wer hat den Rest bekommen?«

»Unsere schöne Blasmusikkapelle!«

»Ach ja. Der Stenzel war Kapellmeister, oder?«

»Ganz genau, und ich bin der Obmann.«

»Und wieso gibt es bis heute keinen neuen Kapellmeister?«

»Ach, das wissen Sie noch nicht?«, zeigte sich der Bürgermeister überlegen und schadenfroh. »Der Theodor hat offenbar aus einer lustigen Laune heraus lange vor seinem Tod beschlossen, im Ablebensfall die Musikkapelle zu beerben. Und zwar mit nicht wenig Geld, das in einem Fond liegt. Allerdings gibt und gab es da eine Bedingung. Die Musikkapelle bekam das Geld nur, wenn sie sich dazu entschloss, auf immer und ewig, Zeit ihres Bestehens, zu jedem Anlass immer nur das gleiche Musikstück zu spielen. Und wir haben da dann gar nicht lange überlegen müssen, weil erstens, so viele Anlässe gibt es nun auch wieder nicht, wo die Kapelle spielt, und zweitens wiederholen andere Musikkapellen ihr Repertoire ja auch jahrein jahraus bis zum Umfallen. Und unser Repertoire besteht halt nur aus einem Stück. Dafür gibt es davon fünf Versionen. Gestern haben sie die Swing-Version gespielt, wie Sie vielleicht selbst gehört haben. Dann gibt es da noch die *Trauermarschversion*, die wir demnächst beim Begräbnis hören werden. Und die *Frühschoppenversion*, die *Version für die kleine Besetzung* und die *normale Marschversion*. Und für dieses eine Stück in seinen Versionen, das jeder Musiker schon seit Jahren kennt und kann, brauchen wir jetzt keinen neuen Kapellmeister. Wäre doch Verschwendung.«

»Und wieso gerade dieses eine Stück?«

»Das war das erste, das er der Kapelle beigebracht hat, als er den Verein vor dreizehn Jahren übernommen hat. Es war wohl sein Lieblingsstück.«

»Wer verwaltet jetzt das Geld der Musikkapelle?«

»Na ich, aber was soll das, Frau Schönberg? Worauf wollen Sie hinaus? Was hat das mit dem Lehrer zu tun?«

»Erstens *Schöndorf* und zweitens *weiß ich nicht.*« Worauf der Bürgermeister schließlich erneut in eine gedankliche Feedbackschleife abzugleiten drohte, wäre

Steinmeier nicht plötzlich aufgestanden und hätte dem Bürgermeister zum Abschied die Hand gereicht.

»Warte, Steinmeier!«, pfiff Mia ihn zurück. »Eine Frage habe ich noch. Wo waren Sie eigentlich als der Mord passierte?«

»Was soll das? Verhören Sie mich? Ich war auf dem Klo!«

»Gibt es dafür Zeugen?«

»Seit wann braucht man auf dem Topf einen Zeugen? Und umgekehrt, gibt es einen Zeugen, der den allseits bekannten und beliebten Bürgermeister in der Jubel-Trubel-Meuchelmenge zur besagten Zeit gesehen hat?«

Ein Punkt für den Bürgermeister, dachte sie sich. »Guten Tag.«

»*Pfiat Gott.*«, verabschiedete sich der Bürgermeister und fügte hinzu: »Bitte, es wäre schon angebracht, dass Sie heute noch ein wenig Rücksicht nehmen bei Ihren Ermittlungen und nicht gerade bei seiner Frau und seiner Tochter beginnen. Was man so hört, sind die ja verständlicherweise völlig am Ende.« – Und gehört hatte er das von seiner geliebten Trudl.

»Steinmeier, Steinmeier...«, sinnierte Mia vor sich hin. »Ich weiß jetzt mehr über den Tod vom Stenzel als über den vom Zilles. Wie soll das weitergehen? Und weißt du was, Kopfweh habe ich auch! Wahrscheinlich war es doch ein Punsch zu viel gestern. Ich sollte mal auf einen Sprung zum Dorfarzt gehen. Vielleicht hat der ein Aspirin für mich. Du kannst ja derweil zurück auf den

Posten. Den sollten wir wahrscheinlich auch wieder mal besetzen.«

Steinmeier blickte etwas enttäuscht drein. Er zögerte. Mia glaubte zunächst, er hätte sie nicht recht verstanden, doch dann trottete er davon.

Neben der Dorfkneipe fand Mia schließlich das grünliche Haus mit dem metallenen Schild, das seitlich neben der Eingangstür montiert war und die Aufschrift trug: *Dr. Helmut Kastner; Allgemeinmediziner; Ordination und Apothekendienst; Öffnungszeiten nach Vereinbarung.* In Plastikfolie eingeschweißt war ein zusätzlicher Ausdruck angeheftet. *Einfach läuten!*

Das tat Mia dann auch. Einmal, zweimal, dreimal. Schließlich öffnete eine dünne Gestalt im Bademantel. Mia konnte schwören, dass sie denselben Mann in demselben Bademantel gestern auf einem der Umzugswagen gesehen hatte.

»Ja?«, fragte der Mann mit weißem zerzaustem Haar.

»Guten Tag! Ich bin Mia Schöndorf, die neue Kommissarin und ich könnte eine Kopfschmerztablette brauchen.«

»Nicht nur Sie!«, erwiderte der Mann.

Mia überlegte, ob er damit sich selbst meinte oder den Rest der Gemeindebevölkerung.

»Kommen Sie herein!«, sagte er, ohne sich vorzustellen.

Sie folgte ihm durch einen Vorraum und ein Wartezimmer in ein Behandlungszimmer.

»Bitte nehmen Sie Platz, ich komme gleich.« Dann verschwand er durch eine Tür. Als er nach kurzer Zeit zurückkam, hatte er über seinen weißen Bademantel einen ebenso weißen Doktorkittel geworfen und ein Stethoskop um den Hals hängen.

»Also, machen Sie mal *Aaaaa*!«, forderte er sie auf.

»Aber ich will doch nur...«

»Nicht sprechen, *Aaaaaa* machen!«

Sie beugte sich der sanften Gewalt und tat wie ihr geheißen: »Aaaaaaaaaaaaa ...«

»Sehr schön, sehr schön!«, kommentierte er das was er sah, während er mit Hilfe einer Stablampe ihren offenen Mund begutachtete und mit einem Holzstück auf ihrer Zunge herumfuchtelte.

»Ihre *Radix linguae* ist außerordentlich kräftig. Und erst der *Dorsum linguae* – was würde ich nicht dafür geben. Ganz zu schweigen von den wunderschönen *Papillae linguales*. Da wird jedes trockene Stück Brot zu einem Geschmackserlebnis!«

So interessant Mia diese Untersuchung auch fand – weniger vom medizinischen Standpunkt, dafür mehr vom psychologischen aus – war es ihr doch nicht angenehm. Also zog sie ihren Kopf langsam immer weiter zurück, bis der Arzt von ihrem Kauorgan abließ.

»Sagen Sie mal, was machen Sie überhaupt mit mir? Ich sagte, ich habe Kopfweh.«

»Kopfweh, Bauchweh, Zehweh, – ist doch alles einerlei. Entscheidend ist immer, wie es Ihrer Zunge geht. Haben Sie noch nie etwas von Zungendiagnostik gehört?«

»Also gut, was haben Sie aus ihr herausgelesen? Wie geht es meinem Kopf?«

»Wie es Ihrem Kopf geht ist doch egal! Solange es nur Ihrer Zunge gut geht. Und hier kann ich Ihnen nur gratulieren. Ihr geht es sogar sehr gut!« Mia seufzte. Dieser Mann konnte unmöglich eine Zulassung als Arzt haben. Gedanklich machte sie sich eine Notiz: *Werde niemals krank in Beidlhausen!*
Aber wo sie nun mal schon hier war, konnte sie den Arzt genauso gut zum gestrigen Abend befragen.

»Sie waren gestern doch einer der ersten bei dem Toten. Können Sie mir schildern, was Sie vorgefunden haben?«

»In der Tat, das kann ich. Ich schwang gerade mein Tanzbein und irgendwann hörte die Musik auf zu spielen. Gleich darauf kam jemand der aussah wie Frankensteins Monster auf mich zu und sagte mir, dass ich sofort gebraucht würde, offenbar lag ein Mann am Boden. Ich eilte durch die Menge zu der betreffenden Stelle und sah den Lehrer Albrecht am Boden liegen. Auf dem Bauch. Aus seinem Rücken ragte ein Messer. Hier an dieser Stelle.« Der Doktor deutete mit seinen Händen an die betreffende Stelle auf Mias Rücken.

»Die Tochter hatte seinen Kopf in den Armen und weinte. Ich tastete sofort nach seinem Puls und horchte nach seiner Atmung, doch vergebens. Ich schätze, dass der Lehrer innerhalb kürzester Zeit tot war, verblutet. Leider konnte ich seine Zunge nicht mehr sehen. Zeit seines Lebens war sie ja nicht das Gelbe vom Ei. Oder besser gesagt, sie war sogar fast so wie das Gelbe vom Ei.

Er hatte Zungenbelag. Raucher und Kaffeetrinker – typisch Lehrer eben. Hätte ihn das Messer nicht umgebracht, dann wären es seine Lebensumstände gewesen.«

»Das meinen Sie doch nicht ernst! Hatte er Krebs?«

»Nein, keinen Krebs. Aber irgendwann sterben wir doch alle an unseren Lebensumständen!«

Der hat doch gewaltig einen an der Waffel!

»Aber es macht doch wohl einen Unterschied, ob das heute durch ein Messer oder in dreißig Jahren durch einen Herzinfarkt geschieht!«

»Wieso macht das einen Unterschied? Tot ist man dann so oder so. Der Unterschied im Totsein ist nur politisch gemacht. Daran sind nur die Konservativen schuld.«

Mia machte sich erneut eine gedankliche Notiz: *Unbedingt Personalien von Dr. Helmut Kastner überprüfen. Vor allem seine Zulassung.*

»Sie wissen aber schon, dass es einen Unterschied zwischen einem natürlich und einem unnatürlichen Tod gibt, oder? Das war nämlich Mord!«

»Sag ich ja! Alles politisch geregelt! Scheiß Konservative!«

»Das heißt, Sie würden Mord nicht unter Strafe stellen?!«

»Das heißt, ich wähle linksliberal!« Mia wollte die Moralvorstellungen und politischen Ansichten des Arztes nicht näher erkunden: »Glauben Sie, dass der Lehrer Feinde hatte?«

»Sie, Frau Schönschorf, da müssen Sie schon den Pfarrer fragen, weil Glaube Sache der Religion ist!«

»Schöndorf, ich heiße Schöndorf! *Wieso merkt sich das hier niemand? Wissen* Sie, ob der Lehrer Feinde hatte?«

»Nein, mir hat er nichts davon erzählt, aber ich habe ihn ja auch nicht gut gekannt. Aber so gelb wie seine Zunge war, würde mich das nicht wundern. Wissen denn Sie, ob er Feinde hatte?« *Seltsames Gespräch*, dachte Mia. *Dem fehlt doch ein Rädchen im Getriebe.*

»Haben Sie den Theodor Stenzel auch gekannt?«, lenkte sie das Gespräch in eine andere Richtung.

»Meine liebe Frau Schöndorfer, es gibt niemanden in dieser Gemeinde, den ich nicht kenne oder gekannt habe. Ich kenne jede Zunge. Und die Zunge vom Stenzel war leider so ähnlich gelb-braun wie die vom seligen Zilles. Der war ja auch Raucher. Am Ende war sie sogar ganz schwarz. Da hatte er es dann wirklich ein wenig übertrieben mit dem Rauchen.«

»Schöndorf, nicht Schöndorfer. Mit wem verkehrte der Herr Stenzel denn so?«

»Das hat er mir nicht gesagt und ich habe ihn auch nicht gefragt. Aber einmal da kam die Silvia Zilles mit einer Entzündung der *Vulvitis* zu mir. Diagnose *Herpes genitalis*. Hundsgemein. Herpes kann man auch auf der Zunge bekommen. Stellen Sie sich vor, was ein *Cunnilingus* hier anrichten kann. Also nicht auszudenken wenn der Albrecht mit der Zunge bei der Silvia... – Stellen Sie sich das vor! Am nächsten Tag kam dann auch schon der Albrecht. Gott sei Dank auch bei ihm nur

Herpes genitalis und kein *Herpes simplex, das heißt kein Lippenherpes.* Also hatten sie keinen *Cunnilingus* und ich habe ihnen dann auch gleich noch die *Fellatio* verboten, also ihm gesagt, seine Frau dürfe keinesfalls – Sie wissen schon was – in den Mund nehmen. Und wissen Sie, wer gleich nach dem Lehrer Albrecht meine Ordination betrat? Der Theodor Stenzel. Hatte ebenfalls *Herpes genitalis*. Wie klein doch die Welt ist. Also ich denke mal, dass der Herr Stenzel mit dem Zilles verkehrte. Vermutlich hat er sich bei denen auf dem Klo angesteckt. Sie kennen das ja, wie das so ist.«

»Nein, kenne ich eigentlich nicht. Wie lange ist das jetzt her?«

»Zehn Jahre werden es schon sein.« Mia überlegte. Eigentlich hätte der Arzt ihr diese vertraulichen Informationen über seine Patienten gar nicht geben dürfen. Andererseits war sie froh über seine Gesprächsbereitschaft und Auskunftsfreudigkeit.

»Erzählen Sie auch anderen, was Sie mir gerade erzählt haben?«

»Nein, interessiert ja doch keinen.«

»Und was ist mit der Verschwiegenheitspflicht?«, wollte Mia wissen.

»Was soll damit sein? Ist das wieder eine Idee von diesen Scheiß-Konservativen?«

»Nein, nein, schon gut!«, beruhigte in Mia. »Vielen Dank, Herr Doktor. Ich glaube ich muss dann wieder los.«

»Schade, schade. Eine so schöne Zunge lasse ich nur ungern gehen.«

»Was soll ich denn jetzt gegen mein Kopfweh machen? Haben Sie kein Aspirin oder eine Schmerztablette?«

»Nein, tut mir leid, das möchte ich Ihrer Zunge nicht zumuten. Sie sind ja im Grunde gesund. Trinken Sie ein Glas warme Milch und dann versuchen Sie, Ihre Zunge für den Rest des Tages so wenig wie möglich zu bewegen. Alles was sie braucht, ist Ruhe.«

»Aha«, sagte Mia zum dritten Mal an diesem Tag. Dann verließ sie die Ordination.

Als sie aus dem Haus trat, las sie erneut das Schild. Nein, nein! Hier stand es doch: Dr. Helmut Kastner. Allgemeinmediziner. Und es gab keine Hinweise, dass hier eine Psychiatrie beherbergt war. Sie streckte ihre Zunge heraus und betrachtete sie im spiegelnden Metallschild. Dann schüttelte sie den Kopf und ging. Vermutlich war sein Rat gar nicht mal so schlecht. Ein Glas warme Milch und Ruhe würden ihr jetzt tatsächlich gut tun.

In der Schule (Donnerstag)

»He Andi, du Wappler, wieso bist du denn heute mit dem Schulbus gekommen? Ich habe mir gedacht, du kannst fliegen. Und wo ist dein Batmobil?«, rief Maxl und grinste hämisch.

»Fürs Batmobil braucht man einen Führerschein. Und fliegen tu ich nur, wenn ich Verbrecher fange.«

»Welche Verbrecher fängst du denn, du Nudelauge?«

»Den Mörder von unserm Herrn Lehrer Zilles, wenn du es genau wissen willst.«

»Ja sicher, den willst du fangen. Du weißt ja gar nicht wer das ist!«

»Das finde ich aber heraus und dann schnappe ich ihn mir.«

»Mit Hilfe von Katzenstreu und Juckpulver von deiner Freundin?«

»Bei dir hat es ja auch funktioniert«, mischte sich jetzt Leni ein. »Wie ein Hosenscheißer bist du davongerannt. Sei froh, dass es Katzenstreu war, da hat dann niemand gemerkt, dass du in die Hose gemacht hast.«

»Sehr witzig, *Catdummchen*. Kann sich der Feigling auch selbst verteidigen oder brauch er immer sein Frauchen dazu?«

»Sicher kann ich mich selbst verteidigen!«, sagte Andi wütend. »Ich bin so stark wie Batman!«

»Dann beweise es!« forderte ihn Maxl heraus.

»Also gut.«, sagte Andi. »Morgen Freitag um 15:00 Uhr bei mir daheim. Da zeige ich euch, wie ich fliegen kann.«

»Das möchte ich sehen, wie du fliegst! Ich bin da und *wehe* du bist es nicht oder du verarscht uns, dann gibt's einen *Deadman*.« Dann ging die Klassenzimmertür auf und alle Kinder stürmten zu ihren Plätzen. Artig und ruhig standen sie hinter ihren Bänken. Niemand geringerer als der Direktor persönlich erschien in der Klasse, begleitet von zwei Polizeibeamten und der Englischlehrerin. Besser gesagt von einem Polizisten und einer Kommissarin. – Und was für einer Kommissarin! Nachdem erst einmal der unübliche Umstand verdaut war, dass der Direktor samt Kommissariat im Klassenzimmer stand, hatte Mia die volle Aufmerksamkeit aller Kinder. Die von den Jungs sowieso, denen schon der Sabber aus dem Mund zu laufen begann, aber auch die von den Mädchen, die sehr wohl registrierten, was diese Frau mit dem Verstand der pubertierenden Buben zu tun vermochte. Und weil das ihr Revier war und ihnen gar nicht passte, wechselten sie in den Zickenterrormodus.

»Bla Bla Bla«, schwafelte der Direktor. Nicht *Bla Bla Bla* direkt, aber in den Ohren der Schüler und Schülerinnen doch sinngemäß. Niemand verstand oder wollte verstehen. Mia hingegen schwieg, doch war ihre Erscheinung sehr vielsagend. Sie stand nur da, die Arme hinten verschränkt, die Brust nach vorne gedrückt und lächelte. Je nach Geschlecht entwickelte sich eine auf Mia bezogene Phantasie in Richtung *Nimm mich!* bei den Buben oder in Richtung *Schleich dich!* bei den Mädels.

Für den hellhörigen und geübten Zuhörer wäre es möglich gewesen, aus dem Flüstern frühreifer dreizehnjähriger folgende Satzteile zu entnehmen: *Boa ist die geil! Das sind große Tutteln! Mir steht er! Ich bin verliebt!* – und von weiblicher Seite wäre Folgendes zu vernehmen gewesen: *Die braucht aber viel Make up! Die ist völlig underdressed! Der Busen ist falsch! Die Haare sind gefärbt! Die ist voll alt!*

»Bla Bla Bla«, beendete der Direktor seine kurze Ansprache und Mia übernahm das Wort.

»Also, ist jemandem von euch in der Vergangenheit irgendetwas Seltsames aufgefallen an eurem Lehrer? Hat er sich komisch benommen? Hat er komische Sachen erzählt?«

»In Mathematik haben wir etwas *Komisches* gemacht. Ich glaube das heißt Kurvenfunktion.« Die Kinder lachten. Mia lächelte. Steinmeier starrte auf ihre Kurven.

»Maxl, wenn du das lustig findest, dann kannst du mir auch bis morgen einen Aufsatz darüber schreiben«, maßregelte ihn der Direktor.

»Am Faschingsdienstag war er irgendwie anders als sonst«, sagte Leni schließlich. »Er war so ... so gereizt. Das war er sonst nicht.«

»Danke, Leni«, sagte Mia, was Leni sofort einige überraschte Blicke einbrachte, weil diese beim Namen genannt wurde. Diese Blicke erfuhren sogleich noch eine Steigerungsstufe als Mia auch Andi direkt ansprach: »Und du Andi, ist dir noch was aufgefallen?«

»Nein, leider nicht«, gab er schüchtern zurück.

»Na, macht ja nichts«, sagte Mia. »Du kannst ja jederzeit zu mir kommen!« Dabei zwinkerte sie ihm zu. Jetzt wurden die Blicke sowohl von den Jungs als auch von den Mädchen teils ratlos und teils neidisch. Maxl brachte leise zu seinem Nachbarn hauchend die Frage, die sich alle stellten, auf den Punkt: »*Was will denn diese Schnitte vom Wappler?*«

»Weiß sonst jemand was?«, fragte sie erneut. Als niemand etwas sagte, ergänzte sie: »Sollte jemandem noch etwas zu Herrn Zilles einfallen, das irgendwie außergewöhnlich war, dann teilt es bitte eurem Direktor mit oder besucht uns am Posten. Auch dann, wenn ihr euch nicht sicher seid. Oder besser besonders dann, wenn ihr euch nicht sicher seid. Denn in unserem Geschäft ist der Zweifel das A und O der Spurensuche. Mein alter Chef in Berlin sagte immer: *Unsicherheit ist eine Auffälligkeit und führt mit Sicherheit zu Gewissheit.* HihaHihaHiha!«

Die Kinder verstanden zwar nicht was sie mit dem Satz meinte, doch nach einem kurzen Augenblick der Erkenntnis, welche aus der letzten Reihe kam und die mit »*Die lacht ja wie ein Esel!*« artikuliert wurde, lachten sie dennoch mit. Schließlich übernahm der Direktor das abschließende Wort: »Bla Bla Bla.« Dann verließ er samt exekutivem Geleit die Klasse. Nur die Englischlehrerin blieb zurück: »Good morning!«

»Wie ich Ihnen gesagt habe«, erklärte der Direktor auf dem Weg ins Konferenzzimmer, »es hätte mich schon gewundert, wenn den Kindern etwas aufgefallen wäre. Ich glaube, bei Albrechts Kollegen und Kolleginnen wird es nicht viel anders sein. Aber es steht Ihnen natürlich frei, das selbst herauszufinden. Ich habe sie angewiesen, Sie nach und nach in meinem Arbeitszimmer aufzusuchen, das frei zu Ihrer Verfügung steht.«

»Danke, das ist sehr nett von Ihnen!«

»Keine Ursache! Es ist ja auch in meinem Interesse, alles Mögliche zur Aufklärung des Mordes beizutragen. Er war schließlich ein langjähriger Kollege.«

Mia saß an einem Schreibtisch mit dem Gesicht der Tür zugewandt, durch die nach und nach die Kollegen und Kolleginnen von Albrecht Zilles eintraten und auf einem Stuhl direkt vor dem Schreibtisch Platz nahmen. So saßen sie sich gegenüber. Steinmeier hingegen bevorzugte ganz wie gehabt, hinter Mia zu stehen und ihr so den Rücken frei zu halten oder sich im Dekolleté zu verlieren.

Der Reihe nach stellte Mia allen Kollegen und Kolleginnen die gleichen Fragen und machte sich Notizen.

»Wie heißen Sie?«

»Wie lange arbeiten Sie schon hier?«

»Wie war Ihr Verhältnis zu Herrn Zilles?«

»Wie lange kannten Sie ihn schon?«

»Gab es in der Vergangenheit gemeinsame Unternehmungen mit Herrn Zilles?«

»Gab es im Kollegium einen Streit mit Herrn Zilles?

»Hatten Sie einen Streit oder eine Meinungsverschiedenheit mit ihm?«

»Hatte er Feinde?«
»Was könnte ein Motiv gewesen sein?«

Man möchte es nicht meinen, aber es gibt Situationen, da unterscheidet sich das Verhalten von Dreizehnjährigen nicht vom Verhalten von Dreißigjährigen und Älteren. Reihum kommen sie zum Verhör. Und während die Männer verlegen stottern und mit ihrer Libido ringen, reagieren die Frauen beinahe feindselig auf jede Frage. Am Ende ist der Raum, und mehr noch, die ganze Schule, hormongefüllt, allein das Notizbuch mit den Fragen bleibt leer. Keine Zweifel, keine Auffälligkeiten. Lehrer Albrecht Zilles war ein Mann ohne Ecken und Kanten. Unscheinbar. Nicht unbeliebt, aber auch nicht beliebt. Ein Mathematiker eben. Er war zufrieden in seiner Welt und vermied es dabei, in jeder anderen Welt Unruhe zu stiften. Außer beim Kaffeetrinken, beim Rauchen und den üblichen Schulveranstaltungen hatte er keinen Kontakt zu anderen Kollegen. Es gab keine bekannten Zwistigkeiten. Es gab gar nichts. – Das war so wenig, dass es fast schon wieder verdächtig schien, dachte Mia. Aber sie konnte ja kaum selbst ein Motiv konstruieren. Sie musste sich einfach noch gedulden. Irgendwann würde sie schon drüber stolpern, über die auffällige Unsicherheit.

Der Stenzel Bruder und die Bank (Donnerstag)

»Es ist zwar noch recht früh, aber meinetwegen – Prost!«, meinte der dicke Bankdirektor in feinem Anzug und mit Kneifbrille. Dann kippte er den Schnaps in seinen Rachen. Edwin Stenzel tat es ihm gleich.

»Edwin,«, begann der Dicke, »es ist aber so, dass du mich nicht bestechen kannst. Ich weiß, wir kennen uns schon lange und sind schon lange Partner, sogar Freunde, und deswegen fällt mir dieser Besuch heute so schwer …«

»Wir sollten nichts überstürzen«, nahm ihm Edwin die Worte ab. »Darf ich dir noch mal nachschenken?« Er griff nach der Flasche.

»Nein, diesmal nicht!«, wehrte der Bankdirektor ab.

»Aber Roli, was bist du denn heute so bedrückt? Das ist ja eh nichts Neues, dass es mit der Firma nicht gut geht.«

»Nein, das nicht, aber neu ist der Schuldenstand, der ein absolutes Höchstmaß erreicht hat. Edwin, ich weiß nicht, ob du den Ernst der Lage erkennst, aber in vier Wochen bist du pleite – und damit meine ich so *richtig* pleite. Da gibt's dann keinen Edelbrand mehr, sondern nur noch Billigwein aus dem Tetrapack.«

»Aber Roli, das kannst du doch nicht machen. Du musst mir helfen. Wir brauchen eine Lösung!«

»Wie stellst du dir das vor? Es gab schon zweimal eine Lösung. Edwin, mir gehört die Bank ja nicht. Und Geldscheißer habe ich auch nicht. Ich bin bloß Direktor dieser Filiale. Ich muss auch für meine Bilanz Rechenschaft ablegen und habe die internen Prüfer im Genick. Wir haben alle Mittel ausgeschöpft. Wenn ich dir noch mehr entgegenkomme, dann kann ich mir gleich eine neue Arbeit suchen.« Der feiste Bankdirektor blickte vorwurfsvoll.

»Wir könnten doch eine Umschuldung machen«, schlug Edwin vor.

»Umschuldung? Was willst du umschulden? Oder besser, für was willst du umschulden? Edwin, du kannst jetzt schon deine Kredite nicht mehr bedienen. Glaubst du, das wird besser, wenn es noch mehr sind?«

»Dann belasten wir das Haus!«

»Das Haus ist schon belastet! Sogar dein Auto ist geleast. Das einzige, wo kein Pfandrecht drauf ist, sind deine Unterhosen.«

»Also gut,«, sagte Edwin. »eigentlich wollte ich damit ja noch warten, aber wenn es die Umstände erfordern, dann muss ich die Katze eben jetzt aus dem Sack lassen.« Der dicke Roli schwieg und beobachtete von seinem Sessel aus, wie Edwin zu einem großen Bild ging, es zur Seite klappte und dahinter ein Wandsafe zum Vorschein kam. Mit einem Schlüssel, den er aus seinem Jackett zog, entriegelte er ihn und entnahm ein Buch. Nein, kein Buch. Es war ein Stoß aus losen Seiten, die zusammengeheftet waren.

»Weißt du, was das ist?«, fragte Edwin, während er den papiernen Fundus durch die Luft schlenkerte.

»Sicher nicht die Millionenshow«, gab der Bankdirektor ungeduldig zur Antwort.

»Das hier«, begann Edwin Stenzel und deutete theatralisch auf den Papierstapel, »sind die Forschungsnotizen von Theodor.« Dann setzte er eine Pause an, um das Gesagte wirken zu lassen. Allerdings zeigte es keine Wirkung. Als der Bankdirektor keine Miene verzog, ergänzte er: »Hier drinnen stehen alle seine Erfindungen. Hier drinnen steht auch seine letzte Erfindung, – *Powertexx*. Ein Stoff, so leicht und geschmeidig wie Seide, aber bei Bedarf so undurchdringbar und hart wie Stahl. Davon hast du sicher schon gehört. Es gibt ihn wirklich!« Darauf ließ er erneut einen Moment der Stille verstreichen und zog vielsagend die Augenbraue hoch. Diesmal reagierte der Bankdirektor: »Edwin, hör mir zu! Du hast jetzt zwei Möglichkeiten. Erstens, die Bank eröffnet in vier Wochen ein Konkursverfahren oder zweitens, du findest einen Investor, also einen Käufer, der am besten auch gleich so etwas wie einen Businessplan hat.«

»Sag mal, Roli, hast du mir überhaupt zugehört? Weißt du, was so eine Erfindung wert ist?« Edwin schwenkte erneut das provisorische Buch.

»Ja sicher weiß ich, was das wert ist. Halt dich fest: Dieses Buch«, begann er langsam, »mit seinen Erfindungen, ist genau *ein ganzes Bier* wert! Ein Bier bekommt ein guter Geschichtenerzähler bei uns am Stammtisch. Mehr ist das nämlich nicht. Nichts als eine fantastische Geschichte.«

»Ja, spinnst du?«, fuhr Edwin ihn an. »Glaubst du, ich mache Witze?«

»Na, zeig her!«, forderte ihn der Bankdirektor auf. »Gib her! Bring es mir!« Edwin reichte ihm den Packen ohne seine Argusaugen von der vermeintlichen Kostbarkeit abzuwenden. Der Bankdirektor überflog die Notizen. »Was soll das sein? Sind das die gesammelten Kindergartenzeichnungen vom Bernie? Sind das Hieroglyphen? Ist das eine Sprache? Glaubst du ich bin dumm? Hättest du wirklich die Aufzeichnungen und Erfindungen von deinem Bruder, dann hättest du keine Schulden und ich säße nicht hier.«

»Aber das *sind* die Aufzeichnungen vom Theodor«, beteuerte Edwin.

»Ach ja?«, entgegnete sein Gegenüber skeptisch. »Was steht da?«, fragte er und deutete auf eine willkürlich gewählte Kritzelei. Edwin verfiel kurz in betretenes Schweigen. »Ich weiß es nicht, aber darum geht es ja! Sobald das Notizbuch entziffert ist, ist es Millionen wert! – Hier hast du deine Sicherheit!«

»Ja, gehts noch? Ich soll ein Notizbuch voll Kritzeleien, die keiner lesen oder deuten kann, als Sicherheit für einen Millionenkredit nehmen? Sag mir, was ist ein Buch wert, das keiner lesen kann?«

»Es gab dazu auch ein Codebuch zum Entschlüsseln. Der Theodor hatte es immer in seinem Labor mit, um mit dessen Hilfe seine Notizen gleich zu verschlüsseln. Das Problem ist, dass dieses Codebuch mit dem Theodor verbrannt ist. Was aber nicht heißt, dass wir die Notizen nicht bald lesen können, weil sich jetzt eben Kryptographen mit der Entschlüsselung beschäftigen.«

Roli seufzte. »Und seit wann beschäftigen sich Kryptographen damit?«

»Seit vier Jahren.«

»Seit vier Jahren!«, echote der Bankdirektor. »Also seit Theodors Tod. Und ich nehme mal an, du hast keine Kosten gescheut, weil du das ja nie tust, was unser ganzes Problem auf den Punkt bringt. Aber sei's drum. Wen hast du um Hilfe gebeten? Universitäten? Mathematiker? Sprachwissenschaftler? Geheimdienstmitarbeiter aus aller Welt?«

Edwin nickte unsicher.

»Und was bringt dich zu der Annahme, dass morgen gelingt, was in den letzten vier Jahren nicht gelungen ist? Wer sagt dir mit Gewissheit, dass dies tatsächlich die Forschungsnotizen von Theodor sind? Vielleicht ist das auch bloß eine Spielerei oder soll Kunst sein.« Der Bankdirektor ließ einen Augenblick verstreichen. »Edwin, ich sage dir jetzt etwas. Ich habe es immer gut mit dir gemeint und ich meine es auch jetzt gut mit dir, also höre mir bitte gut zu, weil dieses Angebot kommt nur einmal. Du hast wie gesagt zwei Möglichkeiten. Entweder es kommt in vier Wochen der Exekutor und du und der Bernie können beim Moarhof als Knecht anfangen – oder du findest einen Investor. Und verkauft wird sowieso. Entweder von dir – dann bleibt dir wenigstens das Haus – oder von der Bank. Dann bleibt dir gar nichts. Und weil ich es gut mit dir und dem Bernie meine, habe ich mich im Vorfeld auch schon mal umgehört. Es gibt ein chinesisches Unternehmen, das Interesse hat. Edwin, und jetzt hör genau zu: Ich habe mit ihnen am Montag ein

Treffen beim Bürgermeister vereinbart. Schließlich geht's ja um die ganze Gemeinde. Wir haben das so beschlossen.«

Edwin wurde bleich und wusste nicht, wie ihm geschah.

»Edwin, hörst du, am Montag erwarten wir dich pünktlich um 08:30 Uhr beim Bürgermeister im Büro. Dort hören wir uns die Chinesen mal an und dann entscheiden wir. Aber eines kann ich dir jetzt schon sagen, du hast auf jeden Fall keine Luft mehr zum Pokern. Wenn dir Beidlhausen gefällt und du hierbleiben willst, dann sieh zu, dass am Montag irgendwie ein Deal zustande kommt, wo ich als Vertreter von der Bank auch zustimmen kann!«

»A-aber, aber was ist mit der Erfindung – Powertexx?«, stammelte er.

»Edwin, hör mir zu! Vergiss endlich diese idiotische Idee von dieser Erfindung, die für alle den Karren aus dem Dreck ziehen soll. Der ganze Ort scheint davon besessen zu sein. Wenn es dir hilft, dann nimm die Notizen mit nach Hause und versuche, sie weiter zu entschlüsseln. Solltest du eines Tages Erfolg damit haben, kannst du damit immer noch das große Geld machen und meinetwegen auch die Firma zurückkaufen. Aber das sind bloß Träume! Jetzt geht's zunächst mal ums Reale! Edwin, dir steht das Wasser bis zum Hals! Und vergiss nicht: Am Montag um 08:30 Uhr beim Kohlböck! Es geht um deine Zukunft und um die vom Bernie!« Dann streckte er ihm die Hand entgegen. »Pfiat di! Danke für den Schnaps.«

Bei Silvia und Johanna (Donnerstag)

Also gut, dachte sich Mia. *Die Schonzeit ist vorbei.* Sie trat auf der Stelle. Deswegen wollte sie gleich Silvia und Johanna einen Besuch abstatten. In den Lehrbüchern hieß es doch, dass in den meisten Fällen der Täter sein Opfer kannte und umgekehrt. Zugegeben, bei der Akte Zilles war diese Theorie nicht so ganz hilfreich, weil jeder diesen Lehrer kannte. Dennoch begann man normalerweise im engeren Umkreis mit den Ermittlungen und nicht im Dorfladen, beim Bürgermeister oder einem durchgeknallten Arzt. Also, heute musste sie das Ganze ein wenig organisierter angehen. – *Ach ja, der Arzt!*, kam ihr just schon wieder ein unorganisierter Gedankenblitz dazwischen. *Den wollte ich ja noch überprüfen, das hatte ich völlig vergessen! Gedankennotiz: Keine Gedankennotizen mehr machen, sondern in Zukunft nur noch auf Papier!*

»Steinmeier, hast du mein Notizbuch gesehen?« Er schüttelte den Kopf. »Nein? – Dann habe ich es wohl auf dem Posten vergessen. Sehr blöd! – Dann müssen wir jetzt besonders gut aufpassen, damit wir uns alles merken. Ach ja, und lass mich bitte nicht vergessen, dass wir uns Dr. Kastner mal näher ansehen. Das ist ja ein komischer Kauz. Faselt ständig was von einer Zunge und *Fellatio* und dergleichen. «Steinmeier bekam große Ohren. *Fellatio* – ein neues Wort. Klang schön.

Dann läutete Mia an der Tür. Silvia Zilles öffnete nach wenigen Augenblicken. Sie hatte gerötete Augen und ein blasses Gesicht, ihre Haare wirkten unordentlich.

»Guten Tag, Frau Zilles. Ich bin Mia Schöndorf, die neue Kommissarin. Meinen Kollegen, Herrn Steinmeier, kennen Sie ja sicher. Wir untersuchen den Mord an Ihrem Mann. Dürfen wir Ihnen zunächst unser Beileid ausdrücken?!« Dabei streckte sie Silvia die Hand entgegen, die diese mit einem schwachen Griff entgegennahm.

»Danke«, antwortete sie förmlich.

»Es tut mir leid, aber wir müssen Ihnen ein paar Fragen stellen.«, fuhr Mia fort. »Dürfen wir vielleicht hereinkommen?«

»Sicher,«, gab Silvia mit trauriger Stimme zurück, »kommen Sie!«

Mia und Steinmeier folgten ihr in den Bungalow hinein. Er war nicht sonderlich groß, aber zweckmäßig und nett eingerichtet. Sie nahmen am Esszimmertisch Platz.

»Es tut mir sehr leid für Sie!«, begann Mia einfühlsam. »Wenn ich irgendwie helfen kann, dann lassen Sie es mich wissen.«

»Danke«, sagte Silvia zaghaft. »Da gibt es tatsächlich etwas... Können Sie mir sagen, wann das Begräbnis meines Mannes stattfinden kann? Ich... wir möchten gerne Abschied nehmen.«

»Das kann ich gut verstehen«, gab Mia zurück. »Normalerweise läuft es so ab, dass wir zunächst den gerichtsmedizinischen Befund erhalten. Sollten dann von unserer Seite keine weiteren Untersuchungen angeordnet werden, was anzunehmen ist, dann kann der Leichnam freigegeben werden. Ich glaube, dass wir spätestens morgen den Bericht bekommen. Wir rufen Sie an, wenn die Freigabe von uns aus erfolgt ist.«

Silvia nickte schweigend und presste die Lippen fest aufeinander.

»Wie geht es Ihrer Tochter?«

»Den Umständen entsprechend. Sie ist bei Freundinnen. Die lenken sie ab und kümmern sich um sie. Aber das alles belastet sie sehr«, und dabei vollführte sie mit den Händen eine Geste die den ganzen Raum umfasste. »Ich werde niemals dieses Bild aus meinem Kopf bekommen, als ich den Albrecht mit dem Messer im Rücken und in seinem eigenen Blut auf dem Pflaster liegen sah und Johanna weinend und schreiend neben ihm kauerte. Ständig muss ich daran denken.« Ihre Augen füllten sich mit Tränen. Mia hielt inne. Sie wollte keinen Gefühlsausbruch provozieren, aber dennoch das eine oder andere in Erfahrung bringen. Dabei fiel ihr Blick auf ein Bild auf der Küchenkommode.

»Ist das Theodor Stenzel da neben Ihrem Mann?«, frage Mia und deutete auf das Bild. Das zeigte Wirkung. Die Traurigkeit in Silvias Augen und Stimme verschwand. »Das war sein letzter Besuch bei uns bevor er starb. Er war ja ein enger Freund von uns und kam oft vorbei.« Mia gingen zwei Gedanken durch den Kopf: *Herpes genitalis* und *Cunnilingus*.
Steinmeier ging nur ein Gedanke durch den Kopf: *Fellatio*. Dabei blickte er verstohlen nach Mias sinnlichen Lippen.

»Damals kam er vorbei und hat uns neue Vorhänge für das Schlafzimmer gebracht. Wissen Sie, die Bank, auf der Sie gerade sitzen, also der Stoff, den hat er uns geschenkt. Ist der nicht schön? Er war so ein lieber und guter Mensch, den ich auch so gern hatte – und dann musste er sterben.« Dabei brach ihre Stimme und die Tränen kehrten in ihre Augen zurück.

»Warum passiert das mir? Gleich zweimal?«

In der Tat, dachte Mia. *Könnte das die gesuchte Auffälligkeit sein, die am Ende aus der Ungewissheit eine Gewissheit macht?*

»Wenn ich jetzt noch die Johanna verlieren würde, dann würde ich nicht mehr leben wollen«, sagte sie resigniert. »Mir geht es jetzt nur noch um die Johanna. Sobald das Begräbnis vorüber ist, werden wir wegziehen. In eine Stadt. Dorthin, wo uns so wenig wie möglich an diese Tragödie erinnert. Vielleicht kann ich irgendwann wieder einmal so etwas wie Glück erfahren, obwohl ich das heute nicht glaube.«

Na, die hat es ja eilig, dachte Mia. *Aber auch nicht verwunderlich nach den Ereignissen und in dieser Situation.*

»Frau Zilles, ich muss Sie das fragen, hatte Ihr Mann Feinde? Oder gab es Streitereien mit Kollegen oder Nachbarn?«

»Ich habe mir diese Frage auch schon gestellt und mich wieder und wieder gefragt, wer das hat tun können. Aber ich kann es mir nicht denken. Er hätte mir von Problemen erzählt oder ich hätte es gemerkt, aber er war wie immer.«

»Entschuldigen Sie bitte auch die nächste Frage«, kündigte Mia an und räusperte sich. »Hatte er ein Verhältnis? Zum Beispiel mit einer Kollegin?« Sie beobachtete Silvias Reaktion, konnte jedoch nichts Auffälliges bemerken.

»Nein, Albrecht war nicht so ein Typ, der anderen Frauen nachstellte. Er war glücklich mit Johanna und mir.« Eine Träne lief über ihre Wange. So ähnlich hatte Mia es auch gestern bei der Befragung seiner Kollegen festgestellt. Er war glücklich und zufrieden in seiner Welt. Mia glaubte das mittlerweile auch. Alles wies darauf hin. Sowohl die Aussagen als auch die Lebensumstände. Er hatte ein nett eingerichtetes Haus, nicht pompös, sondern klein und fein, mit Liebe zum Detail und einem Hang zur Ordnung – Mathematiker eben. Was sollte man von so einem erwarten? War überhaupt schon mal ein Mathematiker umgebracht worden?

Mia erinnerte sich an die Aussage von Leni, der die Gereiztheit ihres Lehrers aufgefallen war.

»Aber am Faschingsdienstag ist doch etwas vorgefallen…«

Jetzt zeigte sich eine Reaktion. Silvia erschrak merklich. Ein Adrenalinschub ließ augenblicklich ihre Tränen versiegen, die Pupillen erweitern, die Wangen röten und alle Glieder anspannen. Eine Spur zu spät fragte sie dann, sich ahnungslos stellend: »Was soll da vorgefallen sein?«

»Wieso war er so verärgert und gereizt?«

»Ich weiß nicht, was Sie meinen. Woher haben Sie das?«, entzog sich Silvia der Situation, die aus irgendeinem Grund ein Bedrängnis für sie zu sein schien.

Irgendetwas verheimlichte Silvia. Es musste nicht notgedrungen etwas mit dem Mord zu tun haben. Aber dieser Anhaltspunkt war besser als keiner. Es war zumindest ein erster Anhaltspunkt, *wobei nicht jeder Punkt gleich ein Anhaltspunkt ist*, hatte Mias ehemaliger Chef in Berlin immer gesagt: »*Ein Anhaltspunkt ist per Definition etwas zum Festhalten. Haben Sie mal versucht, sich in der Straßenbahn an den Haaren Ihres Nachbarn festzuhalten? Das ist dann ein sogenannter an den Haaren herbei gezogener Anhaltspunkt. Also eine Irrsinnigkeit per se. Aber da ein Mord ohnehin etwas Irrsinniges ist, liegen Sie damit vermutlich gar nicht einmal so falsch.*«

Als Täterin kam Silvia nicht in Frage. So viel hatte Mia aus dem Bericht heraus gelesen. Während ihr Mann auf der Tanzfläche Bekanntschaft mit einem Messer machte, schluckte sie an der Bar mit ihrer Kaffeerunde Tequila. Das musste unweit von der Stelle gewesen sein, wo sie mit Herkules einen Punsch nach dem anderen zu sich nahm. *Wer war dieser Herkules eigentlich?*

Laut Bericht kam Johanna als Täterin ebenfalls nicht in Frage. Sie hatte angegeben, dass sie zum Tatzeitpunkt in eine lange Menschenkette eingebunden war, die sich als Polonaise über den Platz wälzte. Mehrere Augenzeugen hatten das bestätigt. Doch wie konnte einer dieser Augenzeugen Johanna überhaupt gesehen haben, wenn sie als eine von vielen vollmaskierten Mumien unterwegs war? Und immerhin war sie ziemlich schnell bei ihrem erstochenen Vater angelangt. Aber wieso sollte sie ihren

Vater erstechen? Zu wenig Taschengeld? Nein, diese Gedanken führten zu nichts.

»Wann kommt Johanna heim?«, fragte Mia, die die junge Frau persönlich kennen lernen wollte.

»Ich denke …«, begann Silvia und beendete ihren Satz nicht, weil plötzlich jemand im Türrahmen stand.

»Oh! Hallo mein Schatz!«, sagte Silvia leicht erschrocken. »Du bist schon hier! Gerade haben wir von dir gesprochen.«
Auch Steinmeier und Mia waren erschrocken. Sie hatten sie nicht kommen hören.

»Hallo!«, erwiderte eine junge unaufgeregte Stimme.

»Da haben Sie ja jetzt Glück, dass sie gerade gekommen ist.«

Ist sie das wirklich gerade erst?, fragte sich Mia.

Johanna machte einen besseren Eindruck als ihre Mutter. Zwar wirkte sie niedergeschlagen, aber nicht anders als sie es nicht auch nach einer Fünf in Mathe wäre.

»Das hier ist Frau…« – »Schöndorf!«, half Mia nach. Steinmeier wurde erst gar nicht vorgestellt. Johanna kannte ihn ohnehin.

»Es tut mir leid, was mit deinem Vater geschehen ist« begann Mia das Gespräch. »Ich habe gerade mit deiner Mutter über die Ereignisse am Dienstag gesprochen und dabei haben wir uns gefragt, wer wohl etwas gegen deinen Vater gehabt haben könnte? Fällt dir da jemand ein?«

»Nein«, sagte sie leise aber bestimmt.

»Aber was war am Dienstag? Da war dein Vater so anders als sonst. Verärgert und sauer. Weißt du, warum?«

Und hier war er schon wieder: der Adrenalinschub. Johanna zögerte mit ihrer Antwort und blickte kurz unsicher zu ihrer Mutter. »Ich weiß nicht. Mir ist nichts aufgefallen.«

»Ja, das dachte ich mir schon…«, sagte Mia und tat, als wäre ihr die Reaktion nicht aufgefallen. »Weißt du was mich noch interessiert? Dann lasse ich dich auch schon wieder in Ruhe. Im Bericht steht, dass du, bevor du zu deinem Vater geeilt bist, mit vielen anderen Polonaise getanzt hast. Warst du dabei demaskiert?«

»Nein, das war niemand. Die Demaskierung ist immer erst später.«

»Wie hast du in der Menge so schnell davon erfahren, dass dein Vater am Boden liegt?«

»Ich weiß nicht. Plötzlich war die Musik aus und die Kette hat sich aufgelöst. Ich stand ziemlich in der Mitte des Platzes und ganz in der Nähe hat jemand zu schreien begonnen. Manche Leute sind davor zurückgewichen und andere sind stehen geblieben. Ich habe versucht einen Blick auf das Geschehen zu erhaschen und dann die Verkleidung meines Vaters erkannt.« Ihr stockten die Worte und Tränen ergossen sich über ihre Wangen. Silvia erhob sich. »Bitte lassen Sie das jetzt!« Dann nahm sie Johanna in die Arme und drückte sie an sich, nicht ohne selbst Tränen zu vergießen. Auch Steinmeier stieg das Wasser in die Augen und er blinzelte heftig. Mia stand ebenfalls auf und legte eine Hand auf Silvias Schulter. »Ich werde alles tun, um den Mörder schnell zu finden. Danke für Ihre Hilfe!«

Dann verließ sie das Haus, den sich schnäuzenden Steinmeier im Schlepptau.

Wie soll ich bloß den Mörder finden, wenn ich nicht weiß, wo ich suchen soll?, fragte sich Mia. *Hoffentlich kommt morgen der Bericht der pathologischen Untersuchung. Hoffentlich finde ich einen entscheidenden Hinweis. Hoffentlich war es doch ein Unfall.*

Dabei kamen ihr zwei lose zusammenhängende Gedanken in den Sinn: *Unfall* und *Theodor Stenzel*. Steinmeier hatte nur einen Gedanken: *Essen*.
Und weil Mia offenbar Gedanken lesen konnte fragte sie: »Und, was ist Steinmeier, lädst du mich zum Abendessen ein? Gestern gab's Fisch, wie wäre es heute mit Schnitzel?!«
Steinmeier grinste nur.

Kaffeerunde (Freitag)

Trudl: »Schrecklich! Die arme Silvia und die arme Johanna. Die wollten gar nicht mehr zu weinen aufhören.«

Gabi: »Es ist ihnen aber auch nicht zu verdenken. Ich kann es ihnen gut nachfühlen. Damals als ich meinen Martin verloren habe, ging es mir genauso.

Rosi: »Aber Gabi, wieso ist die Silvia heute nicht da? Wäre es nicht besser für sie, unter Leute zu gehen? Ich meine, wir sind doch ihre Freundinnen, die ihr beistehen können.«

Gabi: »Da reagiert jeder Mensch anders. Die einen gehen aus sich heraus und die anderen ziehen sich zurück. Ich habe die Silvia gestern Abend noch angerufen. Ich glaube, wir werden uns bald von ihr verabschieden müssen.«

Trudl: »Wie meinst du das?«

Gabi: »Na, sie und die Johanna wollen Beidlhausen verlassen.«

Rosi: »Echt jetzt?«

Fanny: »Das geht aber schnell.«

Gabi: »Ja, morgen gibt es einen Flohmarkt, wo sie alles was nicht niet- und nagelfest ist, verkaufen will.«

Trudl: »Da war ja noch nicht einmal das Begräbnis, geschweige denn, dass der Mörder dingfest ist.«

Gabi: »Sie hofft, dass das Begräbnis am Sonntag stattfinden kann, wenn die Leiche morgen freigegeben wird. Der Pfarrer hatte gemeint, es ginge, wenn sie es gern so hätte. Und auf den Mörder kann sie ja wohl schlecht warten. Vielleicht haben sie den in zwanzig Jahren noch nicht.«

Rosi: »Wie? Und nach dem Begräbnis macht sie sich dann gleich auf und davon? Da ist ja auch noch das Haus.«

Trudl: »Aber geh! Das Haus ist kein Problem. Für so etwas gibt es schließlich Makler. Ich hätte eher gesagt, da gibt es schließlich auch noch uns!«

Gabi: »Das darf man ihr aber nicht böse nehmen. Sie geht ja nicht wegen uns weg, sondern wegen dem Schmerz, den sie hier empfindet.«

Fanny: »Der Schmerz ist sicher auch deshalb so groß, weil sie den Albrecht im Streit verloren hat – ohne Aussöhnung.«

Trudl: »Wie meinst du das?«

Fanny: »Ihr wisst ja noch, dass am Dienstag in der Kaffeerunde die Silvia zu mir gesagt hat, sie hätte einen Stoff für mich, aus dem ich ganz leicht ein Faschingskostüm für den Umzug machen kann. Na, und nachdem ich noch auf einen Sprung beim Doktor war, wollte ich ihn mir gleich abholen. Ich geh also zu ihrer Haustür und will klingeln, da höre ich wie die beiden sich streiten.«

Rosi: »Der Albrecht und die Silvia?«

Fanny: »Ja genau, der Albrecht und die Silvia.«

Trudl: »Und …?«

Fanny: »Ich bin dann eh nicht lange geblieben, weil es sich ja nicht gehört, aber ich habe mir gedacht die Ohren brauche ich mir jetzt auch nicht zuhalten. Sollen sie halt leiser streiten, wenn es um etwas Diskretes geht.«

Trudl: »Und …?«

Fanny: »Von mir habt ihr das aber nicht! Ein *Gspusi* hat er ihr vorgeworfen. ›*Du hast mich betrogen!*‹, hat er gebrüllt. ›*Mit meinem besten Freund! Die ganze Zeit vor meiner Nase!*‹

Rosi: »Was? Nein!«

Fanny: »Doch! Wenn ich es euch doch sage! Vor allem das Mädchen hat mir leid getan. Die arme Johanna. Die war ja auch daheim. Ich habe sie ja noch gerade vorher ins Haus gehen sehen. Die ist da mitten hinein geplatzt und hat sich alles mit anhören müssen.«

Gabi: »Das gibt's ja nicht!«

Rosi: »Deswegen sah sie beim Umzug so schlecht aus! Das waren gar nicht ihre Tage!«

Trudl: »Ja, und wer ist jetzt der Superhengst?«

Fanny: »Das weiß ich auch nicht. Ich bin dann anstandshalber gegangen.«

Rosi: »Wer war denn dem Lehrer sein bester Freund?«

Trudl: » Das ist eine gute Frage. Also früher war es der Kapellmeister – der Stenzel Theodor – aber der ist ja seit Jahren tot. Der wird wohl nicht der Liebhaber sein, auch wenn er noch so steif ist.«

Gabi: »Geh Trudl, sei nicht so grauslich! Geht uns doch auch nichts an.«

Fanny: »Was heißt, das geht uns nichts an? Die Silvia ist unsere Freundin und sie hat offenbar einen geheimen

Liebhaber. Freundinnen haben doch keine Geheimnisse voreinander, oder?«

Rosi: »Fanny, wo warst eigentlich du, während wir beim Umzug waren?«

Fanny: »Ich? ... Na ja, ich hatte ja dann keinen Stoff für mein Kleid – äh – Kostüm ...«

Gabi: »Und? Wo warst du?«

Fanny: »Ich war auch dort, aber ich stand ein wenig abseits.«

Gabi: »Bei wem?«

Fanny: »Na, bei niemandem! Trudl, dein Bertl hat mich gesehen. Der kann das bestätigen.«

Der Bericht (Freitag)

Es klingelte zweimal.

Mia sagte »Herein!«, obwohl sie wusste, dass die Person an der Haustür das sicher nicht hören würde. Aber sie wusste auch, dass sich keine Person in Beidlhausen davon abhalten lassen würde, deswegen nicht einzutreten. Und so war es dann auch.

»Trari Trara, die Post ist da!«, stürmte der junge Mann ins Amtszimmer der hiesigen Polizei.

»Schönen Tag auch!«, erwiderte Mia. Steinmeier grunzte.

»Was haben wir denn Schönes?«, wollte Mia neugierig wissen.

»Hier sind zwei kleine Briefe«, sagte der Postbote und zog zwei Kuverts aus seiner schwarzen Umhängetasche. Für einen Moment hielt er sie abwägend in der Hand: »Schätze mal Rechnungen, Mahnungen oder Beschwerden.« Dann warf er sie auf den Tisch. »Und hier haben wir einen großen Brief. Ein Eilbrief mit Einschreiben. Schätze mal, dabei geht es um die Beidlhausener Leiche. Bitte hier unterschreiben!« Mia tat wie ihr geheißen. Ganz unüblich blickte ihr der Postler dabei nicht von oben herab auf den Busen, sondern warf noch einmal einen Blick auf das große Kuvert, das er ebenfalls zu den zwei anderen Briefen auf den Tisch gelegt hatte.

»Da hatten Sie Glück, wissen Sie das eigentlich?«, bemerkte er.

»Wie?«, fragte Mia irritiert.

»Na, dass Sie den Bericht oder was auch immer das ist, heute schon bekommen haben. Es ist nämlich auch schon vorgekommen, dass Leute in Beidlhausen jahrelang auf ihre Post gewartet haben.«

»Wieso?«

»Na, wegen der häufigen Verwechslung mit *Beitlhausen*. Erst am Dienstag hatte ich wieder einen solchen Fall. Da liegt ein Brief jahrelang in Beitlhausen und kann nicht zugestellt werden, weil es die angegebene Straße in Beitlhausen nicht gibt. Auf den Absender wurde natürlich auch verzichtet, man ist ja heutzutage zu allem zu faul, also geht auch eine Rücksendung nicht. Aber dann bekommt der Postbeamte eines Tages eine neue Brille und *voilà*, aus Beitlhausen wird plötzlich Beidlhausen. Und hier, sehen Sie!«, sagte er, mit dem Finger auf das Dokument zeigend. »Da wurde als Adresse auch fälschlicherweise Beitlhausen statt Beidlhausen angegeben. Da kann man noch so eine tolle Brille haben samt Röntgenblick, das hilft dann alles nichts, wenn jemand gleich von vornherein das falsche Dorf als Adresse angibt. So was kommt natürlich auch nicht selten vor. Sehen Sie, das *t* ist durchgestrichen und durch *d* ersetzt worden. Das war mein Kollege in Beitlhausen. Wir haben uns über Facebook vernetzt. In schwierigen Fällen *funzt* er mich jetzt über das Smartphone an. Oder ich ihn. Das hier war gestern.« Dabei deutete er erneut mit seinem Finger auf das durchgestrichene *t*. »Da *funzt* er mir doch, er habe einen Brief für das Polizeirevier in der Sackgasse 5. Aber bei ihm in Beitlhausen gibt es doch kein Polizeirevier in der Sackgasse 5. Das ist bei ihm am Kirchenweg 3. Mir ist sofort klar, das muss wieder eine *Beitl-Beidl-Verwechslung* sein, weil hier gibt es sehr wohl ein Polizeirevier in der Sackgasse 5, und ich sag ihm also, er solle doch aus dem *t* ein *d* machen. Das hat er dann auch getan und was soll ich sagen, hier sind wir nun. Ich, der Brief und das Polizeirevier.«

Mia war von der Redeflut überwältigt. »Es lebe die Sehhilfe, es lebe die Technik, es lebe Facebook, es lebe das Funzen! HihaHihaHiha!« Wobei sie nicht wirklich verstand, was er mit *funzen* meinte. Vielleicht meinte er *funken* und konnte dies wegen einer Sprachstörung nicht aussprechen – oder es war wieder irgend so ein Gewerkschaftsding.

»Aber das sage ich doch!«, bestätigte der Mann von der Post. »Einfacher und billiger wäre es wahrscheinlich, gleich den ganzen Ort umzubenennen. Ich meine *Beidlhausen* ist doch ohnehin kein anständiger Name. Wissen Sie, wie die in Beitlhausen zu Beidlhausen sagen? Ich muss Ihnen jetzt ja sicher nicht erklären was umgangssprachlich mit *Beidl* am Land – also hier in dieser Gegend – gemeint ist? Nein? Ja? Also ich drücke es mal so aus, da wo Sie herkommen würde man nicht Beidlhausen sagen, sondern Penishausen. Verstehen Sie? Pe – nis – hau – sen«, zerlegte er das Wort in seine Silben. »Hier kann ich es ja sagen. Aber einmal habe ich meine Post drüben am *Marktplatz 1* abgeliefert, also im Gasthaus – und als ich denen dann, wie Ihnen, vor Augen geführt habe, dass sie eigentlich genau in der Gemeinde wohnen, wo rein lingual auch die ganzen *Beidln* – also die *Penisse* vulgo *Schwänze* – wohnen, da haben sie mir glatt eine aufs Maul gegeben. Was kann denn ich dafür, ich bin doch nur der Postausträger. Und sagen tu das ja nicht ich, sondern die Beitlhausener. Das könnte also schnell zur Zufriedenheit aller gelöst werden, wenn wir zum Beispiel aus Beidlhausen ein Breihausen oder ein Scheitlhausen machen. Scheißhausen wäre wieder nicht so gut, aber ein Feitlhausen ginge auch noch. Sie wissen doch was ein Feitl ist, oder? – Ein aufklappbares Taschenmesser. Wenn dann die Beitlhausener sagen, in Feitlhausen sind lauter Feitln zuhause, also lauter Taschenmesser, dann wäre das nicht wirklich schlimm. Dann hätte man sozusagen den Beitlhausenern mit einem Messer die Schneid abgekauft. Das klingt komisch, aber das sagt man so bei uns. Das müssen Sie nicht verstehen. Das ist nur so ein Spruch. *Jemandem die Schneide abkaufen.* Das heißt so viel wie, jemand anderen Kraft des eigenen Wortes in seine Schranken zu verweisen. – Also, die Beitlhausener würden durch die Feitlhausener in die Schranken gewiesen, weil aus Beidln dann Feitln werden. Ich glaube …«

»Ja, das ist schon sehr interessant für mich als Berlinerin.«, unterbrach ihn Mia.

»Nicht wahr, ich kann …«, wollte der Unterbrochene gleich wieder fortfahren.

»Sicher können Sie!«, stellte sie klar. »Draußen auf der Straße, in der Gemeinderatsversammlung oder am Sonntag in der Messe. Aber bitte nicht hier! Wir sind nämlich Exekutive und nicht Legislative und können da sowieso nichts tun. Außerdem habe ich nichts gegen Penisse. HihaHihaHiha!«

Steinmeier musste wieder an *Fellatio* denken und wurde rot.

»Danke aber trotzdem für Ihre Ergüsse. Guten Tag!«

»Ja, kann ich dann …?«

»Guten Tag!«, sagte sie jetzt im Befehlston.

»Na, wollen wir es hoffen!«, sagte der Postbedienstete trotzig im Hinausgehen. »Zum Marktplatz 1, diesen Wirtshaushooligans, muss ich nämlich auch noch.« Damit schlug er laut die Tür hinter sich zu.

»Hast du Nerven! Jetzt schwirrt mir aber der Kopf. Ich schwanke zwischen *Beidl* und *Feitl*. Wie geht's dir Steinmeier? Ach vergiss es, ich kann es mir schon denken.«

»Also, was haben wir denn hier?«, fragte sie sich, während sie den großen Umschlag in die Hand nahm. »Hoffentlich ist es das, was ich denke, – Bei*d*lpost. HihaHihaHiha! Oh schade! Ist nur ein gerichtsmedizinischer Bericht samt Forensik. Na, mal sehen…«, begann sie und dann wälzte sie sich durch die Seiten und das Fachchinesisch hindurch. »Rate mal, woran unser Lehrer gestorben ist«, sagte sie zu Steinmeier. »Ganz genau! An einem Messerstich. Leber, Galle, Lunge. Alles hin. Also gestorben ist er nicht am Stich an sich, sondern an den unmittelbaren Folgen. Blutverlust, Lungenkollaps, Erstickung, Herzstillstand. Das volle Programm. Obwohl, von Hirntod steht hier nichts, also doch nicht das volle

Programm. Meinst du, wir können ihn dann noch befragen?«, witzelte sie und wurde gleich darauf wieder ernst. »Das Messer trat von unten, auf der linken Seite des Rückens, ein. Das würde an und für sich auf einen Linkshänder oder eine Linkshänderin schließen lassen. Der Stich verläuft allerdings leicht nach außen geneigt, das heißt in Richtung der Rippen und nicht in Richtung der Wirbelsäule. Das lässt wiederum auf einen rechtshändigen Täter schließen. Der Täter muss geschätzte Ein-Meter-Siebzig bis Ein-Meter-Achtzig groß gewesen sein –inklusive Schuhe? Das steht da wieder nicht. Tsts…«, bemängelte sie die fehlende Information. »Das Messer war aus rostfreiem Stahl, fünfzehn Zentimeter lang, in gummierten Hartkunststoff eingefasst und Marke *Kitcho*.« Also ein schlichtes Haushaltsmesser aus dem Supermarkt. »Ah, das ist interessant!«, fuhr sie fort. »Am Griff des Messers fand sich Goldfarbe. Was sagt uns das? Es könnte jemand aus der Musikkapelle gewesen sein! Womöglich ist die Farbe aber auch erst später dazugekommen, als sich Johanna Hals über Kopf auf ihren Vater gestürzt hat und die ja auch als goldene Mumie verkleidet war. Das bringt uns nicht weiter.« Mia setzte kurz mit ihren Ausführen ab um sich weiter in den Unterlagen zu vertiefen, dann fuhr sie fort: »… Er hatte 0,6 Promille Alkohol im Blut. Also zwei, drei Bierchen. Das reicht nicht für ein Delirium und einen alkoholbedingten Unfall. Zumindest nicht von seiner Seite. Aber auch von anderer Seite wird es schwer, einen dreizehn Zentimeter tiefen Stich mit einem Unfall zu erklären. Mein lieber Schwan, das war dann schon ein

Unfall mit Anlauf... Ansonsten keine Gewalteinwirkung«.

»Steinmeier, Steinmeier. Wir haben ein Problem. Es gibt einen handfesten Mord, bloß der Täter fehlt. – Es ist immer das gleiche!«, war Mia genervt. »Im Grunde haben wir immer noch nichts an das wir uns klammern könnten. Keine Auffälligkeiten und keine Sicherheit bringende Unsicherheit.«

»Steinmeier, ich muss mal eine Runde drehen.«, sagte Mia zu ihrem Kompagnon. »Sei doch so gut und regle das mit der Leiche. Die soll freigegeben werden. Und wenn du das O.K. hast, dann gib der Silvia Zilles Bescheid, dass sie ihn abholen und einbuddeln kann. Ja? Du bist ein Schatz!«

Ein bisschen enttäuscht war er schon, der Steinmeier, dass er nicht mitkommen durfte, aber sie hatte ihn immerhin *Schatz* genannt! Ein seliges Lächeln breitete sich auf seinem Gesicht aus.

Der Flug des Wapplers (Freitag)

Jetzt zitterten ihm die Knie. Gut, dass er sein Cape umgehängt hatte, so konnte Leni es nicht sehen. *Was ist das eigentlich für eine saublöde Idee?*, fragte er sich. *Das kann ja eigentlich nur schiefgehen.* »Leni, glaubst du schon, dass das klappt?«, versicherte er sich bei seiner Freundin.

»Aber klar, was soll sein?«, fragte sie selbstsicher zurück.

Die Leni hatte Mut, soviel war klar. Und auch noch viel mehr davon als er. Genauer gesagt stand Andi kurz davor, mehr als nur eine Blähung in seine Batman-Shorts fahren zu lassen. Das wäre dann der Worst Case – der Leberkäs Worst Case um exakt zu sein. Nachdem er sich am Mittwoch im Laden Nylonschnur und Batterien für seinen Stimmverzerrer besorgt hatte – für den Showeffekt musste schließlich auch gesorgt sein – begannen sie auch schon mit den Vorbereitungen. Sie besorgten sich einen starken Holzkleiderhaken, Nähnadel und Schere. Und Leni wäre nicht die Tochter einer Schneiderin, wenn sie nicht selbst ein paar grundlegende Stiche vollführen könnte. Das Ergebnis war schließlich ein Kleiderhaken, der unter das Cape im Kragen des Batman Kostüms eingenäht war. Nicht, weil es praktisch war und man so das Kostüm mit einem Handgriff auf die Kleiderstange im Kasten befördern konnte, nein, – dem eigentlichen Zweck dieser Modifikation wurde er erst heute zugeführt.

Nach paniertem Leberkäse mit Kartoffelsalat und Semmel hatte Andi sich mit Leni vor dem Heustadel des elterlichen Hofs getroffen. In diesem Heustadel gab es eine Heutreppe, die hinauf ins Obergeschoss führte. Und wie jeder alte Heustadel und Bauernhof von altem Stand, befand sich in diesem Obergeschoss erstens das kleinere Pendant des Scheunentores vom Erdgeschoss und zweitens war darüber ein alter rostiger Kranausleger befestigt. Eine Schiene, die sich quer durch den Heuboden erstreckte und die einige Meter über ihn hinausragte, sodass ein mechanischer Greifer, der sich mit Hilfe eines Schlittens entlang dieser Schiene bewegte und der an einer Kette befestigt war, Heu vom Erdboden aufnehmen konnte, dieses Heu nach oben zu hieven vermochte und es dann entlang der Schiene ins Innere der Scheune transportierte. Für Lenis und Andis Plan waren die Greifer und die Kette unerheblich. Allein die rostige Schiene war von Bedeutung. Die Schiene und eine faustgroße Eisenöse an ihrem Ende, zehn Meter über dem Erdboden. Irgendwie gelang es ihnen mit Hilfe von langen Stangen, Geduld und der *Trial-and-Error*-Methode, die Nylonschnur durch die Öse zu fädeln. Das eine Ende der Schnur wurde am Kleiderhaken angeknotet, welcher ins grüne Cape eingenäht war. Das andere Ende fand den Weg in den rückwärtigen Teil des Heubodens. Dort wurde die Schnur zwecks Erhöhung des Reibungswiderstandes einmal um einen Balken gewickelt, bevor das lose Ende um einen dicken Stecken herum fixiert wurde. Leni würde sich dann später wie eine Wasserskifahrerin an diesen Stecken klammern. Nur dass es kein Boot sein würde, das

an der Schnur zieht, sondern Andi alias Batman, der sich sechs Meter über der Erde und vier Meter unter der Öse schließlich durch die Luke ins Freie stürzen wollte, um seinen angekündigten Flug anzutreten.
Der Vollständigkeit halber muss ergänzt werden, dass dieser Plan überhaupt nur dadurch ermöglicht wurde, weil Familie Bauknecht wie so viele andere Bauern auch, auf Fütterung mit Silage umgestellt hatte und deswegen kein Heu auf dem Heuboden mehr eingelagert war, welches sonst im Weg wäre. Zum anderen war auch das 1935 erfundene Nylon essentiell, das sehr dünn, biegsam und trotzdem extrem tragfähig ist. Zur Sicherheit hatten es die Kinder in doppelter Führung verwendet, denn schließlich waren sie nicht verantwortungslos. Nun stand Andi mit einer Heidenangst sechs Meter über dem Erdboden zum Absprung bereit – oder auch nicht bereit. Dank seiner Maskierung sah man weder sein aschfahles Gesicht noch seine zitternden Knie. Gesichert war er dabei durch eine doppelte Lage Angelschnur, einen bremsenden Balken und Leni, die rückwärtig das Ganze kraft ihrer dünnen Arme sicherte. Was also konnte da noch schief gehen?

»Leni, sie kommen!«, rief Andi plötzlich, der die Bande voll Arschgeigen, wie er seine Kameraden manchmal zu nennen pflegte, auf ihren Rädern herannahen sah.

»Okay,«, sagte sie, »ich bin bereit!«

Ich nicht!, dachte Andi.

»He Wappler, wir sind da!«, rief Maxl überflüssigerweise.

»Geh schon, zeig uns, wie du auf deine Wampe fliegst!«

»Ja genau, du komischer Vogel!«

»Aber wir helfen dir nicht, wenn du dir den Arsch brichst.«

»Hahaha.«

Andi ging zunächst zum leichteren Teil seines Zwei-Phasen-Plans über. Phase eins konzentrierte sich voll und ganz auf den Showeffekt. Er schaltete seinen Stimmverzerrer ein und sprach mit tiefer, kratziger und unnatürlich verzerrter Stimme: »Ich bin Batman. Ich bin der Hüter der Gerechtigkeit. Ich werde euch killen.« – Wobei er mit dem letzten Satz stark improvisiert hatte. Batman hätte das wahrscheinlich nie so von sich gegeben, aber er hatte es auch noch nie mit einem Maxl samt seiner Bande zu tun gehabt. Sein Erfolg gab ihm recht. Seine Widersacher waren sichtlich beeindruckt und vorerst verstummt.

Dann kam Phase zwei. Zumindest sollte sie kommen. Der Sprung samt krönendem Flug. Doch Andis Füße wollten sich nicht vom Fleck bewegen.

»Geh schon weiter! *Hüpf* endlich!«, krächzte Leni im Halbflüsterton.

Und gerade als Maxl schon wieder sein Maul aufreißen wollte, um irgendwelche beleidigenden Tiraden loszulassen, kam Rudi aus seinem Versteck geschossen, lief von hinten auf Andi zu und gab ihm den entscheidenden Stoß zum Abflug. Seinem Bruder konnte man nichts verheimlichen. Schon gar keinen Flug von der Scheune.

Andi schrie vor Schreck. Durch den immer noch eingeschalteten Stimmverzerrer klang es tatsächlich so, als würde eine Fledermaus kreischen – oder ein übergewichtiger Flugsaurier. Und es war durchaus beeindruckend. Es schien, als würde Andi in einer galanten Pendelbewegung langsam und von selbst Richtung Erdboden fliegen. Es sah ja schließlich niemand die um die Hälfte leichtere Leni in ihrem Catwoman-Kostüm, die trotz des Reibungswiderstand leistenden Bremsbalkens und trotz der zusammengebissenen Zähne, langsam aber sicher über den Heuboden gezogen wurde. Wie eine Zirkusartistin am Trapez, die ohne Sicherheitsnetz arbeitet und plötzlich eine Panikattacke bekommt, klammerte sie sich an ihrem Stecken fest. Irgendetwas in der Planung war schief gegangen, das war ihr nun klar. Die Rettung des Helden lag nun in ihrer Hand.

Und gerade als sich Andi dachte: *Hurra, es funktioniert!*, machte es *RATSCH*. Ein kurzer Ruck und aus dem langsamen Sinkflug wurde ein sich beschleunigender, freier und geradliniger Fall. Das Cape am Kleiderhaken war vom Rest des Kostüms samt Superhelden abgerissen. Leni setzte es dabei auf ihren Hintern, da Andi nun als Gegengewicht fehlte.

Da es bezüglich der Ausscheidungsmenge egal ist, ob Kühe Heu oder Silofutter fressen und weil Herr Bauknecht in seiner Faulheit über den Winter lieber einen zweiten Misthaufen direkt vor der nutzlosen Heuscheune angelegt hatte, anstatt den Mist gleich auf das Feld zu bringen, landete unser Batman nun relativ weich – so weich und elegant wie man in einem Haufen Scheiße landen kann. Telemark wurde es nicht und Haltungsnoten bekam er auch keine, aber dafür blieben ihm Verletzungen erspart. Nicht erspart blieb ihm hingegen das Gelächter. Wenn sich jemals einer totlacht, dann stehen die Chancen gut, dass es in diesem Moment passiert. Die Kinder *zerpeckten* sich vor Lachen und stürzten reihenweise nach Luft schnappend auf den Boden. Es sah aber auch wirklich zu komisch aus. Da ruderte der Andi in seinem hautengen Kostüm mit Händen und Füßen in dem Mist, in dem er feststeckte, und über ihm flatterte im Wind wie von unsichtbarer Hand getragen, sein grünes Cape. Und von irgendwo her ertönt eine tief verstellte Stimme, die immer und immer wieder das gleiche wiederholt: »Ich bin *Fatman*. Ich mache euch platt! – Ich bin *Fatman*. Ich mache euch platt!« – Rudi hatte wirklich einen Sinn für das richtige Timing, das musste man ihm lassen. Andi hätte Eintritt verlangen sollen. Mit dieser Nummer könnte man richtig Geld verdienen, wenn man die Vermarktung ebenso richtig anstellte. – Aber vorerst kamen nur die gemeinen Schulkollegen auf ihre Kosten, – also, die immer noch vor Lachen brüllten – was auch so schnell nicht aufhören würde, weil Andi zum einen immer noch tief im Dreck steckte und scheinbar nicht mehr mit eigener Kraft herauskam und zum anderen jedes verfügbare Quäntchen Luft, dass in irgendeiner Lunge steckte, dazu genutzt wurde, die Lacher immer weiter zu befeuern.

»Schaut euch den Mistkäfer an, wie komisch der rudert!«, entfuhr es Maxl. »Ja, sag einmal, Andi, wer hat dich denn ausgeschissen?« – »Ich glaub dein Cape fliegt jetzt auf eigene Faust.« – »Kacke, das geht ab.« Irgendwann stand auch Leni neben dem Misthaufen und musste sich auf die Zunge beißen, um nicht selbst laut loszulachen. Schließlich besann sie sich, nahm den nahegelegenen Besen, der an der Scheune lehnte, und hielt Andi das eine Ende hin, damit er sich daran festhalten konnte. Sie schaffte es, ihn soweit zum Rand des Misthaufens zu befördern, dass er sich aus eigener Kraft befreien konnte. Zu diesem Zeitpunkt weinte und wimmerte er schon ein Weilchen. Nun fand es auch Leni nicht mehr lustig. Er tat ihr leid. Mit hängenden Schultern und laut schluchzend trabte er Richtung Innenhof davon. Gerade als das Lachen weniger wurde und zu verstummen schien, hörte man die aufgeregte Stimme des Hans Bauknecht, die alle wieder zerkugeln ließ: »Ja Andi, wie schaust denn du schon wieder aus? Hast du in der Adelgrube gebadet? Na, so kommst du mir aber nicht ins Haus! Zieh dich aus und dann spritze ich dich mit dem Schlauch ab.«

Leni kümmerte sich derweil um das Cape. Sie ging wieder auf den Scheunenboden, zog es hoch und löste es von der Schnur. Sie stellte fest, dass es durch das Umnähen und den Abriss schwer beschädigt war. Das würde Andi sicher den Rest geben. Davon abgesehen war ein grünes Cape wirklich nicht das wahre Outfit für einen Superhelden. Sie beschloss, es erst einmal mitzunehmen. Vielleicht konnte sie diesbezüglich irgendetwas für ihn tun. Als sie schließlich mit ihrem Rad davonfuhr, hörte sie Maxl und die anderen immer noch lachen und witzeln.

Am Stammtisch (Freitag)

Mia hatte den Nachmittag genutzt, um in Ruhe bei einem Spaziergang mit anschließender Pause noch mal über alle Fakten nachzudenken. Leider stellte sie fest, dass alles vage war und nichts konkret. Die Tat konnten alle begangen haben oder niemand. Es war verwirrend. Genauso verwirrend wie Leni, die ihr am Nachmittag mit dem Fahrrad im Catwoman-Kostüm entgegenkam und auf die Frage »Hallo Leni, wie geht's?« nur lapidar mit »Alles Scheiße!« antwortete und ohne weiteren Kommentar an ihr vorübersauste. Am Ende kam sie zu der Erkenntnis, dass sie bei ihren Ermittlungen einen gravierenden Nachteil gegenüber allen anderen hatte. Sie war neu und kannte im Grunde niemanden. Und weil der Mörder meist aus dem Umfeld des Opfers kam, hatte sie schlechte Karten. Sie musste die Menschen dieses Ortes besser kennen lernen. Und wo ging das besser als im Gasthaus beim Stammtisch?

»Schönen guten Abend, meine Herren!«, begrüßte sie die Männer. »Hier geht's ja noch, oder?«, fügte sie hinzu und setzte sich auf den freien Stuhl – zufälligerweise gleich neben Steinmeier.

»Das hier ist aber der Stammtisch!«, bemerkte der alte Kommissar im Ruhestand, der sie scheinbar nicht so recht leiden konnte.

»Aha«, sagte Mia und versuchte ihn mit seinen eigenen Waffen zu schlagen. »Ist ja auch wirklich ein schöner Stamm.« Sie strich mit der flachen Hand über die Holzmaserung der Tischoberfläche, worauf ein Schmunzeln durch die Runde ging.

»Nein, das heißt, hier sitzen nur wir – nur Männer!«, gab der alte Kommissar zurück.

»Haben sich das die Konservativen ausgedacht?« Wieder ging ein Schmunzeln durch die Runde. Und wie geplant war das natürlich auch das Aktivierungscodewort für den Doktor, der mit roter Nase bei einem ebenso roten Gläschen Wein saß.

»Diese scheiß Konservativen! Wer hat sich das eigentlich ausgedacht, dass hier nur Männer sitzen dürfen? Das ist doch wieder alles nur politisch!«

»He he!«, fuhr der Bürgermeister dazwischen. »Du kannst dich ja zu den Weibern hinüber setzen, wenn es dir nicht passt. Außerdem pass auf, was du sagst, wenn du noch länger hier arbeiten willst. Schließlich bin ich als Konservativer mit über 60 Prozent der Stimmen vom Volk gewählt.«

»Bertl! Wenn du noch einmal *Weiber* zu uns Frauen sagst, dann schwör ich dir, dass wir dich nächstes Mal nicht mehr wählen!«, tönte es drohend vom Nachbartisch.

»Ja ja, Trudl. Ist schon recht«, gab der Bürgermeister kleinlaut zurück. Dabei erblickte er Fanny, die ihm zuzwinkerte. Er zwinkerte zurück.

»Ich muss eh aufs Klo«, stellte er fest, erhob sich und ging.

»Ein Bier bitte!«, bestellte Mia jetzt bei Rosi. Nachdem der Bürgermeister ausgetreten war und mit ihm kurz darauf Fanny vom Nachbartisch, sah es der alte Kommissar als seine Aufgabe an, den Faden wieder aufzunehmen. »Steinmeier, hast *du* sie mitgenommen?«, fragte er etwas grantig. Aber der schüttelte nur den Kopf.

»Danke!«, sagte Mia, die soeben ihr Bier erhielt. »Aber ich bin doch eine erwachsene Frau und kann schon selbst bestimmen wohin ich gehe und mich setze.«

»Toni, lass gut sein«, versuchte der Pfarrer zu vermitteln. »Wir leben schließlich im 21. Jahrhundert.« Worauf der Arzt zu lachen begann: »Und das sagt ausgerechnet ein Pfarrer! Konservativer geht's ja gar nicht mehr. Nur der Herrgott ist noch konservativer. Eine Frau darf doch maximal das Essen kochen und den Goldluster putzen, wenn es nach deinem Vorgesetzten geht.«

»Sagt ja keiner, dass ich das gut finde. Du findest ja auch nicht alles toll, was die Ärztevereinigung dir vorschreibt und trotzdem bist du Arzt. Und überhaupt, wer kocht und putzt denn bei dir?« Beide blickten unbewusst zu der Stelle wo Fanny gesessen hatte.

»Genau«, mischte sich jetzt Karl – alias Ludwig der XIV vom Moarhof – in die Konversation ein. »Es ist schon nicht das schlechteste, wenn es eine Ordnung gibt und jeder weiß, wo er hingehört. Also, was ist schlecht, wenn Frauen kochen und putzen und die Männer arbeiten? Die wollen das doch selbst auch so.«

»Wer hat dir das gesagt?«, wollte der dicke Bankdirektor wissen. »Deine Frau kann es ja nicht gewesen sein, du hast ja keine. Und vielleicht gerade deswegen.«

Karl wurde rot und schwieg mangels einer schlagfertigen Antwort.

Normalerweise war Roli zurückhaltender – auch im Hinblick auf seine Kundschaft – aber von Karl wusste er, dass dieser seine Geschäfte bei einer anderen Bank im Nachbarort tätigte. Da durfte man ihn den Unmut auch schon ein wenig spüren lassen.

Fanny kam zur Tür herein und nahm wieder an ihrem Tisch Platz. Dabei zwinkerte sie dem Doktor zu.

»Na, ganz unrecht hat der Karl aber nicht«, sagte nun ein Mann mittleren Alters, der Mia irgendwie bekannt vorkam, obwohl sie sich nicht erinnern konnte, ihn schon einmal gesehen zu haben. »Frauen bekommen nun mal die Kinder, das war schon immer so, und das geht ja wohl schlecht am Arbeitsplatz. Aber wir haben ja heute eine Expertin hier. Mia, was meinst du dazu?«

Mia wunderte sich, dass sie diesem Mann offenbar bekannt war. Der Bürgermeister kam in diesem Moment zur Tür herein, schloss seinen Hosenschlitz, der immer noch offen gestanden hatte, und setzte sich mit entspannter Miene wieder zu ihnen. Der Doktor zwinkerte Fanny zu, stand auf und ging ebenfalls Richtung Toilette.

»Na ja,«, sagte Mia, »für's Kinderkriegen gibt es ja die Karenzzeit. Und warum sollten Frauen nur putzen und kochen? Es ist doch wohl nicht zu viel verlangt, wenn jeder seinen eigenen Schmutz wegputzt und kochen hat auch noch keinem Mann geschadet. Es gibt ja viele berühmte Männer, die kochen. Das ist alles eine Frage der

Einstellung und der Erziehung.« Am Nachbartisch hörte man Fanny sagen: »Ich weiß nicht, ich muss schon wieder aufs Klo. Ich glaube, das ist heute wieder einmal mein Reizdarm.« Dabei erhob sie sich, zwinkerte dem alten Kommissar zu und ging. Trudl schrie ihr noch mahnend nach: »Fanny, du musst dir das unbedingt einmal anschauen lassen. Das geht bei dir andauernd so.«

»Vielleicht liegt es auch am Wein«, gab eine andere in der Runde von sich. »Das wird so ein billiger Fusel sein, mehr Frostschutz als Alkohol. Mir schmeckt er ja auch nicht recht.«

»Aber am Dienstag hast du mir noch erzählt, dass du unbedingt einmal Kinder haben willst und dann am liebsten Hausfrau wärst«, sagte der unbekannte Mann. Mia wurde rot. Das war *Herkules*. Mit ihm hatte sie sich die *Hucke* voll gehauen! Jetzt fiel es ihr verschwommen wieder ein. Der alte Kommissar stand auf und bewegte sich Richtung Toilette.

»Na ja, aber du hast mir auch einiges erzählt«, versuchte sie mit männlichem Humor zu kontern. »Du hast gesagt, du heißt Herkules und bist der stärkste Mann weit und breit. Dann hast du gemeint, du hättest Gold in Hülle und Fülle und dass bei dir keine Frau arbeiten müsste und im Bett bist du sowieso ein Gott. Jetzt zeig einmal her deinen Gott, damit ich weiß, ob das alles stimmt!«

Damit brachte sie den Tisch zum Lachen. Alle, bis auf Herkules und Steinmeier, die nur so taten als ob. Selbst der Bürgermeister stimmte herzhaft in das Gelächter mit ein.

Jedenfalls hatte die Mehrheit des Stammtisches sie nun akzeptiert.

»Rosi, bringst mir noch ein Bier?«, orderte der dicke Roli.

»Mir auch!« »Mir auch!« »Mir auch!«, stimmten die anderen im Kanon mit ein. Wenn Männer an einem Tisch Bier trinken, dann ist das ja so, wie wenn Frauen gemeinsam unter einem Dach leben. Bei Frauen synchronisiert sich die Periode und bei Männern die Trinkgeschwindigkeit. Zumindest lautete so die Erkenntnis einer voran gegangenen Stammtischrunde. Seltsam war lediglich, dass das Wasser lassen scheinbar einem anderen Takt folgte – nämlich dem von Fanny, die soeben wieder zur Tür hereinkam und Platz nahm. Nicht ohne dem dicken Roli noch schnell einen Zwinkerer zuzuwerfen, der diesen jedoch ignorierte. Dicht gefolgt traten nun auch der Arzt und der alte Kommissar wieder in das Gastzimmer ein, wobei der eine dem anderen freundlich die Tür aufhielt und der andere dem einen ein ebenso freundliches Lächeln schenkte.

»Und Fanny?«, fragte Trudl. »Geht's wieder besser?«

»Geht schon…«, gab diese zur Antwort.

»Du hast da was auf der Stirn.«, erkannte Trudl, nahm kurzerhand eine Serviette und wischte es eilends weg. Dann zeigte sie Fanny die Ausbeute.

»Ohh!«, bemerkte diese mit einem unsicheren Lächeln. »Das ist Haargel.« Zögerlich fügte sie hinzu: »Ich habe mir versucht die Frisur etwas zu richten. Ich muss ja dringend wieder zum Friseur.«

»Aber geh wieso denn?«, fragte Trudl. »Ist doch eh hübsch! Im Gegenteil, du solltest deine Haare so struppig lassen wie sie sind und nicht zu viel Gel nehmen, da verklumpen und verpicken sie nur.« Dabei fuhr sie ihr mit den Fingerspitzen ins Haar und betastete eine eben solche verklumpte und verpickte Stelle.

»Das ist glaub ich auch kein so gutes Gel. Das greift sich komisch an.« Dabei zerrieb sie die entnommene Probe zwischen ihren Fingern und führte diese zur Nase, um die Geruchsprobe zu machen. »Riecht irgendwie nach Bier«, stellte sie dann nachdenklich fest und zwar just in dem Moment, als der Nachbartisch Getränkenachschub erhalten hatte und die vollen Gläser zu einem gemeinsamen »Prost« erhob und es sich der alte Kommissar nicht nehmen ließ, dabei auch den Damen – speziell der Fanny – erhobenen Bierglases zuzuprosten. Trudl, die in derselben Blickrichtung saß, ließ sich das natürlich auch nicht nehmen und erhob nun ebenfalls ihren weißen Spritzer. Und weil sich dadurch auch gleich die anderen Damen angesprochen fühlten, erhoben die ihrerseits die Gläser. Und so kam es, wie es oft in einem Wirtshaus kommt. Alle Leute an allen Tischen prosten zur gleichen Zeit, – seltsamer Weise. Und wie es sich für eine umsatzbedachte Kellnerin gehört, hatte sich Rosi mittlerweile selbst auch ein kleines Bier eingeschenkt und sich stehend zum Stammtisch gesellt, um eine durstbringende Unterhaltung vom Zaun zu brechen. Einer Wirtin war es natürlich nicht verboten, sich an einen Männerstammtisch zu begeben, denn als Bierlieferantin gehörte sie gewissermaßen zum Inventar, auf das man besonders gut Acht geben musste und nicht vergraulen durfte. Und auf eine wie die Rosi warf man als Mann ohnehin gerne ein Auge. Alle Männer zwinkerten ihr zu als sie so dastand und jeder einzelne hatte die Hoffnung, dass sie einem Spiegel gleich zurück zwinkerte. Rosi zwinkerte aber nur zu Steinmeier, der als einziger an ihr vorbeiblickte. Er schaute verlegen zum Nachbartisch und damit unbeabsichtigt zu Fanny. Fanny zwinkerte Steinmeier zu. Steinmeier wusste nicht mehr, wohin er sich noch wenden konnte und warf einen Blick zu Mia. Diese blickte zufällig in seine Richtung. Verwirrt zwinkerte Steinmeier jetzt aus dem Affekt heraus Mia zu und fixierte verlegen sein Bier an, das er dann ebenfalls anzwinkerte.

Mia überlegte.

»Und wer von euch geht morgen auf den Flohmarkt?«, begann Rosi so unschuldig wie ein Lamm.

»Welcher Flohmarkt?«, fragte Roli.

»Na, der von der Silvia. Die verkauft morgen alles, was irgendwie geht, damit sie wegziehen kann.«

»Ja!«, stimmte der Pfarrer zu. »Sie hat mich heute besucht. Am Sonntag wird das Begräbnis sein. Sie hat es sehr eilig. Sie will Abschied nehmen und neu beginnen. Irgendwie auch verständlich.«

»Die Frage ist, wer noch aus dem Ort weggeht«, setzte Rosi drauf und wandelte sich dadurch langsam vom Lamm zur Wölfin.

»Wie meinst du denn das jetzt?«, mischte sich der Bürgermeister ein.

»Na ja, was man so hört, hat sie ja ein Techtelmechtel mit jemandem.«

»Was?«, entfuhr es Mia und einigen anderen gleichzeitig.

Rosi zwinkerte Fanny zu von der sie die Information hatte. Diese zwinkerte diesmal nicht zurück.

»Am Dienstag vorm Umzug haben sich Silvia und Albrecht gestritten, weil ihr der Albrecht auf die Schliche gekommen ist«, führte sie ihren Monolog fort.

Mia schwirrte zum zweiten Mal an diesem Tag der Kopf: *Beidl oder Feitl? – Nein, das muss anders heißen!*, kam es ihr in den Sinn: *Das Beidl – also der Penis, der Silvia beglückt – hat ein Feitl – also ein Messer – das er dem Albrecht in den Rücken jagt. Mord aus Liebe! Oder Eifersucht. Endlich ein Motiv!* Das war doch mal eine gute Nachricht. Eigentlich sollte sie sofort aufstehen, den Steinmeier mit zum Posten schleppen, sich in das Polizeiauto werfen und die Dame zum Verhör abholen. Aber es war Feierabend und dies hier war nicht die Großstadt. Gefahr war auch nicht in Verzug und was heute ist wird auch morgen noch sein. Es würde also reichen, wenn sie Silvia morgen beim Flohmarkt einen Besuch abstatten würde. Außerdem fand sie so langsam Gefallen an diesem Stammtisch.

Guter Dinge und innerlich euphorisiert über den neuen Ermittlungsstand, wandte sie sich an Steinmeier und zwinkerte ihm zu. Der dachte wieder nur an *Fellatio*, stand auf und ging Richtung Toilette.

»Aber wer soll denn der Neue sein?«, wollte der alte Kommissar wissen und Mia freute sich, dass sie eigentlich nichts tun musste außer dazusitzen und Bier zu trinken und der Rest sich durch die Neugier der Menschen von selbst ermittelte.

»Angeblich der beste Freund vom Albrecht«, gab Rosi vorsichtig von sich.

»Wer kann denn das sein?«, fragte der Bürgermeister.

»Das muss dann ja eigentlich einer aus der Schule sein«, überlegte Karl. »Weil hier bei uns hat er sich ja nicht so oft blicken lassen. Wir waren ihm wohl zu primitiv.«

»Du weißt nicht, wer das ist, Rosi?«, fragte Herkules. »Wer hat dir denn das gesagt?«

»Nein, ich weiß es nicht, und die Person, von der ich es gehört habe, weiß es auch nicht«, stellte sie klar.

»Wer käme denn von den Kollegen in Frage?«, fragte Herkules an Roli gewandt, der zwei Kinder in der Schule hatte.

Steinmeier kam unbemerkt und mit enttäuschter Miene zurück und nahm still und leise wieder Platz.

»Da gibt's ja nicht viele. Der Direktor, der Sportlehrer und der Schulwart. Religion macht der Pfarrer mit.« Dabei bedachte der Bankdirektor diesen mit einem prüfenden Blick. Mia dachte nach. Sie hatte gestern mit allen Lehrkräften gesprochen. Wem traute sie eine Liebschaft mit der Frau eines Kollegen zu? Der Direktor schien ihr zu alt für eine Affäre. Andererseits wäre es jetzt auch nicht so ungewöhnlich, dass sich eine jüngere Frau mit einem älteren Mann einließ. Aber er war halt auch scheiß-konservativ, wie der *Doc* sagen würde. Der Sportlehrer vielleicht? Er war ein Athlet durch und durch. Im Vergleich zu dem konnte Herkules *brausen gehen*. Wenn Steinmeier seine Hand nicht an der Waffe gehabt hätte, hätte er Mia wahrscheinlich angesprungen und ihr im Büro des Direktors gezeigt, was er unter *Bockspringen* verstand. Testosteron war sein zweiter Vorname. Hinsichtlich der Frage nach dem Mörder schätzte sie ihn aber nicht so ein, dass der Kerl aus Liebe tötete – allein schon deswegen, weil er, allem Anschein nach, zwei Titten und einen Arsch für Liebe hielt. – Und die hatte ja nicht nur Silvia. Er schien auch nicht der Typ Kumpel zu sein, den ein Albrecht Zilles als besten Freund bezeichnen würde. Da lagen Welten dazwischen. Dann war da noch der Schulwart. Der war zwar kein Lehrer, aber gewissermaßen auch ein Kollege. Vor allem aber war er ein vollbärtiger Zausel und so gar nicht das Spaßgerät einer umtriebigen Frau. Und der Pfarrer – ja, der war halt Pfarrer. So ähnlich exerzierten es nun auch die anderen am Tisch durch, nicht ohne sich dabei kräftig einen hinter die Binde zu gießen. Rosi war inzwischen wieder das unschuldige Lamm und versorgte alle reichlich und gerne. Und irgendwann war auch dieses Thema durchgekaut und gegessen und man beschränkte sich auf andere, wesentlichere Dinge – wie das Zwinkern…

Bei Steinmeiers (Samstag)

»Steinmeier?«, fragte sie entsetzt. »Du? Wie hast du mich denn dazu überredet?«
Mia war übel und ihr Schädel fühlte sich an, als würde jemand heftig darauf einhämmern. Doch der Schreck war ihr in die Glieder gefahren, als sie nackt in einem fremden Bett erwachte. Neben einem Mann – ebenfalls nackt – den sie zuerst nicht erkannte, weil er ihr den Rücken zugewandt hatte. Als sie aber schließlich realisierte, dass es *der* Steinmeier, ihr Kollege, war, fand sie es eigentlich gar nicht mehr so schlimm. Sie dachte an Herkules. *Hätte schlimmer kommen können.* – Und irgendwie fand sie Steinmeier ja süß, auch wenn er manchmal ziemlich viel redete, wie ihr schien und auch wenn andere das Gegenteil behaupten mochten. Sein Schlafzimmer war allerdings etwas peinlich. Hätte Mia nicht Steinmeier neben sich liegen gehabt, sie hätte geglaubt sie wäre wieder siebzehn und in der Bude eines nicht recht viel älteren Jungen gelandet. Eine protzige Stereoanlage, kleine Modellautos und Poster halbnackter Frauen aus einschlägigen Boulevardzeitschriften. *An der Einrichtung muss noch gearbeitet werden.*

»Hallo Herr Polizist, wachen Sie bitte auf! Ich war böse, Sie müssen mich *einlochen*!«, sagte sie scherzend mit verstellter Stimme und rüttelte dabei an seiner Schulter. »HihaHihaHiha!«

Doch Steinmeier rumorte nur. Dafür vernahm sie vom Erdgeschoß herauf plötzlich einen Ruf: »Frühstück ist fertig! Alles aufstehen!«

»Ist das Gabi?«, fragte Mia, so als hätte sie den Bus verpasst. »Ist sie etwa deine Mutter? Du wohnst noch bei deiner Mutter?« Das Pochen in ihrem Kopf verstärkte sich. »Oh Mann, oh Mann! Ich schätze mal, das Dorf weiß bereits seit Stunden von dieser Geschichte hier. Die wussten es schon, da wusste ich es noch nicht einmal, weil ich noch geschlafen habe. Wie ist das jetzt, bin ich jetzt Fanny die Zweite oder müssen wir heiraten, damit ich meine jungfräuliche Ehre rette?« Sie stöhnte. »Ich brauche erstmal einen Kaffee.«

»Na, ihr zwei!«, sagte Gabi schelmisch lächelnd und zwinkerte, als Mia und Steinmeier die Treppe herunterkamen. »Jetzt esst erstmal ordentlich.«

Essen ja – zwinkern nein, dachte sich Mia.

»Freut mich, dass ihr gestern einen netten Abend hattet.«, begann Gabi die Konversation am Küchentisch. »Mein Bub ist ja eher schüchtern und ruhig. Der bringt nicht oft so hübsche Frauen mit nach Hause, gell?«

»Der und schüchtern?«, fragte Mia erstaunt.

»Ja ja,«, sagte Gabi, »der traut sich doch keine ansprechen.«

»Da habe ich aber ganz einen anderen Eindruck.«

»Na, bei Ihnen wirds halt was anderes sein, weil ihr doch Kollegen seid. Noch Kaffee?« »Ja, gerne!«, Mia hielt ihre Tasse hin. Und auch Steinmeier hielt seine Tasse hin und fragte sich, ob er gestern Nacht *Fellatio* hatte oder nicht.

»Wieso hast du mir am Mittwoch eigentlich nicht gesagt, dass die Frau Gabi deine Mutter ist?«, wollte Mia jetzt von Steinmeier wissen.

»Ach, sagen Sie doch Gabi zu mir!«, ließ sie ihren Sohnemann gar nicht erst antworten.

»Aber nur wenn du mich Mia nennst!«

»Und was habt ihr beiden Hübschen heute noch vor?«, fragte Gabi neugierig. Schließlich war man jetzt *per du*, da konnte man dann auch gleich persönlichere Fragen stellen.

Als der Kaffee und das Frühstück ihre Wirkung zeigten, dämmerte in Mia langsam wieder der gestrige Abend herauf, und hier vor allem die Neuigkeit, dass Silvia Zilles offenbar eine Affäre hatte und sich dadurch ein potentielles Mordmotiv durch einen *Lover* ergab. Und wieso sollte sie nicht gleich Gabi um mehr Informationen bitten, schließlich befand sich fünf Schritte weiter im Dorfladen das Datenumschlagzentrum von Beidlhausen, an dem jeder beteiligt war – ob er wollte oder nicht. Das hier war *Big Brother* pur. – Wer sich weigerte mitzumachen, der wurde im wahrsten Sinn des Wortes nicht mehr bedient. Und wer nicht bedient wird, verhungert. So lautet das inoffizielle Gesetz der Dorfnatur.

»Wir müssen leider auch heute Dienst machen«, beantwortete Mia die Frage. »Angeblich hat Silvia Zilles ja einen Freund und wenn es den gibt, dann möchten wir ihn natürlich gerne zum Mord an Silvias Mann befragen.«

»Ja, die Fanny hat das gestern beim Kaffee erzählt«, sagte Gabi. »Sie hat am Dienstagvormittag gehört, wie sich die beiden gestritten haben und er ihr vorgeworfen hat, dass sie ihn mit seinem besten Freund betrügt.«

»Und wer ist das?«, wollte Mia natürlich wissen.

»Ich weiß es nicht.« Gabi zuckte die Schultern. – Jedes noch so große Datenzentrum hat schließlich auch seine Grenzen.

»Die Fanny hat das gesagt?«, fragte Mia skeptisch. Immerhin hatte sie gestern einen ersten Eindruck von Fanny bekommen. Ihrem geschulten Auge war freilich nicht entgangen, dass bei dieser wandelnden Lustmaschine weniger der Reizdarm tropfte als die Vagina. Fanny spielte ihr eigenes Spiel, hatte Mia gestern bemerkt und das ohne Rücksicht auf Verluste. Für einen Schluck *weißen Spritzer* hatte sie ohne mit der Wimper zu zucken ihre Freundin verkauft. »Und kann man das auch glauben?«

»Wieso denn nicht? Die hat sich das doch nicht ausgedacht! Die Fanny lügt doch nicht!« Mia musste an *Haargel* denken und daran, dass es für Datenunternehmen wie *Google* oder Gabi eins der größten Probleme darstellte, Daten zu verifizieren. War es tatsächlich Haargel oder war es Sperma? Sagte Fanny die Wahrheit oder log sie? Die Krux mit Daten liegt aber daran, dass Informationen einerseits den Interessen des Senders folgen und einseitig verfasst sind. Andererseits hört ein Informationsempfänger ohnehin nur das was ihn bewegt.

Steinmeier zum Beispiel hörte nur *Fanny* und musste unabsichtlich zwinkern. *Das war der Fluch der Daten.*

»Nein, nein!«, beschwichtigte Mia. »Ich glaub es ja.« *Die Zwinkerin muss ich mir bei Gelegenheit einmal vorknöpfen.*

»Jedenfalls danke Gabi, für das herrliche Frühstück. Das war jetzt genau das Richtige! – Ich wusste ja nicht, dass mein Kollege so eine nette Mutter hat. Wieso sagt mir denn das keiner?« Damit versuchte Mia eine neue Anfrage an das Datenzentrum zu stellen und so den Fokus in eine andere Richtung zu legen, sie wollte schließlich auch keine Zwietracht säen und Fanny offen als Lügnerin bezeichnen. Am Ende ließ sich der halbe Ort scheiden oder stach sich gegenseitig ab, sollte es sich tatsächlich bewahrheiten, dass Fanny eine Nymphomanin war, – denn so wie der Doktor alle Zungen kannte, kannte sie scheinbar jeden halbsteifen *Zumpfel*. Leider ist es aber so, dass jede Frage, die einmal gestellt wurde, sozusagen als unlöschbares *Cookie* im Hintergrund abgespeichert wird. Genauso wenig wie *Google* vergaß auch Gabi eine an sie gestellte Frage, sondern beließ diese in der *Cloud*, im Hinterkopf, für eine eventuell spätere Verwendung. Damit ist dieses Cookie stets bereit für eine neue Verknüpfung mit einer anderen Anfrage oder einer anderen Information. Allein das Schlüsselwort ist entscheidend, welches Cookie mit welcher neuen Information verknüpft wird. – Und damit wird dieses Cookie zur unberechenbaren Zeitbombe. Steinmeier hörte also nur *Mutter*, empfing das Schlüsselwort *nett*, dachte dabei an das im Hinterkopf gespeicherte *Fellatio* und verknüpfte

das Ganze zu einer einzigen Vorstellung: *Fellatio mit Mutter*.
Steinmeier würgte plötzlich, sprang auf und rannte in Richtung Toilette.

»Ja Bub! Nimm halt den Mund nicht immer so voll! Von wem er das Hinunterschlingen bloß hat? Am liebsten würde er sich ja die ganze Stange Wurst auf einmal in den Rachen stopfen.«

Der Flohmarkt (Samstag)

»Steinmeier, geht's wieder?«, frage Mia ihren immer noch bleichgesichtigen Helden. »Du bist mir einer. So schlimm wird es mit mir letzte Nacht ja auch nicht gewesen sein. Ich hatte ja eher den Eindruck, du bist erst so richtig auf den Geschmack gekommen, wenn du weißt was ich meine. Ich sage nur *Kille Kille Kitzler*! HihaHihaHiha!« Sie lachte ihr Eselslachen und Steinmeier wurde noch weißer.

»Na, dann wollen wir mal sehen wen wir uns heute auf dem Flohmarkt alles kaufen«, meinte sie gut gelaunt, stieg aus dem Auto und ging die wenigen Schritte zu Silvias Bungalow, wo diese gerade die Habseligkeiten des toten Lehrers verhökerte. Je nach Talent im Feilschen waren es entweder Waren oder Leute, die über den Tisch gezogen wurden.

»Ja, Leni!«, sagte Mia schon von weitem, als sie das Mädchen auf sie zukommen sah. »Wir begegnen uns ja jetzt schon jeden Tag. Weiß du, dass dich das zu meiner besten Freundin hier macht?«, alberte sie. »Und? Ist heute auch wieder alles Scheiße?«

»Nein, heute ist es ganz okay. Ich habe gerade Stoff für ein neues Cape gekauft.«, strahlte sie.

»Ui, der ist ja schön. Ist das schwarze Seide?«

»Weiß nicht. Frau Silvia hat gesagt, das sind die Vorhänge aus dem Schlafzimmer.«

Na, das wird dem besten Freund des toten Mannes aber nicht gefallen, dachte sich Mia.

»Das musst du mir dann unbedingt zeigen, dein neues Cape!«

»Ist aber nicht für mich.«, sagte Leni nur knapp und war auch schon wieder weg.

»Ach, ist das süß. Die Leni hat sich den Andi angezwinkert«, sagte sie an Steinmeier gewandt, woraufhin dieser an ihr gemeinsames *Kille Kille Kitzler* von letzter Nacht denken musste. Das hatte schließlich auch mit einem Zwinkern begonnen.

»Hier geht's ja zu wie am Fischmarkt. Steinmeier, sieh dir das an!«

Für einen Moment hielten sie an der Auffahrt inne und staunten. Fast der ganze Ort war da und tummelte sich unter allerlei Einrichtungsgegenständen und den Dingen, die sich im Laufe der Jahre angesammelt hatten.

»Ich möchte wissen, ob die wegen dem Gerümpel da sind oder den Gerüchten«, fragte sich Mia laut und schritt wieder voran.

»Ach, da sind ja unsere Turteltäubchen!«, rief Trudl schon von Weitem, wobei sie das *r* rollte, sodass ein Umstehender kurz zu hören vermeinte, dass hier tatsächlich Tauben waren die gurrten. Sie stand zusammen mit Rosi, ihrem Bertl und Herkules bei etwas, das aussah wie eine Sammlung alter Rechenschieber. Bis vorhin hatten sie noch lustlos darin herumgewühlt, aber jetzt waren sie in Lauerposition gegangen.

Also die sind jedenfalls wegen der Gerüchte hier, dachte Mia.

»Ausgeschlafen?«, fragte Rosi.

»Jaja.«, sagte Mia knapp. »Aber jetzt gerade sind wir dienstlich unterwegs.« Gleich darauf biss sie sich auf die Zunge, weil ihr dämmerte, dass sie sich damit keinen Gefallen getan hatte. Damit brachte sie erst recht Schwung in die Gerüchteküche.

»Und wieso habt ihr dann keine Uniformen an, wie sich das gehört?«, setzte Trudl eins nach.

Weil der Steinmeier so viel Zeit auf dem Klo verbracht hat, dass ich damit nicht noch mehr Zeit verlieren wollte, dachte Mia, sagte aber nichts und ließ die beiden Frauen einfach bei ihren Schiebern stehen. Sie ging zielstrebig auf Johanna zu, die sie in der Garage erblickt hatte. Sie stand an einem Tisch, der als Kassentheke diente. Daneben waren in einer Box Bücher gestapelt. Und davor stand der Bernie Stenzel, den Mia bisher noch nie gesehen hatte und daher auch nicht kannte. Die beiden führten offenbar ein Gespräch. Und weil Gespräche zu belauschen immer Interessantes zu Tage brachte, wie sie gestern Abend festgestellt hatte, bremste sie abrupt ihren Schritt, um die beiden nicht zu unterbrechen. Steinmeier donnerte brachial von hinten in sie hinein. Mia fühlte sich an die etwas anderen Umstände von gestern Nacht erinnert, verkniff sich aber diesmal einen Aufschrei. »Sie dir das an! Ist das nicht ein schöner Anzug!«, sagte sie theatralisch zu ihm, aber mit Bedacht auf eine nicht zu gut hörbare Lautstärke. Dabei warf sie einen verstohlenen Blick Richtung Johanna. Ob sie diese auf sich aufmerksam gemacht hatten?

»Ja, das ist wirklich ein sehr schöner Anzug aus einem besonders schönen Stoff«, bekam sie eine Antwort, mit der sie so nicht gerechnet hatte. Worauf sie unvermittelt herumfuhr und zu Steinmeier blickte. Der aber schaute nur mit großen Augen einem versäumten Zug hinterher. Oder starrte er ihr auf den Busen?

»Ich war aber schon vorher hier und deswegen ist es mein Anzug«, sagte die Stimme erneut. Offenbar hatten sie mit ihrem spontanen Wendemanöver einen alten Mann ausgebremst, der sich ebenfalls für die Garderobe des toten Lehrers interessierte.

»Oh, das tut mir leid! Natürlich, er gehört Ihnen«, sagte Mia schnell, die keinesfalls eine Aufsehen erregende Szene provozieren wollte. Mit sanftem Druck bewegte sie Steinmeier in eine andere Position, welcher sich nun ebenfalls an gestern Nacht erinnert fühlte.

»Johanna, magst heute nicht mit mir ausgehen?«, fragte der junge Bursch im weißen Anzug und schwarzen Mantel.

»Ich weiß nicht..«, meinte diese sichtlich unbegeistert.

»Aber wieso nicht? Du hast heute eh noch nichts anderes vor.« Johanna überlegte, ihren Widerwillen kaum verbergend. Dann schien ihr plötzlich etwas einzufallen: »Aber morgen ist das Begräbnis von meinem Vater, da kann ich doch heute nicht fortgehen!«

»Ist ja eh kein richtiges Fortgehen. Du bist halt bei einem Freund, der dich tröstet. Damit du nicht alleine zuhause herumsitzen musst und traurig bist.« Johanna überlegte abermals und kam erneut zu der

Erkenntnis, die sie auch vorhin schon hatte: »Ich weiß nicht.«

Für den Beobachter war klar, dass ihre zögerliche Haltung sicher nicht daher rührte, weil es die Pietät verlangte oder sie reuig an ihre Mutter dachte, die ja am Abend ebenfalls alleine zuhause herumsitzen musste und traurig war. Aus einer inneren Eingebung heraus schien Johanna zu zögern. Für den Burschen waren diese internen Beweggründe allerdings einerlei. Er war *outputorientiert*. Und in solcher Betrachtungsweise hatte sich die Situation bisher weder verschlechtert noch verbessert. Aber es brauchte scheinbar eine neue Strategie, um hier ein besseres Ergebnis zu erzielen.

»Ich hole dich auch mit dem Jaguar von meinem Vater ab.«

»Echt?« Für einen Moment verlor Johanna ihre reservierte Haltung. Als sie ihren ungestümen Fehler erkannte, setzte sie noch schnell ein bewährtes und lahmendes »Ich weiß nicht« hintenan, um den Preis weiter in die Höhe zu treiben. – Sie stand ja nicht ohne Grund an der Kasse, da konnte sie sich nicht zu billig hergeben.

»Und wir könnten nach Beitlhausen in die *Mausefalle* fahren«, erhöhte der Anzugträger seinen Einsatz.

»Da komme ich doch nicht rein. Dafür bin ich noch zu jung…«, sagte Johanna schon sichtlich mehr interessiert.

»Mit mir schon!«, kam aus der Kehle des jungen Mannes. Und ein wenig konnte man ihn dabei auch lechzen hören, als er schon das Ziel vor Augen hatte – eine Maus in seiner Falle.

»Hm…«, überlegte Johanna wieder, demonstrativ zögerlich.

Er hatte sie soweit, das wussten beide. Aber scheinbar wollte sie noch mehr Profit aus der Sache ziehen.

»Also gut!«, willigte sie schließlich ein und mangels Phantasie ergänzte sie noch: »Aber nur, wenn du noch was kaufst!«

»Ja?«, entsprang es dem Burschen freudig, der seinen Fang noch gar nicht glauben konnte. Und damit sie es sich nicht gleich noch einmal anders überlegte, fügte er dem gar nicht mehr viel hinzu. Er griff nach links in die Box mit den Büchern, zog per Zufall drei Schwarten heraus, legte sie vor ihr ab, zückte seine Geldbörse und fragte: »Was kosten die?«

Johanna nannte einen Betrag, der natürlich viel zu hoch war. Überhaupt für ein fünfzehn Jahre altes Schulbuch, ein zwanzig Jahre altes Wörterbuch und ein vollgeschriebenes Notizbuch unbekannten Alters. Eigentlich hätte der Bursch etwas dafür bekommen müssen, dass er die Bücher mitnahm. Aber nein, Bernie zahlte. Und zwar das Doppelte des verlangten Preises. Schließlich will man sich vor der Angebeteten nicht lumpen lassen. Der zweite Grund für seine Spendierfreudigkeit waren freilich die Gene seines Vaters und dessen Verwandtschaft mit dem gemeinen Pleitegeier.

»Ich hole dich dann um acht ab! Tschüss!« Darauf entschwand er mit den Büchern unter dem Arm.

Kille Kille Kitzler, ging es Steinmeier, den die erotische Spannung jugendlicher Liebe und Triebe ein wenig elektrisiert hatte, erneut durch den Kopf. Weil sich schon die nächste Kundschaft eingereiht hatte, – der alte Mann, der offenbar um jeden Preis verhindern wollte, dass sich der Steinmeier den Anzug von Albrecht kaufte, beschloss Mia, Silvia auf eigene Faust zu suchen und Johanna erst einmal außen vor zu lassen. Wo konnte die Dame des Hauses schon großartig anders sein als im Haus?

Und so ging sie hinein, Steinmeier im Schlepptau. Den Weg kannte sie ja bereits. Silvia bereitete offenbar gerade das Essen zu, für sich und Johanna.

»Guten Tag, Frau Zilles!«, unterbrach Mia sie.

»Oh, guten Tag!«, gab diese überrascht, schniefend und mit roten Augen zur Antwort. Mia fragte sich, ob der Grund dafür die Trauer oder die frisch geschnittenen Zwiebeln war. Und als sie Silvia so vor sich sah stellte sie fest, dass auch heute wieder die Tochter einen wesentlich besseren Eindruck machte als ihre Mutter. Eigentlich war dieser Unterschied in der Verfassung ja schon auch komisch, fand Mia. Die Tochter wollte heute Party machen, während sich die Mutter zuhause alleine die Augen aus dem Kopf weinte. Jaguar hin oder her. Oder war ihre Mutter gar nicht allein?

»Es tut mir leid, dass ich so reinplatze, aber ich hätte noch ein paar Fragen«, kam sie ohne Umschweife zur Sache.

Auch Steinmeier tat es leid, dass er schon wieder wo reinplatzte.

»Ach ja?«, triefte Silvia. »Schießen Sie los.«

»Wir möchten, dass Sie jetzt einmal Klartext mit uns reden!«, sagte Mia schroff, damit Silvia gleich wusste woher der Wind wehte. »Beim letzten Mal haben Sie uns gesagt, dass Ihnen keine besonderen oder ungewöhnlichen Vorkommnisse bezüglich Ihres Mannes bekannt wären. Ist der Vorwurf des Fremdgehens für Sie also nichts besonderes! Hat Albrecht Sie am Dienstag etwas nicht wegen einer Affäre zur Rede gestellt?« Mia ließ die Bombe einfach platzen und wartete ab.

»Was?«, gab Silvia mit krächzender Stimme von sich. »Was reden Sie denn da?«. Mia konnte nicht einschätzen, ob sie diese Fassungslosigkeit nur vorgaukelte oder nicht.

»Sie brauchen es nicht zu leugnen, es gibt Zeugen, die den Streit gehört haben!«, setzte Mia noch eins nach und wartete wieder. Silvia ließ daraufhin von Zwiebel und Messer ab, hielt ihre Hände vors Gesicht und weinte laut in sie hinein. *Keine gute Idee*, dachte Steinmeier, dem die Augen schon von weitem von der Zwiebel brannten. Und auch Mia fragte sich erneut: *Weint die jetzt aus Trauer und Schuld oder wegen der vollen Dosis Zwiebelsaft?* »Sagen Sie uns jetzt die Wahrheit!«

»Ja, wir haben uns am Dienstag gestritten!«, seufzte Silvia. »Aber ich betrüge meinen Mann nicht!«, ergänzte sie in der Gegenwartsform, obwohl ihr Mann seit vier Tagen Vergangenheit war. Aber das soll ja oft vorkommen, wenn Menschen noch nicht losgelassen haben.

»Worüber haben Sie sich dann gestritten?«, lautete die naheliegende Frage, die selbst Steinmeier gestellt hätte, wenn Mia ihm nicht zuvor gekommen wäre.

»Es war etwas total Belangloses.« – Was das Ganze natürlich umso tragischer erscheinen ließ. Zuerst belanglos streiten und sich dann nicht mehr versöhnen können, weil vorher der Tod bei einem der beiden eintritt – das klassische Drama in drei Akten. Und weil das auch Silvia bewusst war, drückte diese jetzt noch mal ordentlich auf die Tränendrüse. Mia wartete ab. Steinmeier zückte sein Stofftaschentuch und schnäuzte sich. Mia hatte noch nie, außer in Filmen, ein Stofftaschentuch gesehen. – *Wäscht man die dann in der Waschmaschine? Zusammen mit der Unterwäsche?*

»Ich ... Ich ... Ich ...«, versuchte Silvia es in einem ersten Anlauf, ähnlich einem sechzig Jahre alten Traktor, der anfangs nicht so recht durchstarten will. Aber irgendwann springt er halt doch an und so auch Silvia: »Ich wollte eine Reise machen. Alleine. Nur für mich.« Sie schniefte. »Wo wir doch nie eine Reise gemacht haben. Und jetzt, wo die Johanna aus dem Gröbsten heraus ist, hab ich mir gedacht, ich könnte mir auch mal etwas gönnen.« Wieder ein Schniefen. »Und weil ich wusste, dass der Albrecht es nicht mag – das Reisen – wollte ich halt alleine Urlaub machen. Und als er dann am Dienstag die Kataloge gesehen hat und die Nummer vom Reisebüro und meine Notizen, da hat er dann geglaubt, ich betrüge ihn und will ihn verlassen.«

»Wieso?«, fragte Mia kurz.

»Weil er immer so eifersüchtig war. Deswegen sind wir ja nie wohin gefahren oder ausgegangen. Er hatte immer Angst, dass ein anderer Mann mir schöne Augen macht.«

Soll es ja tatsächlich geben, dachte Mia.

»Aber am Dienstag waren sie beide ja auch am Faschingsumzug und haben gefeiert.« Das wollte nun nicht so recht ins Bild passen.

»Aber sicher! Wie sieht das denn sonst aus? Er ist ja Klassenlehrer. Er musste dort hingehen. Und er kann mich ja schlecht zuhause einsperren, wenn der ganze Ort auf den Beinen ist, – auch wenn er es gerne getan hätte. Der Faschingsdienstag, einkaufen und die Kaffeerunde mit meinen Freundinnen waren so ziemlich die einzigen Momente, wo ich mich nicht für etwas Geselligkeit zu rechtfertigen brauchte.«

Mia fühlte, wie sich ein Kloß in ihrem Hals breit machte. Silvia tat ihr leid. Affäre hin oder her. Steinmeier betrachtete ein Bild an der Wand, weil ihm seine Tränen peinlich waren.

»Wieso haben Sie denn Ihren Mann dann nicht schon längst verlassen?«, stellte sie die so oft an misshandelte Frauen gestellte Frage.

»Verlassen?«, heulte sie. »Wieso denn? Ich habe ihn doch geliebt!« – Jetzt auf einmal doch die Vergangenheitsform. »Mich hat das gar nicht wirklich gestört, dass er so eifersüchtig war. Ich habe mich damit abgefunden und arrangiert. Irgendwie war es ja – gerade am Anfang – auch ein schönes Gefühl. Man fühlt sich wichtig und gebraucht. So wie Liebe.«

So wie Liebe?, dachte Mia. »Das war unsere Welt. Uns ging es gut. Ich war doch glücklich. Ich wollte nur einmal eine Reise machen … So wie andere auch…« Tränen liefen nun ungehindert über ihre Wangen. Sie machte sich nicht einmal die Mühe, sie fortzuwischen. »Und dann … dann glaubt er gleich, dass ich ihn betrüge und nennt mich eine *Hure*. Eine Hure!«, betonte sie. »Nachdem wir dreiundzwanzig Jahre lang glücklich verheiratet waren und ich ihn nie enttäuscht habe!«

War das die Wahrheit?, fragte sich Mia. Sie konnte es nicht sagen, wollte Silvia aber gerne Glauben schenken. Sie blickte zu Steinmeier. Unbewusst nahm sie etwas mehr Abstand zu ihm ein. Sie hatte plötzlich so ein einengendes Gefühl.

»Und wie ging der Streit weiter?«, wollte sie wissen.
»Dann kam Johanna nach Hause. Das arme Mädchen … Wir haben dann natürlich nicht mehr weitergestritten, sondern uns auf den Umzug vorbereitet… Ich wollte ihm am Abend alles noch einmal in Ruhe erklären und dann…« sie schluchzte laut auf, »…dann wurde er erstochen und ich konnte es nicht mehr!« *Ende dritter Akt.* Mia blinzelte heftig, um die Tränen aus ihren Augen zu vertreiben. Weinen kam als Beamtin im Dienst nicht in Frage.
Steinmeier gab ihr sein Stofftaschentuch. Mia wischte sich dankbar damit das Gesicht ab, bis sie erkannte, womit sie sich eigentlich ihr Gesicht abwischte. Leicht angewidert gab sie ihm den fleckigen Fetzen zurück und ging zu Silvia, um sie an sich zu drücken. Das war echt. Das musste echt sein. Eine Geschichte wie sie das Leben schrieb. Hätte der Lehrer heute noch gelebt, dann hätte ihn Mia höchst persönlich erstochen. Diese macht- und kontrollbesessenen Männer mit ihren patriarchalischen, hierarchischen, materialistischen und

technokratischen Vorstellungen. Dieser verdammte Konservatismus im Denken! Und natürlich sieht das keiner, diese Unterdrückung und Bevormundung der Frau. Dieses eingesperrt sein hinter einem schönen Garten und vier Wänden bei offener Tür. Die Nachbarn sehen es nicht, die Kollegen sehen es nicht, ja, nicht einmal die eigenen Freundinnen sehen es. Weil sie selbst alle so verdammt konservativ sind und für sie das alles ganz normal ist. Betriebsblind würde man anderswo sagen. Da musste schon eine wie Mia extra aus Berlin kommen, um alles aufzudecken. Der Arzt hatte es natürlich gewusst. Aber der war ja an seine Schweigepflicht gebunden. Und wenn er nicht schwieg, dann sagten alle nur, der sei völlig *plemplem*, so unglaubwürdiges Zeug, das der daherschwafelt. – Dabei liegt die Wahrheit den Menschen tatsächlich auf der Zungenspitze. Man muss sie nur fragen.

Und so griff Mia das Gespräch mit Silvia wieder auf, um noch eine letzte Frage zu platzieren, denn immerhin galt es noch zu klären, wer denn der beste Freund des Mannes war, mit dem sie ihn angeblich betrogen hatte – auch wenn ihr diese Bettgeschichte mittlerweile unglaubwürdig erschien. Aber sie war ja schließlich Profi und wollte nichts außer Acht lassen: »Ich hatte ja keine Ahnung, dass ihr Mann derart eifersüchtig war. Das tut mir furchtbar leid!«, begann sie mitfühlend. »Was haben denn da die Freunde und Kollegen Ihres Mannes gesagt? Haben die nicht unterstützend für Sie auf ihn eingewirkt? Steht Ihnen der beste Freund von Albrecht wenigstens jetzt in Ihrer Not bei Seite?«, legte sie den Käse in die Falle.

»Der beste Freund?«, fragte Silvia ahnungslos. »Wer soll das sein?«
Mia sah förmlich wie die Maus vor ihrem geistigen Auge frech und frei an der Falle vorüberzog.

Doch dann fuhr Silvia doch fort: »Der Albrecht hatte in seinem Leben nur einen besten Freund, den Theodor Stenzel.«
Und da passierte es plötzlich wieder, die Sache mit den Verknüpfungen, den Cookies und der Cloud. Die Frage nach dem *besten Freund* und dem Schlüsselwort *Theodor Stenzel* verknüpfte sich mit der im Hinterkopf befindlichen *Affäre*. Und weil Mia anders als Steinmeier eine Frau war und Frauen bekanntlich einen sechsten Sinn haben, tauchte aus dem Unterbewusstsein noch ein weiterer Begriff auf den ihr der Arzt am Mittwoch geflüstert hatte: *Herpes genitalis*.
Steinmeier hingegen dachte zur Abwechslung einmal an *Cunnilingus* und wusste nicht so recht, warum. Jetzt löste sich Mia von der schluchzenden Silvia. Alles zuvor Gesagte und Gedachte erschien jetzt in einem anderen Licht. – Zum zweiten Mal an diesem Tag hatte sie ein Verifizierungsproblem: War es Haargel oder Sperma? War es wirklich ein Streit wegen einer Reise oder war es wegen eines anderen Bei*d*lhauseners? Verifizierungsprobleme ergaben sich offenbar immer in Zusammenhang mit dem männlichen Sexualorgan, erkannte Mia. »Hatten Sie eine Affäre mit Theodor Stenzel?«, fragte sie geradeheraus. Silvia erschrak und fuhr zusammen. »Woher wissen Sie das?«, stieß Silvia überrascht und unbeabsichtigt hervor.

»Sie haben uns angelogen. Das alles war ein Lügenmärchen. Albrecht hat Sie wegen der Geschichte mit Theodor konfrontiert und deswegen haben Sie gestritten!«

»Nein!« sagte Silvia gar nicht mehr so traurig. »Es war so wie ich gesagte habe. Warum sollte ich lügen?«

Ja, warum?, fragte sich Mia.

»Was war das dann für eine Beziehung, die Sie mit Theodor Stenzel hatten?«

»Das geht Sie nichts an! Das ist lange vorbei!«

Ja eben, lange vorbei, dachte Mia. Und warum sollte sie mit ihrem Mann vier Jahre nach Stenzels Tod darüber streiten?

Wann, hatte der Doktor gesagt, waren die drei wegen dieser Genitalherpes-Geschichte bei ihm gewesen? Vor zehn Jahren? Warum also sollte sie nach zehn Jahren mit ihrem Mann plötzlich reinen Tisch machen wollen? Warum hatte er *sie* dann nicht erstochen? Warum hatte Silvia ihnen nicht gleich die Wahrheit über den Streit erzählt, bei dem es um den Stenzel ging und nicht um irgendeine Reise? Oder war das mit der Reise die Wahrheit? Scheiß Verifizierung!

Warum sagt niemand was?, fragte sich Steinmeier.

»Bitte gehen Sie jetzt!«, ergriff Silvia schließlich das Wort.

»Frau Zilles, wir sind leider noch nicht fertig!«

»Doch, wir sind fertig! Ich habe Ihnen alles gesagt! Der Rest geht Sie nichts an!« Ihre Wangen bekamen rote Flecken. »Oder wollen Sie mich verhaften?«

Mia überlegte: *Sie hat ein tequiladichtes Alibi ...*

»Steinmeier, wir gehen!«, sagte sie schließlich mit unterdrückter Wut im Bauch. Irgendetwas war an dieser Silvia Zilles nicht ganz koscher. Sie wusste zwar nicht was, aber sie wusste *dass*.

»Bevor ich nicht weiß, wer Ihren Mann umgebracht hat, Frau Zilles«, sagte Mia nun, »gehen Sie nirgendwohin – schon gar nicht auf Reisen!« Sie war schon fast zur Tür hinaus, da blieb sie noch einmal stehen und drehte sich um. »Wo sollte Ihre Reise überhaupt hingehen?«

»China.«

Verdammt!, dachte Mia. *Das wird immer verrückter!* Wollten nicht irgendwelche Chinesen damals angeblich die Erfindung vom Stenzel kaufen? War es nur ein Zufall, dass Silvia Zilles dorthin reisen wollte? Mia hätte jetzt nicht übel Lust gehabt, einen Staatsanwalt vom Fernseher wegzuklingeln, sich einen Hausdurchsuchungsbefehl geben zu lassen, eine Sondereinheit anzufordern und hier mal gründlich unter dem Teppich zu saugen. Irgendwo mussten ein paar Antworten verborgen sein!

Aber meine Güte, hier war Flohmarkt! Sie konnte sich den besagten Teppich, unter dem sie gründlich saugen wollte, sogar kaufen. Der ganze Ort war heute hier auf Hausdurchsuchung!

Vielleicht sollte sie auch einfach mit Steinmeier gleich wieder zu ihm nach Hause fahren, bevor ihr der Kopf vollends schwirrte und sie ihm schon beim zweiten Date mit »Tut mir leid, ich habe Migräne!« eine Abfuhr erteilen musste.

Wenn hier irgendwer etwas Interessantes findet, dann erfahre ich es ohnehin von Gabi und zwar schneller und prompter als von jeder noch so guten Sondereinheit. Insofern war es ganz praktisch, dass Steinmeier noch bei seiner Mutter wohnte. Außerdem wollte sie heute etwas Leckeres für alle kochen.

Trotzdem gab es noch eine Sache zu erledigen. Und dafür traf es sich besonders gut, dass gerade jemand ein altes Radio testete. So konnte nicht gleich jeder hören, was Mia mit Johanna zu besprechen hatte: »Johanna, ich möchte dich noch etwas zu Dienstag fragen«, begann sie auch in diesem Fall ganz direkt. »Ich weiß, dass sich deine Eltern am Vormittag gestritten haben und ich weiß auch, dass du zu diesem Streit dazugekommen bist ...« Mia machte eine kurze Pause. Sie musste erneut eine Falle stellen, war sich aber nicht ganz sicher, wie sie es angehen sollte. Reisefalle oder Bei*d*lfalle? »War das ein Schock für dich?«, entschied sich Mia diplomatisch und vollendete die Frage.

Doch Johanna ließ sich jetzt nicht mehr so leicht in eine Falle locken. In eine symbolische Mausefalle war sie heute schon geraten und die echte *Mausefalle* stand ihr noch bevor. Und so antwortete sie in altbewährter Manier: »Ich weiß nicht!« »Du weißt es nicht? Du weißt nicht, ob der Streit deiner Eltern ein Schock für dich war?« Und damit war Mia in ihre eigene Falle getappt, in der sie jetzt nachdenklich zappelte, während Johanna Zeit bekam, sich auf die unangenehme Situation einzustellen. Das Überraschungsmoment war dahin.

Steinmeier kratzte sich am Kopf. Das alte Radio im Hintergrund irritierte ihn.

»Eltern streiten halt«, relativierte Johanna Mias Feststellung.

»Worüber haben deine Eltern gestritten?«

»Wieso fragen Sie das nicht meine Mutter?«

»Weil ich es von dir hören möchte!«

»Ich weiß nicht.«

»Was weißt du nicht? – Worüber deine Eltern gestritten haben?« Und damit beging Mia einen Kardinalfehler der Ermittlungsarbeit. Niemals darf man dem oder der Befragten die Wörter oder die Antworten in den Mund legen. Erwartungsgemäß sagte Johanna deshalb auch: »Ja!«

Ja klingt doch positiv, fand Steinmeier.

Jugendliche können einen in den Wahnsinn treiben, dachte Mia.

»Möchten Sie was kaufen?«, fragte Johanna jetzt.

»Nein!«, sagte Mia etwas zu vorschnell und besann sich dann aber eines anderen: »Ich meinte – ja, doch!« Schließlich hatte der Junge sie auch bestochen. Vielleicht würde das auch bei ihnen funktionieren. Sie tat es also dem Burschen gleich, langte in die Box mit Büchern links von ihr und zog ein Exemplar davon heraus. Eins musste reichen. Sie fuhr weder einen Jaguar und musste sparen, wenn sie einen solchen wollte. Ein lumpiges Buch für ein paar lumpige Antworten.

»Das hier. Das nehme ich. Was kostet es?«

»Das?«, fragte sie. «Nur das?«
Steinmeier nickte.
»Das schenke ich Ihnen. Das ist ja bloß ein altes Mathematikbuch.«
Steinmeier kratzte sich erneut am Kopf.
»Ja…,« stammelte Mia zögerlich. Irgendetwas lief hier schief! *Die Falle…*, dachte sich Mia noch, aber dann kamen ihre Gedanken zum Stillstand. Wäre sie ein Taschenrechner, dann stünde jetzt *ERROR* auf ihrer Stirn.
»Ja … ja … danke!«, beendete sie wie unter Hypnose das Gespräch.
Steinmeier verknüpfte Mias *Ja….Ja….Danke!* geistig gerade mit ihrem *Kille Kille Kitzler* und musste aus einem ihm unerfindlichen Grund an einen *RESET-Knopf* denken.
»Nichts zu danken! – Tschüss auch!«, sagte Johanna freundlich wie die alte Dame aus der Hutabteilung, die gerade auf Kosten des Hauses eine Anstecknadel beigesteuert hatte. Aus dem alten Radio erklang *Bye Bye Baby*.
Steinmeier winkte im Takt.
»Tschüss auch!«, wiederholte Mia langsam Johannas Worte, als wäre sie ein Roboter, der mangels technischer Ausgereiftheit langsam, ferngesteuert und plump wirkte. Als sie wieder zu sich kam, waren sie schon beim Auto.
»Steinmeier, wenn du es nicht warst, dann hat mich gerade der Teufel geritten! Ich brauche jetzt ein Bier!«, sagte sie noch voller Erschöpfung und stieg ein. Steinmeier verknüpfte jetzt *Bier* mit *RESET* und *Cunnilingus*.

Intermezzo: Der Abend der Liebenden (Samstag)

Und während Mia entspannt in den Armen Steinmeiers liegt, ist sie all den irdischen Problemen entschwebt und findet sich in einer Wolke aus Liebe und Glück wieder. Und sinnlich hauchend fragt sie ihren Liebsten eine letzte Frage – kurz bevor sie an seiner Seite in einen wohligen Schlummer fällt: »Was glaubst du, Steinmeier, gibt es noch wen in Beidlhausen, der so verliebt ist wie wir?« Dann schließt sie die Augen.

Und Steinmeier verknüpft.

Bilder um Bilder beginnen in ihm zu laufen. Wörter und Töne erklingen. Wie in einem Traum, aber dennoch so echt. Es gibt *eine* Frage, aber *tausend* Antworten. Und jede ist richtig! Das heißt Google irrt sich! Verifizierung ist scheiße! Es ist sowohl Haargel als auch Sperma! Haargel ist es aus Liebe zur Freundschaft mit Trudl, aber Sperma ist es aus Liebe zum Sex. Und es ist Silvias Streit mit Albrecht wegen ihrer Affäre mit Theodor ebenso richtig wie die andere Version, dem Streit wegen einer Reise. Zwei verschiedene Antworten auf die gleiche Frage, aber immer nur ein Motiv: Liebe, Liebe und nochmals Liebe. Liebe zum Vergnügen, Liebe zum Leben, Liebe zur Freiheit, Liebe zu sich selbst. Und was war da erst die Liebe zu einem Menschen? Steinmeier selbst würde heute, hier und jetzt, für Mia töten.

Mia Fellatio Mia, Cunnilingus Steinmeier, Kille Kille Kitzler, RESET – wahrlich ein Gedicht auf Französisch!

Und dann das Messer! Das goldene Messer! Ein *Feitl*. Es tötet aus Liebe! Also wegen einem *Beidl*. Es könnte aber auch aus Hass sein. Hass ist doch wie Liebe, nur umgekehrt! So wie d und *t* nicht das gleiche ist. Ein Beidl ist kein Beitl. Es ist eine Verwechslung. Hass ist nur eine verwechselte Liebe!

Aber diese Erkenntnis kommt immer viel zu spät! – Der Postler, diese *Funzen,* kommt zu spät. Da steckt das Feitl dann leider schon.

Bye Bye Baby.

Aber irgendwann kommt sie halt doch, die Erkenntnis. Wenn aus Bei*t*l Bei*d*l wird. Wenn der Postmann zweimal klingelt. Wenn dann doch alles *funzt*. Weil Liebe alles hört und sieht! Liebe erkennt! Liebe ist Wahrheit! Liebe ist Verifizierung! Und Verifizierung ändert alle Verhältnisse und alle Verknüpfungen. Aus Leben wird Nichts und aus Nichts wird Leben.

Liebe, der ewige Kreislauf: Vater – Mutter – Kind – Tod

Tot wie der Vater vom Steinmeier. Tot, aber trotzdem geliebt von Gabi und ihm. – Und irgendwann werden sie ihn wiedersehen. So wie in diesem Lied von dieser Kapelle aus goldenen Engeln:

Oh, when the saints go marching in, I want to be in that number!
Wenn der Herr mit den Toten aufersteht, dann will auch ich dabei sein!

Aus Liebe zum Vater. Amen.

Und der Pater selbst? Der lebt seine Liebe zur Geilheit, genau wie Fanny, die sich von ihm gerade durch die Sakristei lieben und schieben lässt. – Die einzigen zwei, die sich gestern nicht zugezwinkert haben und der einzige Grund für eine Samstagabend-Messe.

So konservativ ist der gar nicht, der Herr Pfarrer, träumdenkt er sich weiter. Bertl und Trudl aber schon! Aus Liebe zum Konservativsein sitzen sie vorm Fernseher, sehen *Tatort* und lästern und geben sich distinguiert.

Disting...- Was?

Scheiß Konserva ... Herpes Genitalis! Ja! Scheiß Herpes Genitalis.

Nein! *Scheiß Herpes Simplex!*, denkt sich der Doktor und bestellt sich noch ein Glas Rotwein. Aus Liebe zu seiner Zunge! Weil sie rosarot sein sollte und nicht weiß oder gelb!

Und der alte Kommissar trinkt ein Bier mit ihm mit. Aus Liebe zu ihm. Weil eigentlich hat dieser gestern ja nur symbolisch auf die Fanny abgespritzt. Vor den Augen und im Kopf hatte er den verehrten Doktor, der ebenfalls auf die Fanny abgespritzt hatte. Der Doktor allerdings hatte dabei die geile Rosi vor Augen. Der alte Kommissar ist für ihn nur ein alter Kommissar.

Und Rosi? Die vergeht vor Liebe. Aber nicht für den Doktor, sondern für den Bernie.

Bye Bye Baby.

Der Bernie liebt hauptsächlich schöne Anzüge und teure Accessoires wie den Jaguar oder die Johanna. Er mag die Sachen, weil sie so schön glänzen. Deswegen mag er auch die Johanna. Obwohl die genau in fünf Minuten nicht mehr glänzen wird. Genauso wie die Rosi nur ein einziges Mal für ihn geglänzt hat, jetzt aber in seinen Augen auch nicht mehr glänzt. Weil alles Schöne zu glänzen aufhört, sobald man es einmal mit seinen Fettgriffeln berührt hat. Und der Bernie ist da sehr gründlich. Der lässt nichts unberührt.

Mia Fellatio Mia, Cunnilingus Steinmeier, Kille Kille Kitzler, RESET.

Das denkt sich auch der Karl vom Moarhof. Nur die Namen sind ein wenig anders und auf sein Zungenspiel verzichtet er auch. Dafür hat er seine eigenen Vorlieben im französischen Gedicht untergebracht. Oder ist es lateinisch? Spanisch? Oder gar chinesisch?

Maruschka Fellatio Maruschka, Muschi Arschi Karli, Coitus Interruptus.

Der Karl ist halt ein König. Ein König vor eigenen Gnaden. Und deswegen ist Maruschka keine Bekannte oder Freundin, sondern eine polnische Prostituierte, die seine Wünsche gegen Geld erfüllt.

Ach ja, das Geld! Das ist auch so eine Liebe. Oder ist es eher eine Sorge? Edwin Stenzel kann jedenfalls schon lange nicht mehr ruhig schlafen. Seit seiner Scheidung nicht mehr – des Geldes wegen, versteht sich. Aus Liebe zum Schlaf trinkt er stets einen Cocktail aus Schlaftabletten und jeder Menge Alkohol, um wenigstens für ein paar Stunden nicht an seine Liebe denken zu müssen – das Geld. Ein Schelm, wer hier an die *Ex* denkt.

Auch der Bankdirektor hat Verlustängste. Der frisst seine Sorgen aber auf – und nicht umgekehrt. Da bleibt ihm mehr. Er ist halt doch der bessere Geschäftsmann. Und der dicke Roli hat auch Nachwuchs, ganz wie der Edwin. Die sind aber jünger als der Bernie und bereiten Gott sei Dank noch keine Sorgen, die gefressen werden müssten. Aus Liebe zu den Kindern, die er jeden Abend ins Bett bringt, ist er so ein tüchtiger Mensch. – Zumindest was die Geschäfte und das Fressen betrifft.

Fressen tun auch die Bauknechts gerne, träumt der Steinmeier die ganze Wahrheit vor sich hin. Auch hier ist es wohl Liebe. Deswegen sind sie ja auch gleich Bauern geworden – damit sie immer genug zum Fressen haben. Und voll gefressen wie sie sind, schlafen die Bauknechts schon tief schnarchend in ihrem Bett. Dabei merken sie nicht, dass ihr Andi noch lange nicht schlafen kann, sondern sich auch diesen Abend in den Schlaf weint. Die Welt kann eben gemein sein zu einem Wappler wie ihm, sehr gemein! Da braucht es dann Superhelden, die einem beistehen. Deswegen liebt Andi Batman, weil das ein wahrer Superheld ist, der ihm stets hilft – im Gegensatz zu seinen Eltern.

Leni hingegen macht sich gar nicht so viel aus Batman oder Catwoman, wie man meinen könnte. Sie bräuchte auch keine Superhelden, die ihr beistehen. Leni verdrischt den Maxl auch so, wenn sie will. Und die ganze feige Hosenscheißerbande gleich noch mit dazu. Aber Leni liebt die Gerechtigkeit, weil sie in ihren Augen etwas Notwendiges ist. So wurde sie erzogen. Und das macht sie eigentlich selbst zu so etwas wie einer Superheldin, auch ganz ohne Kostüm und in echt. Und nichts ist für die Leni naheliegender, als sich dem Andi anzunehmen, dem doch von allen die größte Ungerechtigkeit widerfährt.

Da ist ein Mord schon weniger ungerecht. Oder ein schrecklicher Unfall, bei dem ein Theodor Stenzel aus dem Leben gerissen wird. Sonst dürfte ja überhaupt niemand mehr sterben, wenn ein Tod gleich ungerecht ist.

Das ist doch der ewige Kreislauf: Vater – Mutter – Kind – Tod.

Steinmeier, das hast du doch schon einmal geträumt!, träumt der Steinmeier.

Mia Fellatio Mia, Cunnilingus Steinmeier, Kille Kille Kitzler, RESET.

Ja, der Theodor Stenzel…, versucht es der Steinmeier erneut. *Was hatte der eigentlich für eine Liebe?* Geld war ihm nicht so wichtig, sonst hätte er nicht das meiste seinem Bruder vererbt. Nein, aber er liebte das, was er *tat*. Erfinden. Neue Stoffe erfinden!
Powertexx
Chinesen
schwarzer Schlafzimmer-Vorhang
Coitus Interruptus?
Karli? – *Nein! Nicht der Karli!*
Steinmeier konzentrier dich!
Herpes genitalis!
Theodor!!
Theodor – Silvia – Johanna – Tod!

Das ist also die Wahrheit!

Mia Fellatio Mia, Cunnilingus Steinmeier, Kille Kille Kitzler, RESET.

War am Ende alles nur ein Traum?

Die Ernüchterung (Sonntag)

Ständig ärgerte er sich, der Edwin. Über alles. Sein ganzes Leben. Über jeden Moment. Zuerst ärgerte er sich über seine Eltern, die stets den Theodor bevorzugt hatten. »Wieso kannst du dir nicht am Theodor ein Beispiel nehmen?«, war ihr Lieblingssatz. Dann ärgerte er sich über seine Frau, die so ziemlich alles und jeden liebte – nur ihn nicht. Dann musste er sich über seinen Anwalt ärgern, der, wie sich herausstellte, bei der Scheidung mehr seiner Frau zuspielte, als *seine* Interessen zu wahren. Später hatte sie ihn geheiratet, nur um sich dann ein paar Jahre später wieder scheiden zu lassen. Der Edwin bekam zwar das Sorgerecht für ihr Kind – weil der Anwalt wohl keinen Kuckuck im zukünftigen Nest haben wollte, Was ihn freute, aber der Junge war leider genauso wie seine Mutter. Geldgeil, maßlos und versessen auf schicke Kleidung und Schuhe. Und das ärgerte ihn schon wieder. Der Theodor dagegen war stets erfolgreich. Schon wieder ein pures Ärgernis und dazu kam auch noch der Neid. Und dieser blieb trotz aller Dankbarkeit auch dann noch bestehen, als der Theodor ihn nach der Scheidung vor dem Ruin bewahrte und er einen Job in dessen Unternehmen bekam, bei dem er nicht allzu viel kaputt machen konnte. Umso mehr ärgerte es ihn, als der Theodor es schließlich wagte zu sterben, ohne ihn vorher in die Geschäfte eingeweiht oder ihm die Formel für seine neuste Erfindung hinterlassen zu haben.

Nun stand er da wie der größte Trottel. Alle machten sich lustig über ihn, weil die Firma langsam aber sicher pleite ging. Wobei, das *langsam* stimmte heute so nicht mehr. Was hatte der dicke Roli gesagt? Konkurs oder Verkauf! Das ärgerte ihn maßlos. Er will gar nicht mehr aufhören, sich zu ärgern. Und dazu dann noch die Sorgen. Was sollte denn aus ihm werden? Immer nur Sorgen und Ärger! Und weil Sorgen und Ärger das beste Rezept für Wut sind, war der Edwin immer wütend. Er zeigte das nur nicht. Er war so ähnlich wie ein Dampfkochtopf. Bei dem sieht auch von außen niemand, dass der gefährlich unter Druck steht. Aber ein Dampfkochtopf hat normalerweise ein Sicherungsventil. Der Edwin hatte keines. Da baut sich der innere Druck einfach auf und die Frage ist nicht, ob es ihn irgendwann zerreißt, sondern wann.

Und heute könnte ein guter Tag dafür sein. Das dachte sich zumindest der Edwin: *Gleich zerreißt es mich! Wo ist meine schwarze Krawatte für dieses blöde Begräbnis? Wehe, wenn die wieder der Bernie hat!*

Der Bernie borgte sich ja immer die Sachen vom Vater aus. Der ärgert sich zwar, duldet es dennoch. Schließlich ist es der eigene Bub. Kinder sind ja gewissermaßen die Visitenkarte der Eltern. Allerdings hatte er dem Bernie schon tausendmal gesagt, er solle die Sachen wieder zurückbringen! Und hier hörte alle Vaterliebe und jedes Verständnis auf. Ordnung muss schließlich sein! Und weil die Krawatte nun mal nicht an ihrem Platz war, also Unordnung herrschte, stieg der Druck in Edwin schon wieder an. Immer noch nicht genug, um die Explosion herbei zu führen, trotzdem wird die Sache heiß. Und der Edwin marschiert gleich in Richtung des Schlafzimmers vom Bernie, klopft und tritt ein, ohne auf eine Antwort zu warten. Es ist ja auch sein gutes Recht. Erstens, weil hier drinnen ziemlich sicher seine Krawatte war, die nicht hier sein dürfte. Zweitens, weil das auch für alle möglichen anderen Kleidungstücke galt. Und drittens, weil er der Vater vom Bernie ist und er jetzt gerade eine elterliche Erziehungspflicht übernahm, auch wenn die – gelinde gesagt – achtzehn Jahre zu spät kam.

Er öffnete die Tür, und das erste, was er wahrnahm, war der Mief, der ihm entgegenschlug. Es roch nach Alkohol, Zigaretten und allerlei Dingen, die er nicht zuordnen konnte. Auch ein Frauenparfum war darunter.

Das Nächste, was er bei seinem ersten Schritt in das Zimmer bemerkte war, dass er sich in einem Kleidungsstück am Boden verhedderte und ins Stolpern kam. Haltsuchend tastete er nach dem Lichtschalter und fand ihn zum Glück auch. Im nächsten Moment bemerkte Edwin auch gleich, dass er auf seiner guten Anzughose stand und sie der Grund für sein Stolpern war. Das erhöhte den Druck im Dampfkochtopf gleich noch einmal um ein paar Bar – brachte ihn aber immer noch nicht zum Platzen.

Edwin ließ seine Augen schweifen, um seinen missratenen Jungen in dem Zimmer zu finden. Als Außenstehender mochte man annehmen, dass das eine leichte Übung sein musste für jemanden, der sehen kann.

Der Edwin tut sich aber im ersten Moment relativ schwer. Allein Orientierungspunkte zu finden, gestaltet sich im Zimmer von so manchen Jugendlichen als überaus schwierig, weil – und so auch hier – schlichtweg das Chaos herrscht. Edwin stockte zunächst und glaubt an einen Raubüberfall, bis er seinen Sohnemann schließlich doch unter einer Daunendecke und jeder Menge Kleidung entdeckte.

»Bernie!«, startete der Edwin seinen unsanften Weckruf. »Bernie! Wo ist meine schwarze Krawatte?« Doch weil die Nacht des Jungen erst vor wenigen Stunden begonnen hatte – viel zu wenig um von Nachtruhe zu reden – und weil er nicht nur schlaftrunken, sondern auch noch betrunken war, war das erzielte Ergebnis gleich null. Ein kurzes rumorendes »Muhh« war zu hören und man hätte glatt meinen können, dass der Saustall eigentlich ein Kuhstall war.

»Bernie!«, schrie Edwin aus vollem Halse und trat weiter in das Zimmer ein. Dabei achtete er diesmal, wo er hin stieg. Einerseits aus Notwendigkeit heraus, weil er nicht wieder stolpern oder auf seine eigene teure Kleidung treten wollte, und andererseits suchte er bereits nach dem ersehnten Objekt. Edwin wollte eigentlich schon wieder »*Bernie!*« schreien und sich abwenden, aber die drei Bücher, die vor ihm auf dem Boden lagen, erregten seine Aufmerksamkeit. *Was macht der Bernie mit diesem alten Schulbuch und diesem alten Wörterbuch?*, fragte sich Edwin aus zweierlei Gründen. Zum einen hatte Bernie noch nie freiwillig ein Buch in die Hand genommen und schon gar keines in Zusammenhang mit Lernen, und zum anderen erkannte er sie wieder. Er hatte als Schuljunge ebensolche Bücher besessen. Aber das waren nicht die seinen, die gab es schon lange nicht mehr. Und wie passte dieses alte Notizbuch dazu? Er schlug es auf und bekam leuchtende Augen. Jetzt schrie er wieder: »Bernie! Bernie!«, er eilte zum Bett und wollte ihn rütteln. Da erst erkannte er, dass sein Sohn nicht alleine im Bett lag. Da lugte noch eine zweite Person hervor. *Das ist doch die Johanna*, schoss es ihm durch den Kopf! *Die Tochter vom Albrecht Zilles, von dem heute das Begräbnis ist!* Edwin verknüpfte.

Wie macht der das?, fragte er sich. Ständig gingen hier in dieser Chaoshütte Frauen aus und ein. Manchmal blutjung und dann wieder edel und reif. Niemals eine zweimal. Und eine hübscher als die andere. Als Vater mit Potenzproblemen konnte man da schon etwas neidisch werden – Sorgen und Ärger waren nicht förderlich für die männliche Standhaftigkeit.

Aber in diesem Moment war er ob seines Fundes und der Erkenntnis, die er gerade hatte, erregt. Und weil das nicht oft der Fall war, hob er die Bettdecke an und blickte über seinen nackten Jungen hinweg auf das ebenso nackte Mädchen, das sicherlich auch noch völlig zugedröhnt war und von alldem nichts merkte. So stand er da und starrte erregt und begierig ihre Blöße an. Er überlegte, ob er nicht das Notizbuch beiseitelegen sollte, um die Haut des Mädchens zu berühren. Doch just dieser Gedanke an das Notizbuch rief in ihm den Ärger wieder hoch. Den Ärger über seine eigene Dummheit. Damit war es schon wieder vorbei mit seinem feuchten *Männer-Mädchen-Traum.* Er ließ von den beiden ab und verließ mit dem Notizbuch das Zimmer.

Eigentlich hätte er es wissen müssen. Eigentlich war es ja logisch. Der Edwin wusste, dass der Theodor immer schon dieses Codebuch gehabt hatte. Und der Edwin wusste auch, dass der Albrecht immer schon der beste Freund von Theodor war. Was war also naheliegender, als das *beide* ein Codebuch hatten, mit dessen Hilfe sie sich geheime Nachrichten schicken konnten? Hatte nicht Edwin selbst des Öfteren solche Nachrichten bei seinem Bruder gefunden? Nachrichten, die nicht von seinem Bruder stammten? Sie mussten von Albrecht gewesen sein. Edwin hatte sie nie entschlüsseln können und es hatte ihn stets geärgert, weil sie ihn von ihrer Freundschaft ausschlossen und sein Bruder Geheimnisse vor ihm hatte. Und während das Codebuch von Theodor damals im Feuer verbrannte, gab es die ganze Zeit über ein zweites, das der Albrecht besaß. Das ärgerte ihn schon wieder.

Aber es zitterten ihm nun auch vor Aufregung die Hände. Denn das Notizbuch war der Schlüssel für die Aufzeichnungen seines toten Bruders. Das war der Schlüssel zu *Powertexx*!

Das Begräbnis (Sonntag)

»Sonntag ist doch ein wenig ungewöhnlich für ein Begräbnis, oder nicht?«, flüsterte Mia Gabi zu.

»Aber wenn die Silvia darauf bestanden hat? Sie möchte halt so schnell wie möglich Abschied nehmen und das Ganze hinter sich lassen. Ist doch auch verständlich«, wisperte diese zurück. »Und dem Pfarrer wird's egal sein. Wahrscheinlich ist es ihm sogar recht. Schließlich ist ja bei ihm der Sonntag sowieso ein Arbeitstag. Und wenn er das Begräbnis heute macht, dann braucht er sich nicht einen freien Tag anpatzen.«

Klingt einleuchtend, dachte Mia. *Außerdem haben am Sonntag alle Zeit. Es scheint, als wäre der ganze Ort versammelt.*

»Meine lieben Brüder und Schwestern im Geiste. Wir haben uns heute hier versammelt, um von Albrecht Zilles Abschied zu nehmen, um seiner zu gedenken und um für ihn zu beten, auf dass der allmächtige Gott ihn zu sich heim führe.«

Steinmeier war heute unkonzentriert, weil er schlecht geschlafen hatte, deswegen verstand er *...auf dass der allmächtige Gott ihn sich einführe...*. Unbewusst blickte er darauf zu Fanny, die gerade zwinkerte. Aber zu wem? Zum Sarg? Zum Pfarrer?

Heute sieht ausnahmsweise Johanna mitgenommener aus als ihre Mutter, dachte Mia. Ihr Verehrer schlief wahrscheinlich noch seinen Liebesrausch aus und hatte es nicht für nötig befunden, seinem Betthaserl in ihrer Trauer beizustehen. Und es sah ja fast so aus, als hätte Johanna noch die Ausgehkleidung vom Vortag an.

Das dürfte wohl ein Minirock unter dem Mantel sein? War das jetzt jugendlicher Leichtsinn – beziehungsweise Frohsinn – tickte sie aus oder ging ihr der Tod ihres Vaters einfach nicht nahe, weil sie gar so wenig Pietät, Anstand und Gefühl zeigte?

Und wo ist eigentlich der Edwin?, dachte sich Steinmeier.

»Gott in seiner Güte hat seine guten Gründe, weshalb er gerade den Albrecht zu sich bestellt hat ...«
»Wahrscheinlich braucht er für die Buchhaltung einen, der rechnen kann«, flüsterte Karl dem Hans Bauknecht zu. Dieser musste sich ein Lachen verkneifen, während Evelyn die beiden mit einem finsteren Blick streifte.

Andi, der neben seinem Vater stand, hörte das gar nicht. Seit seinem Sturzflug am Freitag war er deprimiert. Am liebsten hätte er tot sein wollen wie sein Lehrer. Seine Schulkollegen – Freunde waren es ja keine – würden ihn nun mehr denn je hänseln und Leni konnte er nicht mehr in die Augen sehen, weil er sich gar so schämte. Was sollte oder konnte er jetzt tun?

»Herr, erbarme dich! Bitte für uns Sünder und erlöse uns von dem Bösen. Amen ...«

Steinmeier blickte zu Silvia und dachte sich: *Bitte für uns Zünder!? – Aber wozu sollte sie denn Zünder brauchen?*

Das dauert heute wieder!, ärgerte sich der Bürgermeister, der eigentlich schon lange Formel 1 schauen wollte. *Was redet denn der Pfaff da jetzt noch lange herum. Vorher sollte er doch die Leute lobpreisen und segnen,* – bevor *sie sterben. Nachher beginnen sie ja doch nur zu stinken, je länger er schwafelt. Und wieso flennt denn jetzt bitte meine Trudl schon wieder? Wenn einer flennen müsste, dann wär's ja wohl ich! – Ist ja schließlich meine Wählerstimme, die da im Sarg liegt. Aber eigentlich müsste ich ihm ja dankbar sein. Wäre er eines natürlichen Todes gestorben, wäre seine Stimme verloren. Aber als Mordopfer schürt er Ängste und Verständnislosigkeit unter seinesgleichen und deswegen besinnen sich plötzlich wieder alle auf Sicherheit, alte Werte und Tradition. Und wen wählt man da am besten? – Natürlich mich, den Mann fürs Grobe! Das war auch schon damals bei George W. Bush so, als dieses World Trade Center dem Erdboden gleich gemacht wurde. Der ist dann auch nicht wieder gewählt worden weil er dann ›Peace!‹ gerufen hat, sondern weil er ganz nach alt bewährter Hau-Drauf-Methode in den Krieg gezogen ist. Das war schon ein feiner Kerl, der Bush. Von dem könnte sich so manch einer der Bonzen ein Scheibchen abschneiden. Aber heute sind da oben ja nur noch Luschen am Werk.*

»Und alle Engel hoch oben im Himmel singen: ‚Lobpreiset den Herrn, der da kommen wird am jüngsten Tag...«

Scheiß Konservative!, dachte sich der Arzt. *Welcher Herr soll denn da genau kommen? Am Ende ist's doch nur wieder ein Zeuge Jehovas oder die Caritas Haussammlung. Die bräuchten wir alle nicht, wenn wir eine andere Politik hätten und wenn der Pfarrer nicht so einen Stuss verzapfen würde. Wie hatte Karl Marx gesagt?* Das Sein bestimmt das Bewusstsein. *Recht hat er gehabt! Wer bisher immer pleite war, wird auch in Zukunft immer pleite sein. Oder wer zum Beispiel aus einer Gaunerfamilie kommt, der geht ins Häfn. Wohin soll denn also nun der Albrecht Zilles gehen, wenn er als Leiche daherkommt? Was für ein Paradies soll das sein? Zombieland?*

Einfach zum Küssen, dachte der alte Kommissar, der gerade die Zornesfalten des Doktors betrachtete.

Dem Steinmeier wird komisch. Vor Steinmeiers innerem Auge visualisiert sich ein sehr eindeutiges Bild von seinem alten Chef und dem Doktor, wie sie sich gegenseitig mit Haargel bespritzen. *Ist das wirklich Haargel? Sind das wirklich Quetschtuben?*

»Der Glaube verleiht den Menschen Flügel. Und so wie Jesus in den Himmel aufgefahren ist, weil er geglaubt hat, so werden auch die Gläubigen in den Himmel auffahren …«

Ist das die Lösung?, fragte sich Andi, der soeben wie aufs Stichwort aus seinem lethargischen Zustand gerissen wurde. *Der Glaube! Brauche ich nur ganz fest zu glauben, dass ich fliegen kann und dann kann ich es auch?*

»Zweifle nicht an deinem Glauben. In der Stunde der bittersten Not wird er dir beistehen. Er ist die Hoffnung, er ist der Anfang und er ist auch das Ende…«

Aber wie soll ich glauben?

»Der Glaube steckt in jedem von uns. Er ist wie ein Samenkorn, das keimt und wächst, wenn wir darben. In Zeiten der Einsamkeit, in Zeiten der Bedrängnis und in Zeiten der Angst…«

Also durch Angst kann ich den Glauben aktivieren und dann kann ich fliegen?

»Zweifelt ebenso wenig an meinen Worten wie an eurem Glauben, denn, Amen ich sage euch, diejenigen, die frei von allen Zweifeln sind, werden das Böse besiegen und gen Himmel auffahren …«

Ja ja, schon gut. Ich hab's verstanden. Ich zweifle ja eh nicht, fasste Andi wieder Mut. Schüchtern blickte er zu Leni und schenkte ihr ein Lächeln. *Es wird Zeit für einen neuen Plan!*

»Karl!«, flüsterte Hans Bauknecht etwas zu laut. »Hast du auch gerade einen gen Himmel auffahren lassen?«

»Ja, glaubst du, dass da nur der Herrgott das Patent drauf hat? Ich hab dem Albrecht voller Andacht einen schönen Gruß hinterher geschickt.«

»Herr, erbarme dich...«

Und was ist das jetzt wieder?, hadert der Steinmeier mit seinem heute so belebten und phantasievollen Geiste. *Ein König beim Coitus interruptus? Welcher König? Und wer ist Maruschka? – Und was stinkt hier so?*

Mia sah Steinmeier böse an und dachte: *Der kann stinken! So kenn ich ihn ja gar nicht. Und beschäftigt sieht der aus! Obwohl er nur so dasteht. Bei dem ist Verdauen wohl eine Denksportaufgabe?*

Wieso sieht die mich so böse an?, fragte sich Steinmeier. *Oder ist das ihr Entschuldigungsblick, weil sie gerade Tod und Teufel gefurzt hat?*

Jetzt hat er es wirklich geschafft, der alte Dampfplauderer!, schimpfte der Bürgermeister in sich hinein. *Jetzt hat er so lange von Humpty-Dumpty und Halleluja gepredigt, bis die Leiche zu stinken anfängt.*

»Asche zu Asche und Staub zu Staub...«

Dann begann die Musikkapelle zu spielen und langsam ließ man den Sarg in das dunkle Grab hinab.

Ebenso langsam und dunkel erklang dabei auch das alt bekannte Stück, das zu Ehren des Lehrers gespielt wurde. Diesmal klang es so ganz anders als an seinem Todestag, gar nicht mehr beschwingt, sondern leblos und melancholisch.

Silvia musste weinen.
Johanna musste weinen.

Steinmeier dachte: *Theodor – Silvia – Johanna – Tod. Wieso denk ich an den Theodor, es ist doch der Albrecht da im Sarg? Was hat das bloß alles zu bedeuten?*

»Komm schon, Steinmeier! Wir mischen uns unter das *gemeine* Volk. Verdauen kannst du auch woanders«, riss Mia ihn jäh aus seinen Gedanken und zog ihn hinter sich her.
Der Pulk, der vorher um das Grab gestanden hatte, setzte sich ebenfalls in Bewegung. Im Gänsemarsch zog man am Grab vorüber, bekundete bei Silvia und Johanna sein Beileid und trottete dann gesenkten Hauptes ins hiesige Wirtshaus, wo der Leichenschmaus angesetzt war. Dort hellte sich die Stimmung bei gekochtem Rindfleisch mit Semmelkren schlagartig auf. Rosi servierte dazu fleißig Bier. Mia, Steinmeier und Gabi hatten sich zu Fanny, Trudl und ihrem Bertl gesellt. Gerade kamen Andi

mit Leni vorbei, die im Begriff waren, sich nach draußen zu verdrücken.

»Na ihr beiden? Heckt ihr schon wieder etwas aus?« Mia lächelte die Kinder an. Andi wurde rot.

»Nein, nein!«, gab Leni zur Antwort und zog ihren Andi fort.

»Sind die beiden nicht süß?«, stellte Mia fest.

»Ja, sehr süß!«, sagte der Bürgermeister. »Wahrscheinlich gehen sie gerade Autos zerkratzen oder werfen noch eine Katze ins Grab, bevor der Totengräber es wieder zuschaufelt.«

»Geh, du schon wieder«, widersprach ihm Trudl. »Das sind doch noch Kinder. Die wollen bloß spielen.

Kille Kille Kitzler?, fragte sich Steinmeier schon etwas genervt von diesem Gedanken der wie ein blöder Ohrwurm immer wieder kam.

Kille Kille Kitzler, ging es auch der Fanny durch den Kopf, die dabei gleich – vermeintlich von allen unbemerkt – dem Bürgermeister zuzwinkerte. Und dieser zwinkert – ebenso vermeintlich unbemerkt – zurück.

Doch Mia bemerkte es.

Der Bürgermeister stand auf und ging in Richtung Toilette. Ausnahmsweise mal ohne große Worte.

»Schau, dass du nicht wieder so lange brauchst!«, mahnte ihn seine Trudl noch, die annahm, dass er aufs Klo wollte.

»Wecker werde ich mir aber keinen stellen«, gab der Bürgermeister sarkastisch zurück. Bald darauf begann Fanny unruhig auf ihrem Platz herumzurutschen und sich den Bauch zu halten. »Auweh! Ich glaub, ich hab den Semmelkren nicht vertragen. – Mein Reizdarm!«, sagte sie nur knapp und stand auf.

Na, die trauen sich was, denkt sich Mia. *Direkt vor der Trudl. Aber das schau ich mir an.*

Ich glaub mir pressiert es auch, dachte sich der Steinmeier.

Also erhoben sich beide zeitgleich. Mia entschuldigte sich kurz bei Trudl und ging ebenfalls Richtung Toilette. Steinmeier nickte nur und schwänzelte ihr hinterher. Nur Trudl blieb sitzen und wunderte sich über die schwachen Blasen und Gedärme. *Das muss von den ganzen Spritzmitteln in der Landwirtschaft kommen*, dachte sie sich und warf einen bösen Blick zu Karl, der sie ohnehin gerade lüstern anstarrte und nun ertappter Weise rot wird.

»Fanny, wo willst denn hin, da geht's doch zum Männerklo!«, rief Mia ihr hinterher, als sie um die Ecke bog und gerade noch einen Blick darauf erhaschte, wie Fanny zielstrebig an der Damentoilette vorbeimarschierte.

»Ach ja, wie dumm!« Fanny erschrak sichtlich. Sie hatte wohl nicht damit gerechnet, dass ihr jemand folgte, was ganz in Mias Sinne war, die ihr auf leisen Sohlen hinterhergeschlichen war.

Ja, wie dumm, dachte sich auch Steinmeier, der langsam wieder in seine alte Höchstform zurückfand – sofern man das so nennen durfte – und seine tagesbedingte Zerstreut- und Verwirrtheit einigermaßen ablegen konnte. Er ging an Fanny vorbei, die gerade gewendet hatte und sich nun auf die Damentoilette zu bewegte.

Dann trat er in die Herrentoilette ein, passierte eine Reihe von Pissoiren und steuerte zügig die erste Toilettentür an. *Nicht abgeschlossen, Gott sei Dank!*, dachte sich der Steinmeier noch. Mittlerweile hatte er es wirklich eilig. Er öffnete die Tür, trat ein und kollidierte dabei beinahe mit dem Bürgermeister. – An den hatte er gar nicht mehr gedacht. Der war ja auch zur Toilette gegangen, fiel es ihm wieder ein. Wobei dieser Gedanke aber gleich wieder zur Nebensächlichkeit verkam, als ihm klar wurde, wer oder *was* da wirklich vor ihm stand. Der Bürgermeister hatte die Hosen hinuntergelassen, wie das an diesem Ort ja durchaus normal war. Allerdings saß er nicht auf der Klobrille, und stand auch nicht in pinkelnder Absicht davor. Nein – er lauerte erhobenen Gliedes vor der nicht abgeschlossenen Tür. *Auf wen? Auf ihn?* Aber auch diese Gedanken blitzten nur kurz durch sein Gehirn, denn die Situation zwang förmlich eine andere Vorstellung in ihm herauf: *Quetschtube! Haargel!*

Der Bürgermeister andererseits wartete schon zwei Minuten voller Vorfreude auf die Fanny und war dermaßen erregt, dass er *die Sache* vorbereitender Weise schon mal selbst in die Hand genommen hatte. Das hätte dann auch gleich den Vorteil haben sollen, dass er *es* dann schneller zu Ende bringen konnte und ihm die Trudl nicht wieder Vorhaltungen machen würde, dass er lieber auf dem Scheißhaus sitze als bei ihr. Und wie der Bertl so sein Glied rubbelte und er die Tür zum Kloraum aufgehen hörte, da war er schon so in Ekstase, dass er sich konzentrieren musste, um die Sache nicht sinnlos an die Wand zu fahren. Er wollte ja Fanny das Dessert – *Mousse a la Bertl* – nicht vorenthalten. Dieser Gedanke erregte ihn noch mehr. Und dann ging die Klotür auf.

Jetzt ist es gleich so weit, dachte sich der Bertl noch und sieht sich plötzlich dem Steinmeier gegenüber, der ihn fast niederrennt. Wie man sich denken kann, ist nun aber eine solche schreckhafte Begegnung nicht unbedingt förderlich für die besagte Konzentration. Und als wäre der Bertl noch nicht steif genug gewesen, erstarrte er kurz vor lauter Überraschung, was in dieser Stellung aber einer Initialzündung gleichkam. Und so ejakulierte der Bürgermeister geradewegs auf seinen Vize-Polizeikommandanten.

Wenn die niederen Instinkte von Zeit zu Zeit die Kontrolle über uns übernehmen, dann sind wir Menschen wie die Tiere und werden zu Zuschauern im eigenen Körper. Und wie also der Steinmeier vom Bürgermeister mitten auf seinen Hosenlatz sein Fett abbekam und sich noch *Quetschtube* und *Haargel* dachte, da realisierte er plötzlich seinen begrifflichen Irrtum und musste seinerseits die Kontrolle über wichtige Körperfunktionen an sein animalisches Stammhirn abgeben. Der Schrecken fuhr ihm nun in alle Glieder – und mit Karacho in die Hose.

Als nun den beiden klar wurde, was gerade geschehen war, zog sich der Bürgermeister, wie für einen Politiker üblich, aus der brenzligen Affäre gekonnt zurück: »Steinmeier! Wieso platzen sie einfach herein, wenn ich hier meinen Geschäften nachgehe? Was fällt ihnen eigentlich ein? Das ist doch keine Art!« Dann packte er seinen mittlerweile erschlafften Penis wieder ein, schob den baffen Steinmeier beiseite und verschwand. Dieser war wie erstarrt und dachte sich dreimal voller Entsetzen: *Ich habe mir in die Hose geschissen! Ich habe mir in die Hose geschissen! Ich habe mir in die Hose geschissen!* Und als wäre das noch nicht genug, fiel es ihm plötzlich wie Schuppen von den Augen: *Der Bürgermeister hat auf mich abgespritzt! Der Bürgermeister hat auf mich abgespritzt! Der Bürgermeister hat auf mich abgespritzt!*

Mia hatte derweil andere Sorgen. Sie hatte es sich zur Aufgabe gemacht, Fanny zu durchleuchten. Deswegen war sie ihr ja auch aufs Klo gefolgt, wohl wissend, dass diese gar nicht unbedingt zur Toilette wollte. Was Mia aber auch gar nicht so ungelegen kam. Schließlich saßen die beiden Frauen Tür an Tür auf dem Klosett und Mia hatte jede Menge Zeit, Fanny zu befragen, weil diese ohnehin nicht pinkeln musste und die betreffenden Geräusche auf sich warten ließen. Und Fanny getraute sich nicht, ohne diese Geräusche aufzustehen und wieder zu gehen. Das traut sich niemand einfach so. Man geht ja schließlich nicht zum Spaß aufs Klo, das wäre ja abnormal.

»Fanny, du wolltest eben doch nicht etwa dem Bürgermeister nachsteigen?«, fragte Mia, die ihr Opfer erst mal einschüchtern wollte.

»Was? Nein!«, kam von dieser erbost zurück.

»Was dann? Haargel besorgen?« Aus dem Männerklo erklang ein verzweifelter Schrei. *War das Steinmeier?*, fragte sich Mia, konnte sich aber nicht weiter darum kümmern.

Fanny schwieg.

»Keine Angst«, sagte Mia. »Ich werde niemandem etwas verraten. Aber vielleicht kannst du mir im Gegenzug helfen. Ich hätte da ein paar Fragen an dich.«

Als Fanny weiter schwieg und still auf ihr Wasser wartete, fuhr Mia fort: »Du hast am Dienstag den Streit zwischen Silvia und Albrecht gehört. Worum ging es da?«
Fanny atmete kurz durch, als wäre sie erleichtert oder als hätte sich gerade die Erkenntnis gefestigt, hier länger auf dem Trockenen festsitzen zu müssen. Dann begann sie: »Der Albrecht und die Silvia haben sich gestritten. Er hat ihr vorgeworfen, dass sie ihn mit seinem besten Freund betrügt.«
Das wusste Mia alles schon und wurde deshalb ungeduldig: »Wen hat er gemeint?«

»Ich weiß es nicht.«

Könnte sie den Theodor gemeint haben?, lag Mia der Gedanke auf der Zunge, den sie aber nicht laut aussprechen wollte, da sonst in dreißig Minuten ganz Beidlhausen darüber Bescheid wissen würde.

»Bist du sicher, dass es wegen einer Affäre war und nicht wegen einer Reise oder eines Urlaubes?«

»Was?«, fragte Fanny. »Wie ein Streit wegen einer Reise hat sich das für mich aber nicht angehört. Außerdem sind die beiden noch nie wohin verreist. Aber ich habe auch nicht alles gehört. Es war nur ein Bruchteil. Frag doch Johanna, die muss mehr vom Streit mitbekommen haben. Ich habe sie davor ins Haus gehen sehen.«

Und die beiden haben deswegen nicht zu streiten aufgehört. Das kann nur heißen, dass sie ihr heimkommen nicht bemerkt haben und sie gelauscht hat. So wie am Donnerstag, als ich Silvia befragt habe und dann unvermittelt Johanna in der Tür stand. Was hatte sie wirklich gehört? Was wollte sie ihr gestern nicht sagen?

»Was wolltest du überhaupt am Dienstag bei den Zilles?«, fragte Mia, die gerade überlegte, ob Fanny auch mit Albrecht gezwinkert hatte.

»Silvia hatte mir einen schönen Stoff versprochen, den sie einmal vom Theodor bekommen hatte und mit dem ich mir ein Kostüm machen konnte, – und den wollte ich mir holen.«

»Und? Hast du ihn geholt?«

»Ja, aber erst gestern auf dem Flohmarkt.«

»Aber die Faschingszeit ist doch jetzt vorüber?«, fragte Mia angesichts der Nutzlosigkeit eines Faschingskostüms zur Fastenzeit.

»Das macht nichts. Ich brauchte ohnehin etwas für das Begräbnis.«

Mia entsann sich nun der doch etwas ungewöhnlichen Bekleidung, die ihr heute schon an Fanny aufgefallen war. Sie hatte dem keine weitere Beachtung geschenkt, weil heutzutage vieles ungewöhnlich war. *Da wurde dann also aus einer Hexenverkleidung eine Hexenbekleidung*, dachte sie sich und musste dabei wieder an den Doktor denken: *Das ist alles Sache der Definition. Das ist alles politisch. Scheiß Konse...* Und dann hörte sie nebenan etwas ins Wasser plumpsen und wie die Klopapierrolle am Klopapierhalter abgerollt wurde. Offenbar hatte Fanny die Zeit, in der sie am Klo festsaß, doch noch sinnvoll nutzen können. – Jetzt drängte für Mia die Zeit.

»Wo warst du eigentlich dann am Faschingsumzug, als der Mord passierte?« *So ohne Kostüm?*, fügte Mia in Gedanken hinzu.

»Na auf dem Klo! Wegen meinem Reizdarm.«, sagte Fanny, während sie hörbar mit Klopapier ihren Hintern abputzte.

»Gibt es dafür Zeugen?«, fragte Mia unbeirrt.

»Seit wann braucht man am Topf einen Zeugen?«, konterte diese, spülte runter, verließ die Kabine, wusch sich kurz die Hände, gab sich schnell etwas Gel in die Haare und ging.

Diesen Satz habe ich doch schon einmal gehört, dachte sich Mia und erkannte gleich darauf, dass es der Bürgermeister war, der ihr exakt dasselbe geantwortet hatte, als sie ihn am Mittwoch nach seinem Alibi befragt hatte.

Alles stimmt und nichts ist falsch, ging Mia durch den Kopf, aber sie konnte mit diesem Gedanken, der sich anhörte, als käme er direkt von Steinmeier, nicht so recht etwas anfangen.

»Sieh dir mal den Steinmeier an«, sagte Leni zu Andi, den sie zum Auto ihrer Eltern geleitet hatte und dem sie gerade die Überraschung zeigen wollte, die sie für ihn hatte. »Wieso schleicht der so komisch herum? Versteckt der sich vor wem?«

»Wegen uns versteckt er sich jedenfalls nicht. Ich glaub, der versteckt eher etwas hinter seinem Rücken«, rätselte Andi.

»Meinst du er versteckt etwas vor uns?«, wollte Leni wissen.

»Keine Ahnung. Vielleicht ermittelt er auch nur. Womöglich hat er eine heiße Spur. Sollen wir ihm folgen?«

»Nein, jetzt nicht«, sagte Leni. »Ich muss dir zuerst etwas geben. Mit diesen Worten öffnete sie die Kofferraumtür und entnahm ein schwarzes gefaltetes Etwas und hielt es ihm vor die Nase.

»Was ist das?«, fragte Andi neugierig.

»Das ist ein neues Cape!«, antwortete Leni stolz und entfaltete es mit einer Handbewegung.

»Wow! Geil! Ist das für mich?« Seine Wangen begannen zu glühen.

»Ja«, sagte Leni, die sich schon lange nicht mehr so gut gefühlt hatte, als sie sah, was sie mit ihrer Geste bewirkte.

»Woher hast du das?«, fragte er.

»Der Stoff ist von unserem Lehrer. Den habe ich gestern vom Flohmarkt geholt. Ich habe es dann gleich zusammen mit meiner Mutter genäht. Das ist ein ganz besonderes Material. Wir konnten es mit der Schere nur in eine Richtung schneiden und mussten es mit der Hand nähen. Dabei sind fünf Nadeln abgebrochen!«, erzählte sie, als wäre es die tollste Geschichte der Welt.

»Und das schenkst du mir?« Andi konnte es noch immer nicht glauben.

»Ja, klar!«, sagte Leni. »Es ist noch etwas Stoff da. Vielleicht mache ich mir auch noch einen Umhang davon. Dann haben wir beide den gleichen.«

»Das wäre cool.« Andi schwang sich das Cape um die Schultern und fühlte sich gleich noch viel besser. Und wie immer wenn es am schönsten ist, kommt so eine Drecksau wie der Maxl samt dem Rest der Schweinebande daher und verdirbt einem die ganze Freude. Natürlich kam er nicht zufällig vorbei. Sie hatten die beiden seit ihrem Verlassen der Totenfeier beschattet.

»Ja was haben wird denn da?«, fragte Maxl nun in überraschtem Ton. »Wenn das nicht der Wappler mit seiner Wapplerin ist? Ihr seid aber weit weg von eurem Misthaufen.«

Andi und Leni verfielen in beschämtes Schweigen. Maxl entdeckte den schwarzen Umhang: »He *Fatman*, hast du von deiner Freundin einen neuen Umhang zum Gatschhupfen bekommen? Ach so, tut mir leid, du nennst das ja fliegen. Dürfen wir wieder zuschauen kommen – beim Fliegen? Das war echt lustig!«

Andi fing sich schließlich wieder und besann sich auf seinen Plan, den er heute beim Begräbnis unter göttlicher Anleitung in groben Zügen entworfen hatte und der nun durch das neue Cape Nahrung erhielt. Er wollte fliegen und er würde fliegen! Alles was er tun musste war glauben. Und der Glaube entstand aus Angst und Bedrängnis. Das ließ sich arrangieren!

»Also gut!« sagte Andi.

»Nicht!«, fuhr Leni dazwischen, die nicht wollte, dass er sich erneut provozieren ließ. Aber wie alle Männer hörte auch Andi nicht auf die weibliche Stimme der Vernunft und wischte ihren Zwischenruf mit einer Geste beiseite: »Morgen um Mitternacht treffen wir uns auf dem alten Fabrikgelände. Und dann werde ich euch beweisen, dass ich fliegen kann.«

»Wieso erst morgen und wieso um Mitternacht?«, wollte Maxl wissen, dem die Zeit sichtlich unangenehm war.

»Ich muss erst meinen Superanzug fertig machen«, antwortete Andi, was soweit auch stimmte. Das Kostüm lag noch in der Wäsche. »Deshalb morgen.« Der zweite Grund lag darin, dass er sich unbemerkt außer Haus schleichen musste, was am besten eher zu späterer Stunde gelang. Und der dritte Grund war der, dass Mitternacht die Geisterstunde war, bei dem sich naturgemäß jedes Kind ein wenig fürchtet. Und Angst wollte und musste er ja schließlich haben, wenn die Sache mit dem Glauben und damit auch das mit dem Fliegen funktionieren sollte. Zu Maxl und den anderen sagte er aber nur: »Fledermäuse – so wie Batman – fliegen erst ab

Mitternacht.«

Damit war die Sache abgetan. Maxl konnte hier nicht wirklich etwas einwenden und lenkte ein: »Okay, wir sind da. Und wehe, du verarschst uns, Wappler!«

»Du wiederholst dich!«, mischte sich nun Leni ein, die nicht glauben konnte, was sie da soeben von Andi gehört hatte. Sie musste dringend Klartext mit ihm reden. Aber vorher gehörte dieser blöder Maxl und seine Kumpane verscheucht. »Lern mal ein paar neue Sätze«, schenkte sie ihm frech ein, »weil sonst gibt's wieder eins aufs Maul!« Dabei ballte sie ihre Faust und wuchtete sie dem frechen Anführer nicht allzu stark in die Magengegend. Er sollte ja so schnell wie möglich verschwinden, dafür durfte er nicht zu Boden gehen. Dieser krümmte sich und begann wehleidig zu fluchen und zu weinen: »*Au Au Au Au!* Das sage ich meiner Mama. Du blöde Sau, du. *Au Au Au Au!* Du Wapplerin! Ich mach dich fertig!« Leni blieb unbeeindruckt. Demonstrativ ballte sie die Faust erneut und ging auf Maxl zu, worauf dieser mit seinen Freunden Fersengeld gab. In einigen Metern Entfernung rief er noch mal zornig: »Wir sehen uns morgen bei der alten Fabrik. Wenn der Wappler nicht springt, dann ist er tot und mit ihm die Wapplerin!« Dann waren sie weg.

»Andi, bist du verrückt?«, fuhr sie nun ihren Freund an, wobei sie die Faust aus Ärger immer noch geballt hatte.

Der stammelte in seiner Angst nur: »Tut mir leid!«

»Was tut dir leid? Dass du dir morgen den Hals brichst?«

»Aber ich *kann* fliegen!«, beteuerte dieser flehend, als hinge seine ganze Existenz daran. Und als Leni ihm dann in die Augen blickte, erkannte sie all das. »Natürlich kannst du fliegen«, sagte sie so, wie eine Mutter zu ihrem Sohn sagt, dass er Astronaut oder Cowboy werden könne. Und ebenso wie die Mutter ihrem Jungen zur Bestätigung einen Kuss auf den Kopf gibt, küsste Leni nun den Andi kurz, aber doch, auf die Lippen.

»Bis morgen dann, mein Held!«, fügte sie hinzu, schloss die Kofferraumtür des elterlichen Autos und lief davon, als wäre sie eine Katze, die dabei ertappt wird, wie sie gerade ein Leckerli vom Jausentisch stibitzt.

»Bis morgen«, flüsterte Andi und sah seiner Katze noch lange hinterher. Auch dann noch, als sie längst schon nicht mehr zu sehen war.

»Hallo Andi, hast du den Steinmeier gesehen?«

Komisch, dachte sich Mia. *Der Andi steht hier mit einem schwarzen Umhang und blickt stramm geradeaus, ohne Antwort zu geben. Wie eine Statue. Ob das ein Spiel ist?*
Nach und nach kommen weitere lustige Trauergäste des Weges und wundern sich über den dicken Jungen mit dem sich im Wind wiegenden Umhang, der wie versteinert dasteht. – *Aber ja, es wird wohl ein Spiel sein.* Und wie jedes Spiel endete auch dieses, als der blöde Bruder und die nervigen Eltern dazustießen: »Hahaha! Schaut euch den Andi an! Der ist im Stehen eingeschlafen!«, rief der Rudi schon von weitem. Und da mussten auch seine Eltern lachen, weil es wirklich etwas

komisch anmutete, wie ihr ältester Spross so dastand. Aber als Pragmatiker hielten sie sich nicht lange damit auf. »Andi, jetzt komm schon! Wir fahren! Oder willst du noch länger aus dem Fenster deines Luftschlosses schauen?«
Und da besann sich Andi endlich, ging zur Familienkutsche und fuhr mit den Bauknechts heimwärts, wo er den Rest des Abends mit der Reinigung seines nach Mist stinkenden Batmankostüms verbrachte und sich in einen Traum aus Heldentum und Liebe hineinträumte.

»Sag mal, Steinmeier, wieso hast du mich denn heute alleine stehenlassen? Der Bürgermeister hat gesagt, er hätte dich auf dem Klo getroffen und er sagte er hatte den Eindruck, dass du die Nase voll hattest. Er meinte, es könnte aber auch die Hose gewesen sein. HihaHihaHiha!«, sagte Mia scherzend und ahnte gar nicht, wie nah sie der Sache damit eigentlich kam. »Du wirst doch nicht jetzt schon genug von mir haben?«, fragte sie ihn zärtlich und streichelte ihm dabei über den Kopf. »Wieso liegst du eigentlich schon um diese Zeit frisch geduscht und schlafbereit im Bett? Geht es dir nicht gut? Ist es wegen deiner Verdauung? Ich habe mir heute gleich gedacht, dass da etwas nicht stimmt, so wie du heute gestunken hast, mein kleiner Pu-Bär. HihaHihaHiha!. Damit hättest du den Albrecht glatt wieder zum Leben erwecken können. HihaHihaHiha!.«
»Aber wenn du glaubst, dass ich dich so früh schlafen lasse, dann hast du dich getäuscht! Ich springe auch noch schnell unter die Dusche und dann erwarte ich, dass du

deine feuchte *Nase* in mich hinein steckst. Und keine Ausreden! Ich will nicht hören, dass du einen Reizdarm hast und aufs Klo musst!«, mahnte sieh ihn in halbernstem Tonfall und in Anspielung auf Fanny. »Oder halt warte! Ich hab eine bessere Idee! Wie wäre es damit: Lass uns ein Rollenspiel machen! Das haben Männer doch gerne? Ich zwinkere dir jetzt zu und gehe in Richtung Bad, wo ich mich ganz nackig mache. Und du, du bist ein bockgeiler Bürgermeister! Du wartest jetzt kurz und folgst mir dann, um mir im Bad deinen Penis in den Mund zu stecken und auf mich abzuspritzen. Das würde dir doch gefallen, oder nicht?«

Nein, würde es nicht!, dachte sich der Steinmeier und kam nicht so recht in Stimmung.

Die Erkenntnis (Sonntag)

Nun war es passiert: Der Edwin hatte sich einmal zu oft geärgert und war explodiert. Doch da gibt es solche und solche Explosionen. Manche geben lediglich einen lauten Knall von sich, ohne dass sehr viel Zerstörungskraft dahinter ist. Andere detonieren regelrecht und kein Stein bleibt mehr auf dem anderen. Und wiederum andere sind wie der Edwin. Da merkt man zunächst gar nicht, dass die Explosion schon begonnen hat, weil sie so langsam abläuft. Langsam, aber unaufhaltsam. Wie die Kettenreaktion eines sich anbahnenden nuklearen Supergaus. Da fand der Edwin im Schlafgemach seines Sohnes nebst nacktem Mädchen auch noch das Codebuch von Albrecht Zilles. Ab heute war ihm die Entschlüsselung möglich! Und so vergaß Edwin den Groll auf seinen Jungen, er vergaß seine schwarze Krawatte und er vergaß das Begräbnis. Allein die Entschlüsselung vom Notizbuch zählte. Also ging er gleich zu Werke und entschlüsselte und transformierte den ganzen lieben Tag lang. Und am Ende des Tages platzte schließlich die Bombe. Er konnte nicht so recht glauben, was er da las. Das Notizbuch war nicht nur ein Forschungstagebuch, es war zu einem Teil auch das persönliche Tagebuch seines Bruders. Zum einen gab es *Powertexx* tatsächlich, was erfreulich war. Zum anderen hatte sein Bruder aber keine eindeutige Formel oder Rezeptur zur Herstellung hinterlassen, sondern bloß zusammenhanglose Notizen und den Hinweis darauf, dass die Lösung hinter dem Geheimnis im Probemuster steckt. Das bedeutete, Theodor hatte sogar schon etwas von dem besagten Stoff produziert. Und weil sein Bruder offenbar nicht alle Tassen im Schrank hatte, wie sich der Edwin nun dachte, hatte er dieses Muster seinem Freund, dem Albrecht geschenkt. Zur Verwahrung oder wozu auch immer.

Aber das war noch nicht so ärgerlich, wie das, was Edwin dann lesen musste. Theodor hatte offenbar eine uneheliche Tochter, die niemand geringerer war als Johanna Zilles! Das Mädchen, mit dem sein Sohn sich durch die Nacht gevögelt hatte und die eigentlich seine Nichte und Bernies Cousine war! *Na, gratuliere*, wünschte dabei der Vater seinem Sohn im Geiste. Und dann kam die Erkenntnis, die alles weitere unaufhaltsam ins Rollen brachte. Sollte jemals zutage treten, dass Johanna die Tochter seines Bruders war, dann konnte er sich sein Erbe samt Powertexx abschminken. Johanna alleine würde alles erben. Allein der Brand und Theodors vorzeitiger Tod hatten bisher zu Edwins Vorteil Regie geführt und soweit alles im Dunkeln gelassen. Aber wie lange würde das noch so bleiben? Und wo war das besagte Stoffmuster? Edwin war entschlossen, sich seine Antworten zu holen und sein Geschick selbst in die Hand zu nehmen. Zug um Zug.

Was brauche ich?, überlegte er und legte sich im Geiste eine Liste an: *Kabelbinder, Klebeband, ein Messer und etwas Ether aus der Fabrik wäre auch nicht schlecht. Dazu meine Pistole und ein neues Vorhängeschloss samt*

Kette.
Und dann legte er los.

Die Chinesen (Montag)

»Ah, sehr gut! Da sind ja meine lieben Gäste!« Der Bürgermeister zeigte sich höchst erfreut, erhob sich von seinem Schreibtisch und eilte dem eintretenden Besuch entgegen. Der Bankdirektor wies den Weg.

»Hello! Nice to meet you!«, sagte er händeschüttelnd und untertänigst kopfnickend zu den beiden Chinesen im Anzug, die ganz dem Klischee entsprechend einen Kopf kleiner waren als die zwei anderen und beide eine Digitalkamera um den Hals hängen hatten.

»Hello!«, gaben die beiden zurück und wollten dabei mit dem freundlichen Lächeln und der demütigen Haltung gar nicht mehr aufhören. Irgendwann entschied aber der Bürgermeister, dass es reichte und machte einen lauten Schrei Richtung Türe: »Kaffee, aber schnell!«

Dabei zuckten sowohl die Chinesen als auch die Sekretärin zusammen, die wie immer schon mit dem Bestellten im Zimmer stand.

»Ah gut! Do you want coffee?«, versuchte es der Bürgermeister in seinem besten Englisch.

»Yes, yes!«, sagten die Chinesen. Aber nur weil sie aus Höflichkeit niemals *nein* sagten, obwohl sie den Kaffee nicht mochten und lieber Tee tranken.

Als alle versorgt waren, versuchte der dicke Roli ein Gespräch in Gang zu bringen: »This is a very good *coffee*!« Dessen Englischkenntnisse waren auch nicht besser als die des Bürgermeisters.

»Yes, yes.«

»Wo bleibt denn der Stenzel?«, wollte schließlich der Bürgermeister wissen, weil es nun mal mit dem Smalltalk auf Englisch nicht weit her war.

»Ja, er muss eh gleich da sein. Ich habe ihm am Freitag jedenfalls klar zu verstehen gegeben, dass es für ihn keine Alternative zum Verkauf gibt.«

»Der ist aber schon ziemlich überfällig. Vielleicht sollten wir ihn anrufen.« Der Bürgermeister war verärgert und besorgt zugleich.

Wortlos zückte Roli sein Handy und wählte.

»Our partner is delayed, because his son is ill. He has influenza. He brings him to the doctor«, log der Bürgermeister und versuchte so, einen Unmut abzuwenden, der bei diesen netten Menschen ohnehin nicht entstanden wäre. Mit einem staunenden »Ohhh!«, bekundeten sie seine Ausführungen.

»Scheiße, der hebt nicht ab. Der lässt es einfach läuten.«

»Was?«, entfuhr es dem Bürgermeister laut. Die Chinesen erschraken und verloren verunsichert ihr Lächeln.

Der Bürgermeister bemerkte sein Missgeschick und setzte ein Lächeln auf, ganz so, als gehöre eine laute Stimme auf dieser Seite des Planeten zum guten Ton. Und die Chinesen reagierten prompt ihrerseits mit einem Lächeln, ganz so, als wisse man im Reich der Mitte schon lange über die Beidlhausener Kommunikationsformen Bescheid.

»Da fahren wir jetzt hin! Der kann sich nicht verstecken! Nicht in meiner Gemeinde!« Der Bürgermeister lächelte noch immer, um die asiatischen Kunden nicht zu beunruhigen. Seine Stimme klang jedoch gepresst und seine Wangen nahmen langsam einen dunklen Rotton an..

»Und was machen wir mit denen?«, wollte Roli wissen.

»Na, die nehmen wir mit! Do you want to have a sightseeing-tour through Beidlhausen?«

»Beidlhausen, yes, yes!«, antworteten diese und zückten dabei ihre Fotoapparate.

»Siehst du! Die sind richtig begeistert!«

Kaffeerunde (Montag)

Trudl: »So ein großes Begräbnis hatten wir seit dem Theodor dem seinigen nicht mehr.«

Fanny: »Und das, obwohl ihn die wenigsten gemocht haben oder mit ihm befreundet waren. Aber was der Anstand befiehlt…«

Gabi: »Was heißt hier, *weil es der Anstand befiehlt?* Ich bin wegen der armen Silvia und der Johanna hin und damit werde ich auch nicht die einzige gewesen sein.«

Rosi: »Ja, und viele waren sicher gekommen, weil das Ganze überhaupt so tragisch war, dass es jedem leidtun konnte. Mit einem Papst oder einer Königin sind ja auch die wenigsten befreundet, aber wenn so jemand stirbt, dann solidarisiert man sich einfach.«

Fanny: »Ein Papst oder ein König war der Albrecht sicher keiner.«

Gabi: »Das hat sie auch nur im übertragenen Sinne gemeint. Und du brauchst jetzt nicht über die Toten zum Lästern anfangen! Da verstehe ich nämlich keinen Spaß!«

Fanny: »Tut mir leid.«

Trudl: »Wo bleibt eigentlich die Silvia heute? Sie hat mir doch gestern noch gesagt, dass sie auch vorbeikommt.«

Gabi: »Wer weiß, wie es ihr heute geht nach dem gestrigen Tag?«

Fanny: »Vielleicht ist sie auch schon mit ihrem Freund durchgebrannt.«

Rosi: »Wer soll das sein?«

Fanny: »Weiß nicht? Jedenfalls der Mörder vom Albrecht.«

Gabi: »Ach geh, Fanny! Jetzt lass es endlich gut sein. Außerdem, was man so hört, kommt der Mörder aus den Reihen der Musikkapelle, weil Goldfarbe am Messer war. Und von der Musikkapelle waren gestern alle da.«

Trudl: »Der Edwin! Der Edwin und der Bernie waren gestern nicht da.«

Rosi: »Stimmt. Das ist mir auch aufgefallen.«

Gabi: »Ja, und? Was soll jetzt sein?«

Fanny: »Na, vielleicht hatten sie ja ein schlechtes Gewissen und waren deswegen nicht da?«

Gabi: »Na, vielleicht sollten wir die Ermittlungen lieber der Polizei überlassen.«

Rosi: »Was ist eigentlich mit den beiden Turteltauben?«

Gabi: »Wieso?«

Rosi: »Die beiden haben sich gestern doch komisch benommen, oder? Gibt's Streit?«

Gabi: »Wieso?«

Rosi: »Sie sind beide aufs Klo gegangen, aber nur die Schöndorf ist zurück gekommen. Vom Küchenfenster aus habe ich Steinmeier dann wegschleichen sehen, als wollte er unbemerkt entkommen. Ist doch sonderbar!«

Trudl: »Stimmt, mein Bertl hat auch so irgendetwas in der Richtung gesagt, dass er die Nase voll hat. Oder waren es die Hosen?«

Fanny: »Ich wollte es ja nicht sagen, aber ich habe Mia am Klo getroffen und wir haben ein Gespräch von

Frau zu Frau geführt. Und dabei hat sie mir gesagt, dass ihr neuer Freund – dein Sohn, Gabi – Probleme hat. – Potenzprobleme.« Angeblich weil er mit dem psychischen Druck nicht klar kommt, weil er eine Frau als Vorgesetzte bekommen hat. Und diese Frau und Vorgesetzte ist jetzt auch noch seine Freundin! Das kann ja nicht gut gehen.«

Gabi: »Ach ja? Ich habe da aber einen ganz einen anderen Eindruck.«

Trudl: »Aber Gabi! Als Mutter ist man doch auf einem Auge blind für's eigene Kind. Das weißt du doch so gut wie wir.«

Gabi: » Das kann doch gar nicht sein. Die kennen sich erst seit Mittwoch und ein Paar sind sie vielleicht noch gar nicht. Wie kann es denn da jetzt schon kriseln?«

Rosi: »Das ist die Internetgeneration. Da geht alles viel schneller. Wie auf Knopfdruck. Für einen Moment ist man noch verliebt und plötzlich will man aus irgendeinem Grund nicht mehr und blockiert den anderen einfach. Das machen heute alle so.«

Gabi: »Alle außer du, die seit einer Ewigkeit und drei Tagen diesem Bernie nachhängt. – So viel zur Internetgeneration!«

Trudl: »Geh Gabi! Jetzt sei doch nicht gleich eingeschnappt. Wenn's doch die Fanny von der Mia selbst erfahren hat. Es kann halt nicht jede Beziehung gleich auf Anhieb so gut funktionieren, wie die von mir und meinem Bertl. Wir wünschen es deinem Bub ja auch, dass er mal einen Treffer landet. Wirst sehen, auch er findet noch die Richtige.«

Die Gefangenschaft (Montag)

Langsam kam sie wieder zu sich. Alles drehte sich. Ihr Kopf schmerzte, wie er noch nie zuvor geschmerzt hatte, trotz der Benommenheit, die sie noch immer umhüllte. Auch die Gelenke und Gliedmaßen taten ihr schrecklich weh. Er hatte sie hart angefasst und war beim Transport nicht zimperlich gewesen. Ihre Hände und Füße waren gefesselt und völlig taub. Und es war kalt. Bitterkalt. Schließlich waren sie zuhause gewesen, als der brutale Unhold über sie herfiel.

Er hatte sie auf einen Stuhl gefesselt. Dann hatte er Johanna das Messer an die Kehle gesetzt und Silvia befohlen, ihr alles zu erzählen. Doch sie wusste gar nicht, was er hören wollte! Immer wieder redete er von einem Stoffmuster, das Theodor dem Albrecht geschenkt hatte. Angeblich hätte es sich hierbei wohl um die Bezahlung für ihre Liebesdienste gehandelt. – Wusste er von ihrer Beziehung? Jedenfalls hatte sie keine Ahnung, was genau er mit *Powertexx* meinte. Sie konnte ihm weder ein Stoffmuster liefern, das so wertvoll sein musste, dass damit alle Liebesnächte bezahlt gewesen wären, noch eines, dass ihres Erachtens besonders herausragende Eigenschaften hatte. Sie wusste nicht, was er wollte. *Dieses* Stoffmuster gab es nicht. Sprach er von den Stoffen, die Theodor ihr immer mal wieder geschenkt hatte? Meinte Edwin einen von denen?

Aus Angst um sich selbst und um ihre Tochter begann Silvia dennoch zu erzählen. Unter Tränen und völlig aufgelöst, denn Johanna blutete bereits. Ein kleiner Kratzer, nicht mehr. Ein Pflaster würde später zur Behandlung genügen.

Wobei Edwin nicht vorhatte, dass es für die Frauen ein *später* gab. Aber es war zweckmäßig sie in dem Glauben zu lassen, dass alles wieder gut werden würde, denn so gab es für sie einerseits Hoffnung und andererseits auch etwas zu verlieren. Und wer etwas zu verlieren hatte, der war kooperativer. Da kannte sich der Edwin aus. Er hatte ja schon viel verloren. Doch bevor er sich ihrer entledigte, ging er auf Beutezug. Er nahm sich eine Steppdecke, einen Überzug für die Bettdecke, ein Tischtuch, einen Wandbehang, und schnitt zu guter Letzt den Polsterüberzug aus der Eckbank. Alles Stoffe, die der Theodor einst dem Albrecht gebracht hatte.

Zum Glück waren die Geschäfte des Flohmarktes relativ bescheiden gelaufen. Dennoch, drei Stoffe hatten einen neuen Abnehmer gefunden. Die Vorhänge aus dem Schlafzimmer, ein handgenähter Maßanzug und ein etwas größerer Stofffetzen. Edwin wollte – nein, er musste! – sie alle haben. In dieser Sache durfte er kein Risiko eingehen. Erstmal alles einsammeln und analysieren. Johanna konnte sich zum Glück auch noch an die Abnehmer erinnern. Und die kamen jetzt auf seine Liste. Irgendwie musste er den betreffenden Leuten die Stoffe wieder abnehmen. Koste es, was es wolle. Nachdem er Silvia und Johanna ausgequetscht hatte, betäubte er sie mit einer gehörigen Portion Ether und brachte sie zum alten Fabrikgelände, das schon seit Jahren stillstand und durch einen modernen Neubau im besser erschlossenen Industriegebiet von Beidlhausen ersetzt worden war. Es wäre damals zu aufwendig gewesen, die alte Anlage auf den neuesten Umweltstandard zu bringen und gleichzeitig die Produktionskapazitäten zu erhöhen, ohne die laufende Produktion zu unterbrechen. Kein Mensch interessierte sich später für diese alten Industrieruinen.

Silvia blinzelte, versuchte, sich zu bewegen. Unmöglich. Wo war sie? Was war geschehen? Dann strömten die Bilder wieder auf sie ein. Edwin. Die Fabrik. Der ominöse Stoff. Johanna!
»Johanna, Johanna! Geht's dir gut?«
»Ahhh!«, jammerte diese. »Mir tut alles weh! Ich kann mich nicht bewegen.«
»Ich mich auch nicht.« Silvia kämpfte mit den Tränen. »Es tut mir so leid«, wimmerte sie beim Gedanken daran, dass alles ihre Schuld war, weil *sie* den Theodor umgebracht hatte. Warum sonst hätte sein Bruder plötzlich bei ihnen auftauchen sollen? Er musste etwas gefunden oder erfahren haben, das sie mit Theodor in Verbindung brachte. Und wahrscheinlich war Edwin auch der Mörder ihres Mannes. Und sie würden wohl die nächsten sein.
Nun begann auch Johanna zu schluchzen: »Nein, mir tut es leid! Es tut mir so schrecklich leid! Es ist alles meine Schuld.«
»Aber nein, Johanna. Du kannst nichts dafür …«

»Doch, doch!«, fiel sie ihr ins Wort. »Ich war es!« Dann bekam sie einen Weinkrampf und brachte keinen Ton mehr heraus. Silvia wollte fragen *Was warst du?*, aber sie musste ihrer Tochter Zeit geben, sich zu fangen. Endlich versuchte Johanna es mit tränenerstickter Stimme erneut. »Ich habe Papa getötet!«, befreite sie sich schließlich von ihrem schwerwiegenden Geheimnis.

»Du hast was?«, rief Silvia entsetzt.

»Ich habe Papa mit dem Messer getötet!«, schluchzte sie.

»Was?« Silvias Stimme versagte beinahe. »Warum?«, flüsterte sie.

»Weil er immer so gemein zu dir und mir war!« Die Tränen flossen weiter wie Sturzbäche über ihre Wangen. »Am Dienstag habe ich euch streiten hören, als ich nach Hause gekommen bin. Er hat geschrien, dass du eine Hure wärst und dass auch ich eine Hure sei. Und dann hat er dir vorgeworfen, dass du ihn mit seinem Freund betrügst. Wo er doch nicht mal Freunde hat und du ohnehin nie außer Haus gehst und dir etwas gönnst, geschweige denn einen Liebhaber haben könntest, weil er keinen Mann in deine Nähe lässt. Und mich ließ er auch nie raus oder zu Freunden. Und wie er dir dann gedroht hat, dass er uns beide umbringen wird, da habe ich ihn unendlich gehasst.«

»Oh, Johanna!«, sagte Silvia voller Schmerz und ebenfalls in einem Fluss aus Tränen. Es war als würde eine eiskalte Hand ihr Herz zerdrücken. Sie konnte nicht fassen, was ihre Tochter getan hatte. Und auf eine bestimmte Weise konnte sie es verstehen, denn sie selbst hatte auch gemordet. So viel brauchte es gar nicht für eine solche Tat. *Es ist alles meine Schuld. Ich hätte niemals diese Zweckehe eingehen dürfen!*

»Er hat nur Befehle erteilt, aber sich nie um mich gekümmert. Nicht so wie du.« Wut schwang in ihren Worten mit. »Ich hab das Messer genommen und in meinem Kostüm versteckt, bin von hinten an ihn herangetreten und habe ihm einfach das Messer in den Rücken gerammt. Niemand hat zunächst etwas gemerkt. Er ging ja sowieso als Unfallopfer. Und niemand hat mich in meiner Verkleidung erkannt. Ich war eine Mumie von vielen. Ich habe mich dann noch einer Polonaise angeschlossen, bevor er zu Boden ging und die umstehenden Leute aufmerksam wurden.«

Silvia wurde von einem Weinkrampf erfasst und brachte kein Wort über die Lippen. Auch Johanna, wurde nun mehr und mehr vom Schrecken ihrer Tat überwältigt.

»Ich habe die Verzweiflung dann später nur gespielt, ich habe keine Reue gefühlt. Mama, jetzt tut es mir leid, dass ich Papa getötet habe.«

Schließlich fasste sich Silvia und ging ihrerseits zu einem Geständnis über. Jetzt war sowieso alles egal: »Nein, das hast du nicht! Du hast deinen Papa nicht getötet. Ich habe es getan!«

»Was?«, fragte Johanna jetzt verwirrt.

»Dein leiblicher Vater war nicht der Albrecht, sondern der Theodor Stenzel.«

»Was?«

»Das war auch der Grund, warum wir gestritten haben. Irgendwie hatte er es nach all den Jahren doch noch erfahren. Der Theodor, das war der einzige Mann, dem er vertraut hat und auf den er nicht eifersüchtig war, wenn ich ihn traf. Er war sein bester Freund. Und gleichzeitig der einzige Mann, mit dem ich ihn je betrogen habe.«

»Was?«

»Im Grunde habe ich immer nur den Theodor geliebt. Du brauchst meinetwegen kein schlechtes Gewissen haben. Albrecht war manchmal wirklich ein ziemliches Arschloch.«

»Der Theodor war mein Vater? Aber warum hast du ihn getötet, wenn du ihn geliebt hast?«

»Es war ein Unfall – und doch keiner. Theodor wollte dem Albrecht alles von unserer Liebesgeschichte beichten und er dachte dabei keinen Moment lang an mich oder dich. Wir wären danach wahrscheinlich auf der Straße gestanden. Deswegen haben wir uns damals in seinem Labor furchtbar gestritten und als ich ihm ein Glas Wasser ins Gesicht schütten wollte, da habe ich eine brennbare Flüssigkeit erwischt, und …« Silvia brach ab und begann bitterlich zu weinen. Im Geiste durchlebte sie erneut die Szenerie von damals. Sie hörte die Augen platzen, roch verbrannte Haut und Haare und hörte ein Quieken wie von einem malträtierten Schwein.

»… dann habe ich die ganze Flasche von dem Zeug hinterher geworfen. Es war ein Fehler. Ich hätte es nicht tun dürfen. Damals habe ich ihn für einen Moment lang gehasst, so wie du am Dienstag Papa gehasst hast. Aber im Grunde habe ich nie aufgehört, ihn zu lieben. An jedem Tag wird mir das klar und an jedem Tag leide ich darunter. Es tut mir so leid, dass ich deinen Vater getötet habe!« Ein neuer Weinkrampf schüttelte sie.

»Aber wenn der Theodor mein biologischer Vater war, dann heißt das, dass der Bernie mein Cousin ist!« Johanna wurde noch bleicher. »Oh Gott, und ich habe mich überreden lassen, mit ihm zu schlafen.«

»Wahrscheinlich hat auch Edwin irgendwie von meiner Affäre erfahren«, überlegte Silvia laut. »Und wenn er weiß, dass du Theodors Kind bist, dann weiß er auch, dass du seine Erbin bist. Das bedeutet, für ihn geht es um alles oder nichts. Er wird uns töten.«

Nur langsam erfasste sie die ganze Tragweite dieser Tragödie. Einmal hatte sie eine falsche Entscheidung getroffen, einen falschen Weg eingeschlagen, und daran zerbrach nun alles was ihr lieb und teuer war. Ihre große Liebe war tot – gestorben durch ihre Hand. Ihr Mann und Ernährer war von ihrer Tochter erstochen worden und in Kürze würden auch sie ermordet werden. Fast war sie überzeugt, dass sie beide dies verdient hätten, auch wenn sie den Gedanken an den Tod ihrer Tochter kaum ertragen konnte. Ihre Taten forderten Sühne und Strafe. Wie hatte es soweit kommen können? Viele Menschen hatten doch ein Verhältnis oder lebten in einer unglücklichen Beziehung. Aber deswegen wurde man nicht gleich zu einer Mörderin. Und wie hatte sie Johanna zur Mörderin ihres angeblichen Vaters werden lassen können? Trotz aller Fakten, die gegen sie sprachen, glaubte sie nicht von

sich, dass sie ein schlechter Mensch war. Was hier geschah, fühlte sich ungerecht an. Dann begann sie wieder zu weinen.
Johanna tat es ihr gleich.

Steinmeiers Leiden und Mias Eingebung (Montag)

»Ach Steinmeier! Jetzt mach nicht so ein Gesicht! Das kommt in den besten Familien vor. Das gibt sich wieder. War wahrscheinlich wegen der Aufregung in den letzten Tagen. Ich weiß doch, dass du es kannst, du hast es mir ja schon ein paar Mal bewiesen.«

Mia versuchte ihm gut zuzureden, doch Steinmeier verstand das anders: *Da! Jetzt setzt sie mich schon wieder unter Druck. Nur weil ich es fünf, sechs Mal gemacht habe, muss ich es doch nicht immer machen können.*

Aber keinen Sex zu haben, war auch keine Lösung. So viel war ihm klar. Seit gestern hatte er Probleme, sich fallen zu lassen und sich der Erregung hinzugeben. – Also eigentlich war es genau umgekehrt: Bei Erregung ließ *er* sich fallen. Die Erlebnisse gestern waren einfach zu dramatisch. Und er konnte Mia auch nicht erzählen, was passiert war, dafür war die Scham zu groß. Aber wenn sie nun intim wurden – und gestern hatten sie es einige Male versucht, Mia wollte einfach nicht locker lassen – hatte er plötzlich das Glied des Bürgermeisters vor seinem geistigen Auge. Das war schon mal die erste Hürde, die ihn zunächst daran hinderte, überhaupt in Fahrt zu kommen. Er war für äußere Reize und Stimuli völlig immun. Und wenn es Mia trotzdem gelang, diese Hürde zu überwinden, weil sie sich wirklich, also wirklich anstrengte, dann war da gleich Hürde Nummer zwei. Er hatte Angst davor, einen Orgasmus zu bekommen, weil er fürchtete, dass unmittelbar danach der Schiss in die Hose folgen würde. – In diesem Fall, der Schiss ins Bett.

Steinmeier lag stundenlang wach in dieser Nacht. Er überlegte fieberhaft. Ihm war klar, dass Mia eine tolle Frau war. Und jetzt, wo er sie gefunden hatte, wollte er sie nicht gleich wieder verlieren. Sie war das Beste was Beidlhausen zu bieten hatte. Also lag ihm alles daran, sein *kleines Problem* zu beheben. Und je länger er darüber nachdachte, was denn eigentlich der Kern allen Übels war, gelangte er zu der Überzeugung, dass es nicht unbedingt des Bürgermeisters Glied an sich sein musste, sondern es vielmehr etwas in seinem Unterbewusstsein symbolisierte. Es war ein Symbol der Macht und Unterdrückung. Er selbst kam sich in der Gegenwart dieses Penis' mickrig vor. Er war so dominant. – Genau wie Mia! Sie hatte zwar keinen Penis – Gott sei Dank! – aber in ihrer Gegenwart fühlte er sich manchmal bedrängt. Genau wie gestern, als sie ihn wieder und immer wieder bedrängt hatte: *Lass uns ein Rollenspiel machen,* hatte sie gesagt. War es nicht genau das, worauf es hinauslief? Sie wollte lieber einen Bürgermeister, der ihr ins Gesicht spritzte, als einen Steinmeier, der mit ihr kuschelte. Aber Steinmeier war kein *Big Boss*. Steinmeier war Steinmeier. Und dieser Gedanke führte ihn auch gleich zum Problem Nummer zwei. Steinmeier wollte Mia als der, der er war, nicht enttäuschen. Er wollte nicht versagen. Weder im Bett noch sonst wo. Weil sie ihm wichtig war.
Und so kam er am Ende der Nacht zum zusammenfassenden Ergebnis seiner Überlegungen: Er hatte einerseits Angst, nicht der zu sein, den Mia haben

wollte, und andererseits hatte er Angst davor, zu versagen und sie zu enttäuschen.

Das Paradoxe an chronischen Ängsten und Neurosen ist allerdings immer die Tatsache, dass sie nie isoliert auftreten. Kein Mensch gerät einfach so in einen dauerhaften Angstzustand, wenn er nicht gerade in das Bärengehege im Zoo gefallen ist. Ängste werden anerzogen, sind Teil der Sozialisation oder die Reflektion eines anderen. Wenn uns Menschen lieb und teuer sind und wir sie ernst nehmen, dann nehmen wir auch ihre Ängste ernst und im Falle einer starken Fixierung auf eine Person geht das soweit, dass wir diese Ängste auch auf uns selbst übertragen.

Und weil Mia Steinmeier sehr mochte, fühlte sie wie er. Irgendetwas stimmte nicht mit ihm, dafür hatte es gestern untrügliche Zeichen gegeben. Doch woran lag es? So richtig darüber reden wollte er nicht. Aber wenn er nicht reden wollte, dann musste es zwangsläufig mit ihr oder ihrer Beziehung zu tun haben. Warum sonst sollte man nicht miteinander reden wollen? Oder hatte sie sich bisher in ihm getäuscht? Hatte sie ein falsches Bild? Was es auch war, Mia hatte Angst. Sie fürchtete, nicht die zu sein, die Steinmeier wollte. Sie hatte gleich so ein komisches Gefühl gehabt, als er sich gestern von ihr weggeschlichen hatte und sie ihn dann um sieben Uhr im Bett fand, als wäre er todkrank. Das konnte nur Gefühlskummer sein. Deshalb wollte sie ihn aufmuntern. Sie wollte ihm zeigen, dass sie diejenige sein konnte, die er haben wollte. So schlug sie schließlich dieses

Rollenspiel vor. Männer mochten doch so etwas. Sie wollten doch gerne in der überlegenen Rolle sein. Und Mia dachte sich, wenn er mal einen auf hart machen will, dann würde sie ihm die Gelegenheit geben. Aber es wurde nichts hart. Nicht nur, dass sie fast panisch wurde beim Gedanken daran, dass er sie nicht mehr haben wollte, sie machte ihn offenbar schon nach dieser kurzen Zeit nicht mehr scharf. Und das war ja wohl das Zweitschlimmste in dieser Sache. Noch nie war bei ihr ein Mann nicht scharf geworden. Sie war die Schärfe in Person. Dagegen war eine *Habanero Chilischote* süß wie Zucker. Egal, was sie getan hatte oder wie lange sie es getan hatte, es war einfach nichts zu bewegen. Ein, zwei Mal war es ihr kurz gelungen ihn zu erregen, aber nach einem kurzen Intermezzo endete auch das mit einem Flop. Für Mia war am Ende dieser Nacht klar, dass sie Angst hatte. Angst, dass Steinmeier sie nicht mehr wollte und Angst, dass sie mit ihren Reizen an ihm versagte.

Und so saßen sie sich nun in der Amtsstube an ihren Schreibtischen gegenüber. Zwei Menschen, die am Beginn ihrer Liebe standen, sich aus den gleichen Ängsten aber nicht lieben konnten. Eine kurze Aussprache hätte wohl genügt und beiden wäre klar gewesen, wie albern das alles war. Aber hier war die Angst noch viel größer, dass genau das angesprochen werden könnte, wovor sie beide sich fürchteten. Und am Ende ihrer kurzen Liebe bliebe nichts außer Tränen. Keiner von beiden wollte das und so blieb das Ungesagte ungesagt und damit die Hürden an ihrem Platz.

Mia entschied sich dazu, das Persönliche zwischen ihnen ruhen zu lassen, nachdem ihre Aufheiterungsversuche fehlgeschlagen waren. Sie hatten ohnehin einen Mordfall zu klären. Immer noch. *Dieser blöde Mordfall!*, dachte sie.

»Steinmeier, irgendwie bewegt sich nichts!« Mia meinte natürlich den Mordfall – Steinmeier hätte es aber auch als intime Kritik auffassen können. »Mir fehlen einfach die harten Fakten. Ich glaube, ich bin zwar gestern auf etwas Verdächtiges gestoßen, aber ich will die Sache jetzt auch nicht aufblasen, denn das kommt mir alles zu lasch und unsicher vor. Da lasse ich lieber noch die Finger davon, weil wenn das Gebilde dann in sich zusammenstürzt und am Ende alles in die Hose geht, dann sitzen wir beide in der Schei… – Na du weißt schon, was ich meine. Vielleicht haben wir uns einfach in der Sache verfahren und wir sollten das Ganze noch mal systematisch und von vorne angehen, als wären wir heute zum ersten Mal damit konfrontiert. Als wäre die Leiche für uns beide noch jungfräulich.«

Wovon redet die überhaupt?, fragte sich der Steinmeier. *Hat die gerade meinen Pipimatz als ‚Leiche' bezeichnet?*

»Was tut man also beim ersten Mal laut Lehrbuch?«

Dafür gibt es ein Lehrbuch?, wunderte sich der Steinmeier.

»Man darf sich nicht nur auf eine Person fixieren. Man muss alle in Betracht ziehen. Jeder könnte der Richtige sein. Oder auch jed*e*. Ich will ja die Frauen nicht von vornherein ausschließen. Man muss auf die Dinge achten, die einem sofort ins Auge springen, weil sie unübersehbar sind. Und diesen *Dingen* sollte man dann ausnahmslos nachgehen.«

Mia bemühte sich, das ihrem Empfinden nach trockene Arbeitsgespräch etwas aufzulockern und zwinkerte Steinmeier zu, weil sie ihm so eine Zweideutigkeit zu signalisieren versuchte, mit der sie ihm zu verstehen geben wollte, dass *er* ihr unübersehbar ins Auge sprang und sie seinem *Ding* nachgehen wollte.

Steinmeier verstand das alles ein wenig anders und dachte an Fanny, wie sie dem *Ding* des Bürgermeisters nachging und fragte sich nun, ob Mia auch so eine *Nachgeherin* war. *Dieses verfluchte Ding vom Bürgermeister!* – Und dann dachte er an jedes andere *Ding* im Ort. Zuerst an die männlichen, dann auch an die weiblichen. Hatte sie nicht gerade gesagt, dass sie sich *nicht nur auf eine Person* fixieren wollte, sondern es am liebsten mit allen *tun* würde, die ein großes Ding hatten? – Männern *und* Frauen! *Die hat es faustdick hinter den Ohren*, dachte Steinmeier.

»Und aus der Fülle von Menschen und ihren Motiven kristallisiert sich die Person heraus, um die sich alles dreht«, fuhr sie fort. »Die Frage ist nur, woran man die betreffende Person erkennt.«

An der Größe ihres Dings?, spekuliert der Steinmeier.

»An deren Absicht! Die einen handeln aus sexueller Triebhaftigkeit, die anderen des Geldes wegen und weil sie sonst zahlen müssten, manche aus Eifersucht, aber nur

eine Person handelt aus Liebe, – oder Hass, was ja gewissermaßen das Gleiche ist, nur umgekehrt. Und diese eine Person, die ist dann die gesuchte. Das ist der oder die Richtige. Die Person also, die ich einlochen will.«
So ähnlich hatte der Steinmeier das mit der Liebe und dem Hass auch schon einmal geträumt. Bei ihm war es aber nicht nur eine Person, die aus Liebe handelte, sondern *alle* Personen. Wenn er es sich recht überlegte, dann gefiel ihm Mias Variante mit der Einzahl besser. Da hatte er bei ihr am Ende auch noch eine kleine Chance, malte er sich aus, und zwar ohne dass er sie dann gleich für immer mit dem ganzen Ort teilen musste, so wie sich alle noch so schlechten Golfspieler das *Einser-Loch* auf dem Green teilen müssen.

Ist es also doch Liebe? Besteht noch Hoffnung? Muss ich sie erst mal durch den ganzen Ort vögeln lassen, bevor sie zu mir findet ...? So und so ähnlich ging es dem Steinmeier nun durch den Kopf.

Ich glaube, der verdaut schon wieder, weil er so angestrengt dreinblickt, dachte Mia und hatte damit gar nicht so unrecht. – Nur, dass es kein Essen war, das er verdaute.

Es läutete an der Tür.
»Herein!«
»Trari, Trara, die Post ist da!«, sagte eine bekannte Stimme. Der Postbote betrat die Stube.
»Was gibt es Neues?«, fragte er gut gelaunt und neugierig.

»Was es Neues gibt?«, fragte Mia verwundert zurück. »Na, Sie sind doch der Postmann, der die Neuigkeiten bringt!«, stellte sie entgeistert fest.

»Heute aber nicht!«, antwortete er. »Es gibt keine Post für Sie.«

»Und warum sind Sie dann überhaupt hier?«, wollte Mia wissen.

Ja, warum?, fragte sich auch Steinmeier, der schon fast zwanghaft auf den Schritt des Bediensteten starren musste.

»Na, weil Sie doch auf meiner Route liegen, und das mit oder ohne Post. Und es kann mir nachher niemand vorwerfen, dass ich mein Ding nicht ordentlich durchziehe«, formulierte der junge Mann seinen hohen Arbeitsethos stolz.

Der also auch!, dachte sich Steinmeier.

»Da kommen Sie aber gerade ungelegen!« Mia gab sich hinsichtlich der ungebetenen und unbegründeten Störung reserviert.

Steinmeier fühlte sich wie das fünfte Rad am Wagen.

Der junge Austräger wollte sich jedoch so schnell nicht abservieren lassen und erblickte auf dem Tisch seine Chance, um seiner Meinung nach ein weiterführendes Gespräch beginnen zu können. Er war ja, anders als Steinmeier vermutete, nicht wegen Mia so beharrlich im *Beharrlichsein*, sondern weil er sich schlichtweg langweilte und einsam fühlte in seinem Job. Er traf zwar viele Leute, aber die wenigsten ließen sich auf mehr ein als ein *Guten Tag* und ein *Auf Wiedersehen*. Das war doch kein Gespräch! Er hätte Friseur werden sollen. Er hatte auch Friseur werden wollen, aber da hatte sein Vater etwas dagegen gehabt. Als er sechzehn war und so etwas in der Richtung beim Vater anklingen ließ, ging der mit ihm schnurstracks ins Puff, wo er zuerst seine junge Männlichkeit unter Beweis stellen musste und nachdem er es einer vollbusigen Prostituierten besorgt hatte, besorgte ihm sein Oheim eine *richtige* Arbeit bei der Post, wo dieser selbst auch arbeitete. Damit war dann auch gleich Plan B gestorben – ein Kaufladen wie Frau Steinmeier ihn hatte. So blieb ihm nichts anderes übrig, als tagein tagaus zu versuchen, unschuldige Leute zu bequatschen, um seinem Rededrang Genüge zu tun.

»Ah, Sie interessieren sich für Mathematik?«, begann er mit einem Verweis auf das alte Buch, das Mia am Samstag auf dem Flohmarkt gekauft hatte und das sie mangels Entscheidungskraft – *Papierkorb oder Regal?* – achtlos auf ihrem Schreibtisch zwischengelagert hatte.

»Nein«, kommentierte sie seine Feststellung. Ein Wort, das der Postler nicht kannte. »Einmal Mathematik und zurück«, las er langsam den Buchtitel. »Das klingt ja hochinteressant! Mathematik ist generell sehr interessant. Eine universelle Sprache aus Nullen und Einsen und anderen Zahlen, mit denen sich das ganze Universum beschreiben lässt, wenn man es will. Nur rechnen sollte man dafür schon können«, grinste er. »Ich kann ja nicht so gut rechnen, aber ich kenne jemanden, der es kann. Der ist Programmierer. Haben Sie schon einmal *Matrix* gesehen? Den Film meine ich. Da geht es ja auch um eine künstlich programmierte Welt, die nur aus Zahlen besteht und in der die Menschen leben. Zumindest glauben sie, dass sie darin leben. Wenigstens ihr Geist lebt darin. Ihr Körper jedoch nicht, weil der immer noch Nahrung braucht. Und Zahlen lassen sich nicht essen. Aber man könnte sich dennoch fragen, was Leben überhaupt ist. Ist es der Geist oder der Körper, der lebt? Wenn…«

»Halt!«, stoppte Mia seinen Redefluss. »Hier, nehmen Sie das Buch und gehen Sie endlich!« Sie reichte ihm die Schwarte.

Jetzt schenkt sie ihm auch noch unser erstes gemeinsam gekauftes Buch., dachte sich der Steinmeier und sehnte sich nach Mias Anerkennung.

»Echt?«, fragte der Postmann, der sich durch diese nette Geste bestätigt fühlte. »Das wollen Sie mir tatsächlich schenken?« Dabei fing er darin zu blättern an, als suchte er die Telefonnummer des Pizzaservice. Die fand er zwar nicht, dafür aber etwas anderes.

»Und was ist mit diesem Brief? Wollen Sie mir den auch schenken?«

Was für ein Brief?, dachte Mia verärgert. *Konnte diese Nervensäge nicht endlich abzischen?*

»Was für ein Brief?«, wiederholte sie ihre Gedanken in Worten.

»Na, dieser hier.« Der Postler hielt ihr einen Umschlag vor die Nase, nicht ohne dabei selbst die seinige hineinzustecken. »Moment mal! Wie kommen Sie eigentlich an diesen Brief? Dass ist doch der, den ich vorige Woche am Dienstag mit vier Jahren Verspätung zugestellt hatte. Aber sicher nicht an Sie!«

Mias Interesse war geweckt. Sie nahm ihm den Brief samt Umschlag ab und warf einen Blick darauf. »Ich werd' verrückt! Der Brief ist an den Albrecht Zilles adressiert. Absender: Theodor Stenzel. Aufgegeben am ersten April vor vier Jahren, – der Tag seines Todes.«

»Hat das was zu bedeuten?«, wollte der junge Mann wissen.

»Ja, hat es!«, sagte Mia streng. »Auf Wiedersehen!« Damit wies sie ihn zur Tür.

Hängenden Kopfes folgte er der Aufforderung und der ungeliebten Abschiedsgrußformel, die er jeden Tag dutzende Male zu hören bekam.

»Steinmeier!«, jauchzte sie. »Weiß du, was das hier ist? Das sind die *harten Fakten,* von denen ich gesprochen habe! Die große Auffälligkeit! Die Spur, der wir nachgehen müssen. Das *Ding*, mit Hilfe dessen wir unseren Mörder einlochen!« Steinmeier überlegte: *Dann hatte sie vorhin gar nicht über ihn und ihre Beziehung gesprochen? Dann war mit* Leiche *der Albrecht gemeint und nicht sein Liebesstachel? Dann will sie gar nicht mit allen Beidln in Beidlhausen ins Bett?*

Steinmeier lachte erleichterten Herzens auf.

»Ja, Steinmeier?«, sagte Mia überrascht. »Schön, dass du nach deinem Durchhänger von gestern Abend und heute früh wieder lachen kannst. Vielleicht kannst du auch noch mehr?«, sagte sie mit einem vielsagenden Blick. »Gleich hier? Na, wie wär's?«

Und dann war sie wieder da: Die Angst.

Und wie der Steinmeier dann wieder ernst und nachdenklich wurde, war es auch bei Mia mit der Lust schnell vorbei. Also ging man mangels Alternativen an die Arbeit. Wenigstens hier schien ein Licht am Ende des Tunnels zu sein.

Mia widmete sich Theodors Brief, der zwar unleserlich gekritzelt war, den aber der Albrecht offenbar entschlüsselt und seine Übersetzung gleich dankenswerter Weise verschriftlicht beigelegt hatte.

Eines stand von vornherein fest: Silvia hatte sie angelogen. Der Streit zwischen ihr und ihrem Mann betraf sicher nicht irgendeine alberne Reise nach China. Silvia hatte ein Verhältnis mit Theodor und Albrecht am Dienstag alles brühwarm aus diesem Brief erfahren. Seine Frau und sein bester Freund hatten nicht nur ein Verhältnis, sondern eine siebzehn Jahre andauernde Liebesbeziehung, der auch noch die Johanna entsprang.

Na, wenn das kein guter Grund für einen Streit war? Aber wieso gab die Silvia diese Auseinandersetzung nicht einfach zu? Wieso das Lügenmärchen mit der Reise? Sie hatte doch nichts zu verlieren – oder doch?

»Für den Mord am Albrecht hat die Silvia ein Alibi«, überlegte Mia. »Aber was, wenn der Theodor gar nicht bei einem Unfall starb, sondern ebenfalls ermordet wurde? Der Theodor hat Silvia sicher über seine Absicht zur Beichte bei Albrecht im Vorfeld informiert, um sie zu warnen. Das könnte sie ganz schön aus der Bahn geworfen haben. Das hätte wahrscheinlich das Ende ihrer Ehe bedeutet. Und das Ende ihrer Affäre. Wenn ihr der

Theodor nun nichts von diesem Brief erzählt hat, dann muss sie sich gedacht haben, dass sie ihre Ehe retten könnte, wenn sie den Theodor nur irgendwie zum Schweigen bringt. Offenbar wusste sie tatsächlich nichts von dem Brief, denn dann hätte sie ihn wohl verschwinden lassen oder nach ihm gesucht und schon gar nicht seine Habseligkeiten am Flohmarkt verkauft. Könnte es so gewesen sein? Was denkst du Steinmeier?«

Liebe, dachte sich der Steinmeier, … *und Hass.*

»Deshalb die Lügengeschichte. Sie will keinesfalls mit dem Theodor in Verbindung gebracht werden!«, fuhr Mia fort.

»Aber wer hat den Zilles auf dem Gewissen, wenn es die Silvia nicht war? Ich hätte es ja verstanden, wenn er sie umgebracht hätte. Wie bringt uns dieser Brief zu seinem Mörder, – oder seiner Mörderin? Wie gesagt, ich will ja auch keine Frauen ausschließen.«

Steinmeier hatte nun auch in diesem Punkt verstanden, dass Mia damit nicht ihre Sexualpartner meinte und war auch diesmal erleichtert. Nicht, dass ihn die Vorstellung grundsätzlich gestört hätte, wenn Mia mit Frauen rummachte. »Es ist ja schon auffällig, – wenn nicht geradezu verdächtig –, dass der Albrecht genau an jenem Tag stirbt, an dem er diesen vier Jahre alten Brief erhält. Wer hat davon gewusst? Außer der Silvia und dem Albrecht? Der Postler, die Fanny und die Johanna. Zumindest soweit uns bekannt ist. Den Postler möchte ich ausschließen, weil der hätte den Albrecht sicher nicht erstochen, sondern totgequatscht. HihaHihaHiha!«

»Aber im Ernst, den Postboten stellen wir hintenan. Kein Motiv. Bleiben die Fanny oder die Johanna. Die haben beide kein wasserdichtes Alibi. Und beide waren Zeugen des Streites. Was hat das zu bedeuten?«

Liebe und Hass, dachte sich Mia.

Liebe und Hass, dachte sich der Steinmeier.

Silvias Haus (Montag)

Als sie zum vierten Mal klingelten, dachte sich der Steinmeier: *Niemand zu Hause.* Aber Mia wollte endlich voran kommen und drückte im Tatendrang die Türklinke herunter – und tatsächlich, die Tür schwang auf.
»Hallo? Hier sind Schöndorf und Steinmeier. Frau Zilles? Sind sie da?«
Weil niemand antwortete, traten die beiden vorsichtig ein und arbeiteten sich Schritt für Schritt ins Esszimmer vor. Was sie dort sahen, gefiel ihnen überhaupt nicht.

»Es sieht fast so aus, als wolle die Silvia jetzt doch bleiben und alles renovieren«, sagte Mia nicht ganz im Ernst. Alles war unordentlich. Stofffetzen und Kleidung lagen verstreut herum. Die Eckbank war völlig zerschnitten, als hätte jemand darin etwas Wertvolles gesucht. Ein Sessel lag umgeworfen auf dem Boden, daneben entdeckte Mia einige Tropfen einer roten Flüssigkeit. Blut? Ein am Boden liegendes weißes Geschirrtuch zog ihren Blick an. Sie hob es auf und – *was ist das?* – »Das ist Ether!«, sagte sie zu Steinmeier.

»Die beiden sind entführt worden!«, schlussfolgerte Mia. »Oder sie haben eine Entführung vorgetäuscht. So oder so, wir brauchen die Spurensicherung. Steinmeier, walte deines Amtes!«, gab sie ihm den unmissverständlichen Auftrag, den dieser auch prompt erledigte. Die Profischnüffler sollten hier zur Aufklärung beitragen.

Und weil so ein Anruf schnell erledigt war, aber die Umsetzung in Form der gerufenen Sondereinheit auf sich warten ließ, wurde den beiden das Warten bald langweilig. Und wie immer, wenn man gerade nichts zu tun hat oder durch das andere Geschlecht abgelenkt ist, fällt einem plötzlich auf, was man vorher hundertmal übersehen hat. Oder im Falle von Mia und Steinmeier wenigstens zweimal übersehen hat.

Doch der Steinmeier sah es jetzt und trat Mia auf den Zeh – mit voller Absicht. Und dann sah sie es auch: das Zwiebelmesser, das in der Spüle lag. Eigentlich nichts Besonderes – ein ganz normales Küchenmesser halt – wäre es nicht aus rostfreiem Stahl, der Griff in gummiertem Hartkunststoff eingefasst und von der Marke *Kitcho*.

»Steinmeier, du bist der Beste!«, rief Mia aus.

Das geht runter wie Öl, dachte sich der.

»Da ist der Messerblock«, sagte Mia. »Vier Messer stecken. Eins liegt in der Spüle, aber wo ist das sechste? Ich wette, das liegt in der Asservatenkammer.« Steinmeier nickte.

»Dazu die Goldfarbe auf dem Messer, das macht dann die Johanna erstmal dringend tatverdächtig. Einfacher wird die Geschichte dadurch aber nicht«, stellte Mia fest. »Trotzdem, Steinmeier ich bin stolz auf dich!« Dabei drückte sie ihm spontan einen Kuss auf die Lippen. Steinmeier grinste. Vielleicht war er ja doch gut genug. Gut genug als Polizist, gut genug als Mann und gut genug für Mia. Plötzlich hielt Mia inne, blickte aus dem Fenster und begann zu fluchen – auf die feine Beidlhausener Art, die sie trotz der kurzen Zeit hier schon ganz passabel beherrschte.

»So eine saublöde Arschpartie, das gibt's ja wohl nicht!«

Steinmeier erschrak, weil er im ersten Moment glaubte, er wäre die *saublöde Arschpartie*. Dann aber sah er, was sie meinte: Da fuhr der fette Bankdirektor langsam und gemütlich am Haus vorbei. Doch dies war noch nicht das eigentliche Problem, und der Bürgermeister als Beifahrer war es im Grunde auch nicht, wobei der Steinmeier für diesen die Titulierung *saublöde Arschpartie* schon passend gefunden hätte. Aber er wusste, die beiden waren nicht das, worüber sich Mia so aufregte. Vielmehr waren es die zwei Chinesen, die sich aus dem offenen Seitenfenster der Rückbank drängten und eifrig fotografierten. Das Polizeiauto, das Haus, die Mülltonne – einfach alles. Und während sich Mia vom Steinmeier losriss, hinausstürmte und die Autoschlüssel suchte – die eigentlich der Steinmeier in der Hosentasche hatte – waren sie auch schon wieder weg.

Hab ich jetzt den Fall gelöst oder nicht?, fragte sich der Steinmeier, der die Aufregung noch nicht ganz verstand.

»Steinmeier, mein Schlaumeier, kannst du mir jetzt bitte noch verraten, warum gerade jetzt die Chinesen auftauchen, die es doch angeblich gar nicht gibt? Die aber damals anscheinend die Erfindung vom Theodor kaufen wollten? Und wo doch die Silvia Stein und Bein schwört, nichts anderes im Sinn gehabt zu haben, als eine

Chinareise?«

Die Besorgung (Montag)

Edwin hatte heute einen harten Arbeitstag. So hart wie der Arbeitstag einer detonierenden Bombe halt sein konnte.
Nachdem er gestern die beiden Frauen überfallen und sie auf das alte Fabrikgelände befördert hatte, war Edwin zu Bett gegangen. Was sollte er sonst tun? Es war schon zu spät, seine Liste hätte er nicht mehr abarbeiten können, weil sich zu dieser Stunde alle in ihren Häusern verbarrikadiert hatten. Und zum ersten Mal seit langer Zeit war er ohne Schlaftabletten eingeschlafen. *Das ist der gerechte Schlaf des ehrlich arbeitenden Mannes*, wie er sich dachte. Den wollte er keinesfalls missen. Um kurz vor neun Uhr weckte ihn der Klingelton seines Handys aus seinem tiefen Schlaf. Edwin konnte es selbst nicht glauben, als er die Zeit ins Auge fasste. Dann sah er auf seinem Display, wer ihn zu erreichen versuchte. *Der dicke Roli*, ging es ihm durch den Kopf. *Der dicke Roli und der Bürgermeister*. Die wollten ihn ja heute an die Chinesen verkaufen! »Nicht mit mir!«, sagte Edwin entschlossen und stemmte sich aus seinem Bett. Dann schnappte er sich seine Liste. »Also, bringen wir es zu Ende!« – Es waren ja nur drei Namen.

Als erstes fuhr er zur Fanny. Die kannte er. Zwar nicht gut, aber wie man sich nun mal in so einem kleinen Ort kennt. Bei der hatte er sicherlich leichtes Spiel.

»Hallo Fanny«, grüßte er höflich, als sie ihm die Tür öffnete.

»Herr Stenzel?«, gab diese ihrer Verwunderung Ausdruck. Es kam ja nicht alle Tage vor, dass ein Stenzel vor der Tür stand. Genau genommen noch nie.

»Ja, ich hätte da eine Bitte …«, begann er diplomatisch. »Die Frau Zilles, die hatte am Samstag Flohmarkt, wie ich leider erst gestern erfahren habe und … sie hat dabei auch ein paar alte Stoffmuster verkauft, die sie seinerzeit von meinem Bruder geschenkt bekommen hat …und wie Sie sicher wissen, planen wir ja … ein Museum zu Ehren von Theodor einzurichten … und da wollte ich Sie fragen, ob Sie mir nicht netterweise das Stoffstück überlassen könnten, welches Silvia Ihnen am Samstag gegeben hat. Es wäre für das Museum. Für meinen toten Bruder. Ich möchte Sie dafür natürlich auch entschädigen …«

»Ein Museum?«, fragte Fanny. Wer hatte ihr hier etwas verschwiegen? Das konnte sie doch nicht *nicht* mitbekommen haben!

»Ja, genau. Ich könnte mir auch vorstellen, dass wir Ihren Namen auf eine Plakette setzen, wo Sie sozusagen als großzügige Spenderin angeführt werden.« Dabei zwinkerte er gönnerhaft, nicht wissend, was er damit für eine Botschaft aussandte. So gut kannte er sie auch wieder nicht.

Fanny glaubte dadurch aber, endlich verstanden zu haben. »Ach so«, sagte sie und zwinkerte zurück. »Na, dann kommen Sie mal herein.« Der Edwin wusste gar nicht wie ihm geschah, da hatte die Fanny schon ihren

Morgenmantel abgestreift und stand in voller Pracht vor ihm. Und lag es nun an der ungewöhnlichen Situation, am guten Schlaf oder weil er wie James Bond in geheimer Mission unterwegs war, es war ihm gar nicht so unrecht, was er da sah und in seiner Leistengegend fühlte. Von Potenzproblemen keine Spur mehr. Nach all den Jahren. Also gab er sich ihr hin. Den ganzen langen Vormittag. Da hatte sich schließlich so einiges angestaut. Und der Edwin hatte es ja auch nicht eilig. Denn *er* war die Bombe. Und er konnte sie hochgehen lassen, wann er wollte, also mussten sich die anderen nach *seinem* Zeitplan richten! Der alte Mann und das Mädchen mussten eben noch warten. Dann bekam er Spiegelei zum Mittagessen, was ihm sehr gelegen kam, da er es verabsäumt hatte, zu frühstücken. Und nach einem weiteren kleinen Schäferstündchen zog er völlig ausgepumpt von dannen. Nicht ohne vorher das besagte Stoffstück mitzunehmen, das ein Kleid oder etwas in der Art sein sollte.

Das war ja leicht!, dachte er sich, setzte sich ins Auto und startete den Motor. Doch just im gleichen Moment stellte sich ein schwarzer BMW hinter seinen Jaguar und blockierte die Ausfahrt.

»Da ist die Krot!«, hörte er den Bürgermeister rufen, der gerade aus dem Wagen stieg.

Der fette Roli und der Bertl!, erkannte Edwin. *Die haben mir gerade noch gefehlt. Und die Chinesen haben sie auch gleich mitgebracht,* stellte er mit Blick auf den Seitenspiegel fest. Und weil es ja doch nichts half, stieg er aus und ließ den Bürgermeister erst mal schimpfen.

»Sag mal, haben sie dir ins Hirn gebrunzt? Den halben Tag suchen wir dich schon! Die Chinesen haben schon jeden Baum dreimal fotografiert! Und was tut der feine Herr? Der vögelt sich die Sackhaare von den Eiern! Stenzel, geht's noch? Es ist deine Firma, die den Bach runtergeht! Wir reißen uns den Arsch auf und der reißt sich die Fanny auf!« Ein wenig Eifersucht war wahrscheinlich auch im Spiel. Obwohl der Bürgermeister ja wusste, dass die politische Hackordnung – wo er an erster Stelle stand – nicht gleich Fannys Bumsordnung war, wo jeder an erster Stelle stand.

Der dicke Roli versuchte auf seine Art, Deeskalation zu betreiben und hielt seinen Mund. Für einen kurzen Moment hätte er schwören können, dass Fanny hinter einem der Fenster hervorgezwinkert hatte. Die Chinesen fanden das alles sehr spannend und unterhaltsam. Mittlerweile glaubten sie, Teil eines Rollenspiels zu sein oder eines Theaters oder eines Einführungsrituals. Man konnte nicht mehr sagen, was genau sie verstanden hatten, als der Bürgermeister ihnen nach drei Stunden der Irrfahrt beim Mittagessen erklärte: »I hope you enjoy this travelling around Beidlhausen. It's kind of a Schnitzeljagd. Only for you. This is my gift to you.« Dann bestellte er reichlich Maisschnaps und erklärte ihnen, es wäre Reisschnaps. Und weiter ging die Schnitzeljagd. Edwin überlegte, was wohl der nächste Schritt in dieser Kettenreaktion sein würde, damit es am Ende den ganz großen Knall gab.

»Ja, tut mir leid«, sagte er unterwürfig. »Ich hab's vergessen. Wahrscheinlich wollte ich es auch nicht wahrhaben, dass meine Firma verkauft wird. Tut mir leid«, wiederholte er noch mal.

Der Bürgermeister biss sich auf die Zunge und verkniff sich eine weitere Beleidigung. Schließlich zeigte Edwin ja Einsicht und er wollte heute noch ein Geschäft zum Abschluss bringen.

»Also dann! Gehen wir es endlich an!«, befahl der Bürgermeister.

»Ja«, sagte der Edwin und ging gleich auf die Chinesen zu. »Hello! I am Edwin Stenzel. I am the Boss of *Stenzel Fibers*. Now I will show you the old and the new factory, which you can buy afterwards. What do you say?«

»Yes. Yes.« – Die wussten, was sie wollten.

»Also gut«, sagte Edwin, der einen Plan hatte und nichts anbrennen lassen wollte.

»Ihr folgt mir jetzt mit dem Auto. Wir fahren zuerst zum alten Fabrikgelände, dann zum neuen und dann verkaufen wir ihnen das Ding.«

»Was willst du denn bei der alten Fabrik?«, fragte der Bürgermeister skeptisch.

»Na, vielleicht wollen sie die ja wieder aufsperren! Die gefällt ihnen sicher. In China haben sie ja nur solche herumstehen. Da fühlen sie sich gleich wie Zuhause«, köderte Edwin. Der Bürgermeister hielt sich mit weiteren Einwänden zurück. Edwin konnte ja schließlich recht haben und wenn ja, dann bedeutete das noch mehr Arbeitsplätze, noch mehr Steuereinnahmen und noch mehr von allem anderen, was ihm Macht bescherte. Und auch der dicke Roli hielt seinen Mund. Und so stiegen alle wieder in ihre Autos, der BMW machte die Einfahrt frei und im Konvoi fuhren sie zur alten Fabrik.

In der alten Fabrik (Montag)

Auf dem Fabriksgelände angekommen, ließen es die Chinesen gleich wieder blitzen. Edwin ließ es auch blitzen. Er zog seine Pistole Marke Glock und hielt sie nun dem Bürgermeister und dem Dicken unter die Nase. Die Schnitzeljagd schien ihrem Höhepunkt zuzugehen.

»Spinnst du, Edwin!«, schrie der Bürgermeister.

»Sei still!«, brüllte dieser um nichts leiser. »Roli! Hier! Fessele ihm die Hände auf den Rücken!« Er warf dem Bankdirektor die Kabelbinder vor die Füße. Unter größter Anstrengung bückte sich der dicke Roli danach.

»Roli! Untersteh dich!«, schrie der Bürgermeister. Edwin verlor die Geduld, zückte seine Pistole und schoss ihm kurzerhand ins Bein. Ein heftiger Schrei durchfuhr die Szenerie. Dann Stille. Dann Applaus. – Die Chinesen fanden's gut. Sie hielten das Ganze noch immer für eine wohldurchdachte Show zu ihrer Unterhaltung.

»Wine and Clime«, entfuhr es dem einen und er meinte wohl *Wine and Crime*. – Bloß der Wein fehlte, aber vielleicht kam der ja noch.

»Roli!«, sagte Edwin und mehr brauchte er nicht zu sagen. Schnell fesselte er dem blutenden und jammernden Bürgermeister die Hände auf den Rücken. Praktischerweise stellten sich die Chinesen gleich in einer Reihe dazu und wollten ebenfalls gefesselt werden. Den dicken Roli fesselte Edwin selbst.

»So, und jetzt vorwärts!« Mit der Waffe deutete er die Richtung an. Der Bürgermeister konnte nur langsam und unter Schmerzen humpeln. Er fluchte die ganze Zeit über wie ein Rohrspatz. An einer alten und rostigen Eisentür stoppten sie kurz, weil ein brandneues Vorhängeschloss den Eingang blockierte. Aber Edwin hatte ja den Schlüssel. Dann betraten sie eine riesige Halle, in deren Innern sich eine weitere verschlossene Tür befand, die Edwin ebenfalls zu öffnen wusste.

»Hallo meine Damen«, sagte er in den Raum mit den Kesseln und Bottichen hinein.

»Silvia! Johanna!«, entfuhr es dem Dicken, der seinen Mund nun nicht länger halten konnte. Die beiden Frauen sagten nichts, sondern begannen nur wieder zu weinen.

»Stellt euch alle in einer Reihe an das Becken! Mit dem Rücken zu mir!«, gab Edwin Anweisung.

Was kommt jetzt?, dachten sich alle Anwesenden – bis auf die Chinesen. *Die Exekution?* Wenn sich Silvia und Johanna nicht schon längst in ihre Jeans gemacht hätten, jetzt wäre es an der Zeit gewesen. Aber als sie dann aufgereiht dastanden, kam kein Schuss. – Noch nicht. Edwin hatte seine Glock weggesteckt und fesselte der Reihe nach ihre Füße. Ebenfalls mit den bewährten Kabelbindern. Dann schnappte er den ersten Chinesen bei den Beinen und wuchtete ihn über die Kante des Bottichs, so dass er bei den Frauen landete. Das gleiche wiederholte er blitzschnell mit dem zweiten kleinen Mann. Die wussten gar nicht, wie ihnen geschah. Die beiden waren so leichtgewichtig, das Edwin sich nicht einmal richtig anstrengen musste. Der dicke Roli war schon ein anderes

Kaliber. Da holte er sich fast einen Bandscheibenvorfall. Und der Bürgermeister war auch kein Vergnügen. Außerdem blutete der ihm die Klamotten voll. Aber am Ende lagen sie alle zusammen in der Wanne. *Wofür soll ich die Ätzlauge auch sparen?,* dachte sich der Edwin. Aber noch war es nicht so weit. Noch war die Liste nicht abgearbeitet.

»Na, meine Damen?«, kam er jetzt auf seine ersten Gäste zu sprechen. »Ich hoffe, es war soweit alles zu Ihrer Zufriedenheit und Sie haben sich gut unterhalten!«, sagte er sarkastisch. Aber er meinte das durchaus ernst. Der Edwin war nämlich ein ausgefuchster Fuchs. Nachdem er sie in ihrem benommenen Zustand abgeladen hatte, hatte er unbemerkt und versteckt ein Aufnahmegerät platziert. Für den Fall der Fälle. Nicht, dass er den Eindruck hatte, dass sie ihm gestern Abend nicht alles gesagt hätten, aber er wollte auf Nummer sicher gehen. Und es war ja aus Filmen bekannt, dass sich zwei Menschen – aneinander gekettet und in einer Notlage – gegenseitig ihr Herz ausschütteten. Schließlich will jeder noch schnell sein Gewissen erleichtern und sich alles von der Seele reden, bevor der Tod eintritt.

Der Edwin steckte sich das handliche Gerät in seine Sakkotasche. Vielleicht hatte er später noch Zeit, kurz hineinzuhorchen.

»Also dann, *c'est la vie!*«, verabschiedete er sich. Im Gehen hörte er den Roli noch sagen: »This is very exciting, isn't it?« – »Yes. Yes.« Und der Bürgermeister stöhnte: »Geh Roli, halt doch deinen Mund!«, was dieser auch prompt befolgte. Dann verschloss Edwin die Tür.

Um das Auto des Bürgermeisters werde ich mich später kümmern, beschloss Edwin. Zuerst musste er die beiden anderen Stoffmuster ergattern. Es wurde allmählich Zeit! Selbst für eine Bombe ohne Zeitzünder. Der nächste auf der Liste war Franz Kaltenberger. Der war ein alter Einsiedler mit einem kleinen Haus samt Stall und zwei Kühen, der nur am Samstag zum Einkaufen in den Ort kam. Und weil Silvias Haus auf einem Weg zwischen Gabis Kramerladen und seiner armseligen Hütte liegt, hatte sich Franz Kaltenberger gedacht, er riskiert sein Milchgeld und schaut, ob er zum Schnäpschen von Gabi nicht auch ein Schnäppchen am Flohmarkt findet. Hatte er dann auch gefunden: einen tip-top wertvollen Anzug für die Stallarbeit. Und wieso auch nicht? Für ihn waren seine Kühe Lisa und Berta sein Ein und Alles und das Beste konnte gerade nur gut genug sein.

Bei so einem..., war sich der Edwin sicher, *... wird's wahrscheinlich noch leichter gehen als bei der Fanny.* Ganz abgesehen davon, dass er diesmal die Nummer mit der Nummer bei diesem Kauz nicht angeboten haben wollte.

Doch so leicht wie gedacht ging es dann doch nicht. Wenn ein Einsiedler Besuch bekommt, dann wird dieser zuerst einmal misstrauisch, denn man ist ja Einsiedler und bekommt per Definition keinen Besuch – zumindest nicht einfach so.

»Was willst du?«, fragte der alte Mann grob, dessen ungehobelter Ton so gar nicht zu dem schönen Anzug passte, der Edwin sofort ins Auge stach. Man kannte sich offenbar doch, überlegte der Stenzel, warum sollte er denn sonst so direkt mit ihm sprechen?!

»Grüß dich, Franz!«, begann der Edwin also höflich und stellte sich unverzüglich auf die freundschaftliche *Du-Schiene* ein. Worauf der Kaltenberger noch misstrauischer wurde. Wieso duzte ihn denn diese Figur? So einen kannte er bestimmt nicht.

Das ist doch ein Stenzel der Fratze nach!, glaubte der Alte zu erkennen. Und auf einen Stenzel war er nicht gut zu sprechen. Da hatte seinerzeit der Vater vom Bürgermeister, der damals auch Bürgermeister war, seinen Vater – ebenfalls Einsiedler – wegen dem Grundstück für die alte Stenzelfabrik über den Tisch gezogen.

»Verschwinde!«, kam also der Kaltenberger gleich zur Sache.

Ein harter Brocken, fand der Edwin und zog seine Glock, an die er sich schon so gewöhnt hatte. Sonst war er ja eher nicht der Waffentyp. Er hatte sie sich halt damals zugelegt, so wie die Rolex und den Bernie.

»Hände hoch, du alter Sack!«

»Hast du nicht gehört! Schleich dich!« Der Alte zeigte sich völlig unbeeindruckt. An und für sich hätte der Edwin dem Kaltenberger Franz jetzt gerne ein Loch verpasst, so wie dem Bürgermeister – aber das hieße auch, dem ersehnten Anzug ein Loch zu verpassen und ihn mit Blut zu besudeln. Und das ging nicht. Aber eine ordentliche Kopfnuss konnte er ihm schon verpassen, diesem alten Sturbock. Und das tat Edwin dann auch. Er nahm seine Pistole einfach anders herum in die Hand und schlug dem Mann den Magazinschaft samt Magazin gegen den Schädel, worauf Franz Kaltenberger bewusstlos zu Boden ging. Dann steckte Edwin sein Schusseisen weg und begann, den Mann zu entkleiden. *Mit Fanny war das besser*, ging es ihm durch den Kopf. Aber am Ende hatte er auch hier was er wollte, stieg ins Auto und fuhr zu Adresse Nummer drei: Leni Rosenbach.

Den Einsiedler ließ er links liegen. Er wollte sich mit ihm nicht noch länger aufhalten. Diesem verrückten Alten in Unterwäsche würde sowieso kein Mensch glauben. Und mit etwas Glück würde er heute Nacht gar nicht mehr erwachen und an Unterkühlung sterben. Außerdem bezweifelte er, dass der alte *Duzer* ihn tatsächlich kannte.

Edwin war unschlüssig. Er beobachtete das Haus der Rosenbachs, das in einer kleinen Siedlung lag. Ziemlich belebt, wie er feststellen musste. Erst als die Zeit weiter voranschritt, beruhigte es sich in der Siedlung ein wenig. Das hier würde sein schwierigster Fall werden. Leni hatte Vater, Mutter, Schwester und Bruder. Wenn er hier einfach mit seiner Pistole hereinspazieren würde, dann ginge im Nu das Geschrei los und in Kürze wäre das ganze Dorf versammelt und die Kavallerie im Anmarsch. Nein, er hatte einen leiseren Plan entworfen. Er musste warten, bis alle tief und fest schliefen. Dann würde er sich Zutritt verschaffen und mit seinem Vorrat an Ether zuerst die Eltern betäuben und dann die zwei Geschwister. Dann würde er Leni die Hand auf den Mund pressen, ihr befehlen, ruhig zu bleiben und ihm zu sagen, was sie mit den schwarzen Vorhängen gemacht hatte. Dann würde er auch sie betäuben. Leider konnte er sie dann nicht einfach in ihrem Bettchen lassen. Sie würde ihn dann ja gesehen haben und anders als der alte Mann kannte Leni ihn und man würde ihr sicherlich alles glauben, alleine schon deswegen, weil die Eltern am nächsten Morgen mit einem Kater erwachen würden. So leid es ihm tat, aber auch Leni würde ein Bad in der Ätzlauge nehmen müssen. Aber vorher hieß es warten. Um sich die Zeit ein wenig zu vertreiben, nahm er das Diktiergerät zur Hand und lauschte der Aufzeichnung vom Vormittag, als Silvia und Johanna sich gegenseitig die Beichte abnahmen. *Interessant, interessant*, staunte er nicht schlecht.

Der Anruf (Montag)

Jetzt ist es schon nach elf und die sind immer noch nicht fertig, ärgerte sich Mia über die Spurensicherung. *Zuerst kommen sie nicht und dann gehen sie nicht mehr.* Mia konnte als leitende Einsatzbeamtin den Tatort nicht einfach verlassen. Mittlerweile war es ja ein echter und aktiver Einsatz. Weil die Indizien eine solche Maßnahme erlaubten, hatte sie Silvia und Johanna zur Fahndung ausgeschrieben. Die beiden mussten gefunden und befragt werden. Im ganzen Land wurde also nun nach ihnen gefahndet. Im ganzen Land, – außer in Beidlhausen, weil die beiden Fahnder mit der Koordination der Spurensicherung beschäftigt waren. Eigentlich hatten sie dem dicken Roli und dem Bürgermeister einen Besuch abstatten wollen, da der Auftritt mit den Chinesen heute schon reichlich verdächtig war. Aber das konnten sie sich sparen, weil mittlerweile zwei besorgte Ehefrauen mindestens fünfmal angerufen hatten und ein großes Unglück befürchten, weil die besagten zwei Herzensbrecher bis jetzt nicht nach Hause gekommen waren, was für die beiden eher untypisch zu sein schien. Was Mia hingegen überhaupt nicht untypisch fand, wenn sie sich an Freitagabend zurück erinnerte. Aber heute war nun mal Montag, konterten da die beiden hysterischen Weiber gleich, und Montagabend war Sperrtag im Wirtshaus. Wo also waren sie? Vielleicht in Beitlhausen, schlug Mia vor. Schließlich war man mit zwei Chinesen auf Besichtigungstour und denen sollten schon alle Highlights gezeigt werden. Und als die besorgten Ehefrauen dann nichts von irgendwelchen Chinesen wussten, da war es für Mia klar, dass die Männer ihre Lieben zu Hause im Unklaren gelassen hatten. Sollte sie also jetzt auch noch nach zwei erwachsenen Männern fanden lassen, die um elf noch nicht zuhause waren?

Eine Fahndung pro Tag war genug für Beidlhausen. Sie waren ja nur zwei Beamte, wie sollten sie da vier Personen gleichzeitig suchen. Im Übrigen wusste morgen nach Ladenöffnung sicherlich die Gabi, wo sich die beiden herumtrieben. Und vielleicht wusste es ja heute schon die Fanny, fiel es Mia ein. Sie sagte aber nichts, um keinen Ehezwist loszubrechen.

Mia braucht eine Pause
und sie will nach Hause
Mia will ein Bier trinken
und in Steinmeiers Armen versinken.

Zwischen den besorgten Anrufen und dem Herumstehen war ihr dieser Reim eingefallen, der ihr immer mehr zur Sehnsucht wurde, je länger dieser Tag dauerte.

Und der Steinmeier soll sich gefälligst nicht so anstellen! Wenn der glaubt, dass ich nicht gut genug oder scharf genug für ihn bin, dann lernt er mich kennen!

Und weil Erschöpfung und Anspannung das Rezept für Gereiztheit sind, war der Steinmeier schon vor Stunden in Deckung gegangen und half der Spurensicherung, wo er nur konnte, ohne dabei wirklich etwas auszurichten. Je länger die Spurensicherung brauchte, desto später würde er mit Mia wieder alleine sein müssen. Heute hatte er schon genug heiß-kalte Duschen abbekommen. Und der Schüttelreim, den sie ihm vor einer Stunde zugeflüstert hatte, ließ auch keine Besserung erhoffen. Zumindest hatte es den Steinmeier gleich mal innerlich geschüttelt. Nicht, dass er nicht auch gern eine Pause gehabt hätte und nach Hause wollte, um das Ganze mit einem Bier und einer Kuschelstunde abzurunden, aber es war mehr *wie* sie es gesagt hatte. So voller Erwartungen. Da konnte er sie doch nur wieder enttäuschen.

Und dann klingelte das Telefon. Schon wieder.
Wenn das wieder eine von den beiden Weibern ist..., dachte Mia noch und hob ab: »Kommissariat Beidlhausen. Schöndorf.«

»Ja, hier Franz. Kaltenberger Franz.«

»Können Sie nicht lauter sprechen? Ich verstehe Sie fast nicht.«

»Ich ... Ich ... wurde überfallen.«

»Sie wurden überfallen?«, wiederholte Mia ungläubig und doch hätte es sie nicht mehr verwundert, wenn er gesagt hätte, dass es zwei Chinesen waren, begleitet von einem dicken Chauffeur und ihrem herrischen Butler.

»Ja, das Dreckschwein hat meinen Anzug!«

»Ihren ... Anzug?« Mia konnte nicht anders, als alles zu wiederholen. Was war das heute bloß für ein verrückter Tag?

»Sind Sie blöd?« fragte der Anrufer hinlänglich Mias Begriffsstutzigkeit. »Ich glaub, es war ein Stenzel!«, fügte er hinzu.

Und hier war sie schon wieder, die Auffälligkeit: *Ein Stenzel*.

»Sind Sie verletzt? Geht es Ihnen gut?«, fragte Mia.

»Nein! Kruzifix!«

»Wir kommen gleich vorbei und bringen den Doktor mit.« Um den Stenzel musste sie sich später kümmern. Sie wusste ja nicht einmal, welcher. Aber wenn es um einen Anzug ging, dann würde es wohl der Bernie gewesen sein, – so viel wusste sie schon über die Vorlieben des jungen Mannes. Sie wollte auf jeden Fall mit dem Kaltenberger reden, der konnte ihr sicher mehr darüber berichten. Konnte das der Alte sein, den sie am Samstag bei Silvia am Flohmarkt ausgebremst hatten und der den Anzug kaufte? *Auffällig! Auffällig! Auffällig!*

»Meinetwegen.« Dann legte er auf.

»Steinmeier! Zu mir! Steig ins Auto, wir fahren! Ruf den Doktor an, er soll sich seinen Kittel über den Bademantel werfen, wir holen ihn in fünf Minuten ab. Und Steinmeier, du weißt doch, wo ein gewisser Herr Franz Kaltenberger wohnt?« Steinmeier war froh, denn in diesem Moment war wieder alles normal. Keine Erwartungen, nur strickte Anweisungen. Warum konnte es nicht immer so sein?

Edwin, die Bombe (Montag)

Lange hatte er warten müssen, der Edwin. Zum Glück hatten sich die beiden Frauen viel zu erzählen und so war er durch das authentische Hörspiel gut unterhalten. Wer hätte gedacht, dass er da zwei so skrupellose Mörderinnen an der Angel hatte? Er hätte ihnen nur zu gern eine Moralpredigt gehalten, aber seine eigenen Absichten hätten seine Glaubwürdigkeit wahrscheinlich nicht gerade untermauert.

Um zehn gingen endlich die Lichter bei den Rosenbachs aus, bis elf wartete er sicherheitshalber. Dann wagte er es. Durch den Garten gelangte er zur Rückseite der Garage, an welcher er, ganz in seiner Vermutung bestätigt, eine Tür fand. *Hoffentlich ist sie nicht von innen verrammelt!*, appelliert er noch an seine Glücksfee, während er mit seinem Taschenmesser an dem Schloss herumfummelte, bis er merkte, dass sie gar nicht verschlossen war. *Halleluja!* Und verrammelt war sie auch nicht oder, besser gesagt, nur halb. Sie ließ sich zumindest so weit öffnen, dass er hindurch treten konnte. Mangels Taschenlampe hatte er sein Handy zur Lichtquelle umfunktioniert. Er hatte es dabei schon vor Stunden auf lautlos gestellt, weil er immer wieder Anrufe von Trudl und Gerti, den Frauen der entführten Männer, bekam. Natürlich nahm er nicht ab.

Im Haus musste er sich kurz orientieren. Er hatte Folgendes beobachtet: Zuerst ging im ersten Stock im mittleren Zimmer das Licht an und später dann auch wieder aus. Das waren die zwei jüngeren Geschwister von Leni. Dann ging im Zimmer ganz rechts das Licht an und wieder aus. Das war Leni. Und zum Schluss erloschen im Erdgeschoss alle Lichter. Dafür wurde es im ersten Stock ganz links hell. Außerdem sah er die Umrisse eines Mannes durch die Vorhänge. Da waren also auch Herr und Frau Rosenbach. Dann wurde es auch hier dunkel.

Und Edwin wusste nun ganz genau, wohin er musste. So schlich er ganz nach Plan zuerst ins Zimmer der Eltern. Natürlich nicht, ohne vorher an ihrer Tür noch fünf Minuten nach verdächtigen Geräuschen zu lauschen und auch nicht, ohne vorher zwei mit Ether getränkte Stofffetzen vorbereitet zu haben. Beinahe zeitgleich drückte er ihnen diese auf Mund und Nase. Als sie durch die Berührung zu erwachen drohten, hatte der Ether seinen Dienst getan und sie schliefen wieder ein. Dann ging er zu den zwei Kleinen, bei denen es wirklich ein Kinderspiel war. Kurz überlegte er, ob es überhaupt notwendig war und sie nicht ohnehin selig die Nacht durchschliefen. Beziehungsweise hätte er sie immer noch betäuben können, wenn sie aufgewacht wären. Aber er musste sich dabei auch gleichzeitig mit Leni beschäftigen. – Ein Kind alleine war schon schwer genug unter Kontrolle zu halten. Da wollte er nicht zwei oder gar drei Bengel riskieren. Also betäubte er auch sie. Hoffentlich war der Ether nicht zu stark. So herzlos war Edwin nun auch wieder nicht, als dass er sich ihren Tod wünschte oder einen Gehirnschaden. Und dann weckte er Leni auf, diese freche Göre. Die hatte ganz schön Biss für ihr Alter und zwar im wahrsten Sinn des Wortes. Den würde er noch länger spüren. Der konnte ihn am Ende auch noch verraten. Jedenfalls hatte das *mit der Hand auf den Mund pressen* nicht so funktioniert, wie er sich das gedacht hatte. Aber die Ohrfeige zeigte Wirkung. Da wurde sie plötzlich doch gefügig. Und wie er sie nach dem schwarzen Vorhang fragte, führte sie ihn ganz artig in das Arbeitszimmer ihrer Mutter und überreichte ihm ein schwarzes Stück Stoff. Das schien ein kleiner Vorhang zu sein für ein ebenso kleines Fenster. Aber Fenster gab es ja schließlich in allen Größen und so bewandert war er auch nicht auf diesem Gebiet. Jedenfalls war er zufrieden und ein weiteres Mal erfolgreich. Nun war seine Sammlung komplett und er konnte sie seinen Textilchemikern übergeben, auf das sie den *richtigen* Stoff – Theodors Erfindung – erkennen würden und das Geheimnis um Powertexx lüften konnten. Zuvor galt es aber noch eine Sache zu erledigen: Edwin Stenzel musste, als die explodierende Bombe, die er schon seit gestern Abend war, sein tödliches Zerstörungswerk vollenden. Was wäre er denn sonst für eine Bombe, wenn er keine Opfer forderte? *Wen haben wir denn da bis jetzt?* Die Silvia, die Johanna, den Bürgermeister, den dicken Roli – der zählte fast für zwei – und zwei Chinesen, die dafür jeder nur eine halbe Portion waren. Genau wie Leni, das Opfer Nummer sieben, das er ebenfalls ganz nach Plan betäubt hatte und die nun hinten im Kofferraum lag. Er musste die Truppe heute noch beseitigen. Bereits morgen würde eine Hundertschaft an Menschen und Spürhunden nach dem Mädchen und den anderen Vermissten suchen. Hier konnte er kein Risiko eingehen! Er würde heute Nacht noch alle Hinweise in dickflüssiges Sirup auflösen. Ätzlauge war da gnadenlos! Da blieben kein Blutstropfen und kein Rest an DNA übrig. Schlimmstenfalls brachte ihm das eine Verwaltungsanzeige wegen Umweltverschmutzung ein, sollte sich tatsächlich ein Spürhund dorthin verirren und die ätzende und giftige Chemikalie entdecken. Mehr würde er dort nicht finden. Für das Auto vom Bürgermeister musste er sich allerdings noch etwas einfallen lassen. Am besten wäre es wahrscheinlich, es einfach vor dem nächsten Bordell in Beitlhausen abzustellen oder besser noch vorm Chinarestaurant. Man hatte die Chinesen ja sicher im Auto vom Dicken gesehen. Und keiner kannte sie. Wenn das nicht mysteriös genug war, um der chinesischen Mafia ein Verbrechen anzuhängen! Die aßen ja auch Hunde und Katzen, warum also nicht auch einen gut im Futter stehenden Bankdirektor und einen Bürgermeister aus Freilandhaltung? Alles würde sich zum Guten wenden und glücklich fügen, da war sich der Edwin sicher und bog um Mitternacht, zur Geisterstunde, erneut auf das alte Fabrikareal ein, um das notwendige Übel endlich zu seinem grausamen Ende zu bringen. Er stellte sein Auto ab, ging zum Kofferraum und hob die bewusstlose Leni heraus.

Der Mond leuchtete ihm den Weg.

Der Flug des Batman (Montag)

Plötzlich hielt Edwin inne. Was war das? Eine tiefe, verzerrte und unnatürlich Stimme erklang, wie aus einem schlechten Zombiefilm: »Ich bin Batman! Ich bin der Hüter der Gerechtigkeit! Ich werde euch killen!«

Wer ist euch?, fragte sich Edwin. *Wieso will der mich und die Leni killen? Ich bin doch der Killer und sie das Opfer! – Oder ist das gar niemand, der ein Verbrechen verhindern will, sondern selbst im Begriff ist, eins zu begehen? Aber wieso ist er dann der Hüter der Gerechtigkeit? – Wo ist der Kerl überhaupt?* Er legte Leni wieder in den Kofferraum und zog seine Waffe.

Das war jetzt der leichte Teil, dachte sich Andi. Einmal hatte er das Ganze ja schon durchgemacht. Wie mit Maxl vereinbart war er zum alten Fabriksgelände gekommen und mit zittrigen Händen und wackeligen Beinen auf den alten Gaswäscher geklettert. Jetzt stand er dreißig Meter über dem Gelände und traute sich gar nicht, hinunterzuschauen. Er hatte eine Scheißangst. Mehr als alles andere in seinem Leben. *Aber Angst ist gut*, dachte er sich. *Angst beflügelt den Glauben und der Glauben beflügelt mich.* – So hatte es der Pfarrer erklärt und der musste es schließlich wissen, weil der einen direkten Draht zu Gott hatte und Gott der Allwissende ist. Gleich nachdem er den alten, ausgehöhlten Stahlturm erklommen hatte, kam das Auto. *Das sind sie!* Das war sicher der ältere Bruder vom Maxl, der die ganze Bande nun herbrachte und der nicht weniger gemein war, als der Maxl selbst. *Ob Leni wohl auch irgendwo da unten in einem Versteck ist?*, fragte er sich. Er spürte, wie ihm warm ums Herz wurde, als er an sie dachte. Einen richtigen Überblick über die Vorgänge am Boden hatte er noch nicht, weil er es nicht wagte, nach unten zu blicken. Aber jetzt, nachdem er seinen coolen Batman-Spruch durch den Stimmverzerrer abgelassen hatte, blieb es ihm nicht länger erspart, dieser Sache im wahrsten Sinn des Wortes auf den Grund zu gehen. Oder besser auf den Grund zu *fliegen*. Und dann musste er die Bande auch noch ordentlich verdreschen, bevor sie es mit ihm tun würden. Und überhaupt tat der echte Batman das ja auch. *Bumm! Patsch! Tschak! Kick!* Dafür hatte er eine weitere Geheimwaffe am Gürtel hängen, die er nun in die Hand nahm. Er hatte sie den *Maxl-Zerstörer* getauft. Es handelte sich dabei um einen einfachen Holzknüppel, den er schwarz lackiert hatte und der dadurch in der Nacht – so wie jetzt – fast unsichtbar wurde, was wiederum *voll cool* war, wie er fand. Aber nun musste er springen! Er musste! Er wollte es Maxl beweisen, er wollte es sich selbst beweisen und er wollte es auch Leni beweisen. Er wollte nicht schon wieder versagen. Nein, er wollte nicht länger ein Versager sein! Schon gar nicht jetzt, wo er sich für die Leni interessierte und sie sich für ihn interessierte. Nur Gott wusste, warum.

Flieg!, dachte er sich und breitete die Arme aus, an denen sein neues Cape befestigt war, sodass er nun tatsächlich ein wenig ausschaute wie Batman, die überdimensionierte Fledermaus. Überdimensioniert und übergewichtig.

Und wie er so dastand auf der schmalen Umrandung, gegen den Turm gelehnt und zum Flug bereit, und sich dabei auch noch *Flieg!* denkt, überlegte er, wann er denn kommt, der Glaube und woran er merkt, dass er da ist. Eigentlich müsste er aber bald kommen, dachte er, da er sich schon fast nicht mehr auf den Füßen halten konnte vor lauter Angst. – Und dann kam er auch. Für Andi stellte sich der Glaube jetzt noch mal anders dar, nämlich ganz in seinem Stil. Hunderte, wenn nicht gar tausende, Fledermäuse – und zwar echte und keine kostümierten – schossen plötzlich nach oben durch den alten Gaswäscherturm ins Freie und über seinen Kopf hinweg. Und trotz seiner Möchtegern-Artverwandtschaft erschrak dieser derart darüber, dass ihm die ohnehin schon schwachen Füße komplett wegbrachen und er auf dem schmalen Sims das Gleichgewicht nicht mehr halten konnte. Mit einem schrill verzerrten Schrei und seitlich ausgestreckten Armen kippte er vornüber und stürzte in den Abgrund.

Für einen außenstehenden Beobachter hätte das durchaus einen gekonnten und stilvollen Eindruck gemacht. Ein innerer Beobachter – also der Andi selbst – hätte über so viel Dilettantismus und *Hasenfußismus* nur gelacht – wenn der innere Beobachter halt nicht der Andi selbst gewesen wäre. Weil der nichts zu lachen hatte. Er war vor lauter Schreck schon in der Totenstarre und wünschte sich noch schnell einen großen Misthaufen.

Doch dann kam der Glaube auf einmal und plötzlich bremste sich sein Fall und aus einem Sinkflug wurde ein Gleitflug. Er flog! Er flog! Ja, tatsächlich, er flog! *Powertexx* sei Dank. In seinem Cape steckte mehr als man meinen konnte. Das wusste der Andi aber nicht, was auch egal war und wahrscheinlich auch besser für seine psychische Gesundheit. Für ihn waren es die Leni, das neue Cape, eine Scheißangst und vor allem sein Glaube, die ihm nun zu diesem Flug verhalfen.

Ist das schön!, denkt der Andi begeistert und zog zwanzig Meter über dem Boden seine Runden. Umschwärmt von einer Wolke aus Fledermäusen, richtig kitschig. Langsam bekam er den Dreh mit dem Kurvenfliegen auch heraus. Und wie sich der Andi so voll Freude seinem ersten Flug hingab und voll *ins Schwärmen kommt*, wurde er plötzlich wieder mit der Realität konfrontiert: Ein Knall ertönte. Dann noch einer und noch einer.

Maxl!, durchfuhr es ihn. *Der Hüter der Gerechtigkeit muss seine Arbeit erledigen*, wurde dem Andi klar. Fliegen konnte er später noch. Erstmal musste er für Gerechtigkeit sorgen und die Idioten verhauen, die da mit Schweizerkrachern nach ihm und seinen zahlreichen Verbündeten warfen. Und so ging Andi zum Angriff über. Wie ein Falke auf das Murmeltier stieß er im kontrollierten Sturzflug auf die einzige Person herab, die er in der Hektik und im Gewirr aus tausend Flügeln entdecken konnte, und gab dieser mit seinem Knüppel voll eins auf die Mütze. Und weil der Andi erst noch Erfahrung sammeln musste und noch nicht wusste, dass zum Schlag des Knüppels, den er vorsorglich nicht zu hart dosiert hatte,– weil trotz aller rauen Sitten und trotz aller Dresche es hier noch lange nicht um Leben und Tod ging, sondern mehr um eine Pöbelei unter Schulkollegen –weil er also nicht weiß, dass zum wohl dosierten Schlag mit dem Knüppel auch noch die kinetische Energie seiner Fluggeschwindigkeit hinzukommt, gab es einen ganz schönen *Bums* und Maxls vermeintlicher Bruder ging *k.o.* zu Boden. Andi sah das aber erst, nachdem er elegant eine Schleife geflogen war. Angesichts des regungslos auf dem Boden liegenden Körpers wurde ihm mulmig zumute und er setzte zum Landeanflug an, der ihm auch tadellos gelang. Landen war ja noch nie sein Problem gewesen.

»Scheiße!«, sagte er. Und er hätte es noch zweimal sagen können, weil das erstens weder der Maxl noch sein Bruder war, zweitens war es der Stenzel und drittens sah der ziemlich tot aus. Und wie er so dastand und glotzte, als hätte ihm die Leni gerade wieder einen Kuss gegeben und wäre dann weggelaufen, verflüchtigten sich langsam auch seine kleinen grau-schwarzen Freunde. Grund genug, dass sich nun der echte Maxl mit seinen Freunden – aber ohne Bruder – aus seinem Versteck traute, von dem aus sie alles beobachtet hatten. Und ausnahmsweise blieb ihnen dabei mal die Spucke weg. Langsam und unsicher traten sie heran, als wäre der Andi ein soeben gelandetes UFO, bei dem man sich noch nicht sicher sein konnte, ob die Außerirdischen in friedlicher Absicht gekommen waren. Doch die Neugierde siegte. Und so standen sie nun alle vereint und taten es dem Andi gleich und glotzten. Man könnte meinen, es wäre ein Standbild in 3D.

Und dann hörten sie ein Stöhnen. Natürlich blickten alle auf den am Boden liegenden Mann. Aber der konnte es nicht sein, weil die Stimme überhaupt nicht zu ihm passte. Es schrie plötzlich einer der Jungen »Da!« und zeigte auf den offenen Kofferraum. Und Andi – sonst nicht der Schnellste und Hellste – erkannte die Stimme sofort. »Das ist Leni!«, rief er und alle anderen zuckten zusammen, weil noch immer der Stimmverzerrer aktiviert war.

Andi eilte zum Auto – tatsächlich es war Leni. Langsam kam sie wieder zu sich. Der Edwin war bei ihr zum Glück nicht mehr ganz so gewissenhaft mit dem Betäuben gewesen. Behutsam half Andi ihr aus dem Auto und nachdem sie sich endlich orientiert und einigermaßen gefangen hatte, sagte sie: »Du bist mein Retter!« Dabei sah sie dem Andi tief in die Augen, was ihm gleich wieder warm ums Herz werden ließ. Und das Allerwichtigste war ja, dass es alle Umstehenden gehört hatten – vor allem der Maxl.

Andi war jetzt ganz offiziell ein Held. Jetzt konnte er seinen Stimmverzerrer endlich abschalten, denn jetzt brauchte er solche Hilfsmittelchen nicht mehr, um seinem Status Ausdruck zu verleihen. Ja, jetzt hatte er ihren Respekt.

»Was ist passiert?«, wollte Andi in seiner Kinderstimme wissen. Und Leni erzählte die Geschichte ihrer Entführung.

»Dann ist das also ein echter Verbrecher, den wir der Polizei übergeben müssen!«, schlussfolgerte Andi immer noch geputscht vom Adrenalin und voller Tatendrang.

»Wir müssen ihn fesseln!«, beschloss er. Nur für den Fall, dass er nicht tot war. Handschellen hatte er ja leider noch nicht an seinem Gürtel, aber die Kabelbinder, die dort im Kofferraum lagen, sollten es wohl auch tun. Und sie taten es auch.

»Was jetzt?«, fragte Maxl. Allein daran war zu erkennen, dass für Andi heute eine neue Ära anbrach, ein neues Zeitalter. Quasi von der *Maxlsteinzeit* in die *Andifledermauszeit*. Die Andifledermauszeit war allerdings rein vom technischen Standpunkt aus gesehen nicht viel moderner als die Maxlsteinzeit. Als der Andi dem Maxl antwortete und sagte: »Jetzt rufen wir die Polizei!« und dieser fragte »Womit?«, da zog er nicht etwa ein Telefon aus seinem Gürtel, sondern einen überdimensionierten Laserpointer, dessen Leuchtkopf die Form einer Fledermaus hatte.

»Hast du kein Smartphone?«, fragte der Maxl verwundert.

»Sicher hab ich eins!«, antwortete Andi. »Aber das ist viel cooler!« Und mehr gab es nicht zu sagen. Wo er recht hatte, hatte er recht und keiner wagte es, sein Telefon zu zücken.

Andi richtete seinen Laserpointer in Richtung Sterne und projizierte die Umrisse einer Fledermaus in den Nachthimmel. Eigentlich war es in den Batman-Filmen ja umgekehrt. Da war es die Polizei, welche das Fledermauszeichen in den Himmel leuchtete, in der Hoffnung, dass dieser dann auch angeflogen kam. Aber was in die eine Richtung funktionierte, würde wohl auch in die andere Richtung funktionieren, dachte sich der

Andi.

Und so standen sie zum zweiten Mal an diesem Abend wie angewurzelt und glotzten. Diesmal nicht in den Boden, sondern in den Himmel.

Bei Franz Kaltenberger (Dienstag; kurz nach Mitternacht)

»So ein verluderter Saukerl!«, schimpfte Kaltenberger im gelbstichigen Hemd und ebenso gelbstichiger Unterhose.
Der Doktor versorgte seine Beule, nachdem er sich vergewissert hatte, dass mit seiner Zunge alles in Ordnung war.
Mia ekelte es vor dem Bauern. *Warum hatte der sich nicht etwas Anderes angezogen? – Vermutlich, weil alles andere noch viel gelbstichiger war!*
»Und Sie sagen, dass es der Stenzel war? Welcher denn? Der alte oder der junge?«
»Na, der junge!«, sagte Kaltenberger. »Der alte lebt ja schon lange nicht mehr!« Mia dachte an den Bernie Stenzel während Kaltenberger eigentlich dessen Vater meinte.
»Und wissen Sie vielleicht, warum er unbedingt Ihren Anzug wollte?«
»Warum? Warum? Na warum schon?! Weil sich diese Hundskrüppel das beste und schönste Auto kaufen müssen und dann können sie sich nicht einmal mehr eine Hose leisten!« Das klang für Mia zwar einleuchtend, allerdings hatte sie ihre Zweifel, ob das das wahre Motiv sein würde. Steinmeier blickte dem Kaltenberger auf die käsigen Beine und fragte sich, was dieser wohl für einen

tollen Schlitten im Stall haben würde. Er hätte gestaunt, wenn er das Ochsengespann gesehen hätte.

»Wann und wo haben Sie den Anzug gekauft?«

»Am Samstag. In Beidlhausen. Auf dem Flohmarkt.«

Am Samstag, in Beidlausen, auf dem Flohmarkt, wiederholte Mia in Gedanken und fügt noch *bei Silvia und Johanna* hinzu. *Und dort war auch der Bernie!* Sie musste ihn befragen! Sofort! Irgendetwas Großes war hier im Gange! – Vielleicht fand sie bei ihm sogar die beiden gesuchten Frauen.

»Also gut! Danke, Herr Kaltenberger. Wir werden sehen, was sich in dieser Angelegenheit machen lässt!« Dabei blickte sie zum Doktor, der ihr mit einem Nicken zu verstehen gab, dass aus seiner Sicht soweit alles getan war.

»Ich will meinen Anzug wiederhaben«, nörgelte der Alte trotzig wie ein Kind.

War ja auch wirklich ein schöner Anzug, erinnerte sich Steinmeier.

»Natürlich«, sagte Mia und wandte sich zum Gehen. Die drei verließen die kleine Stube und traten in die Nacht hinaus. Franz Kaltenberger begleitete sie bis zur Türschwelle und blieb dort schimpfend stehen. Die Kälte schien ihm nichts auszumachen. »Und wehe, wenn dann ein Fleck oder ein Loch drinnen ist. Dann lernen Sie mich kennen! Das sage ich Ihnen! Saubande!«

Auf dieses Kennenlernen konnte Mia verzichten. Sie wollte nur schnell weg und ging zügig zum Auto. Plötzlich hielt Steinmeier inne. Mia bemerkte es und blickte ihn an. Mit offenem Mund und großen Augen starrte er gen Himmel. Genauso, wie sie es von ihm kannte, wenn sie ihm mit entblößter Brust gegenübertrat. – Hatte er da in der Ferne einen Busen gesehen? Mia wandte ihren Kopf und folgte seinem Blick.

»Was zum Teufel...?« Jetzt sahen es auch die anderen.

»Das ist eine Fledermaus«, konstatierte der Doktor, als wäre es das normalste auf der Welt. Nur, dass diese Fledermaus nicht normal sein konnte, weil sie riesige Ausmaße hatte und grün umrandet war. Mia hätte dem Ganzen jetzt nicht unbedingt Priorität eingeräumt, weil, – wie sie sich im Hinterkopf phantasievoll ausdachte, wahrscheinlich der Bürgermeister und der dicke Roli mit den Chinesen *Räuber und Gendarm* spielten. Gewundert hätte es sie nicht.

Das Zeichen am Himmel wurde aber dann doch zu ihrer Priorität, weil der alte Kaltenberger etwas sagte, dass ihr zu denken gab und ihr Hirn mit neuen Gedanken füllte: »Das kommt von der alten Stenzelfabrik.«

Stenzelfabrik – Auffällig! Auffällig! Auffällig!, hallte es nun unter Mias blondem Schopf.

Batman! Batman! Batman!, geisterte es hingegen unter dem braunen Haar vom Steinmeier. Und der Doktor ärgert sich über die Politik, weil diese unfähig ist, für den Schutz ihrer Bürger zu sorgen und es deswegen überhaupt erst solche Strumpfhelden geben muss.

»Saubagage!«, fasst Franz Kaltenberger seinerseits alles kurz und bündig zusammen.

»Steinmeier! Steig ein! Da fahren wir hin! Doktor, Sie auch! – Steinmeier, du kennst den Weg, oder?«

Die Befreiung (Dienstag)

»Wie lange dauert das denn?«, fragte der Maxl den Andi, dem das Warten und Glotzen zu lang dauerte. So genau wusste der Andi das auch nicht, aber diese Unwissenheit wollte er sich nicht anmerken lassen. *Keine Schwäche vor dem Feind!*, lautete ab sofort sein Motto.

»Das wird schon reichen!«, sagte er schließlich und packte seinen *Batmanographen* – wie er den Laserpointer nannte – wieder weg. »Jetzt kommen sie dann bald!« Was er tun würde, wenn sie nicht bald kamen, musste er sich später überlegen. Er konnte ja vielleicht dem Stenzel sein Telefon stehlen und dann sagen, dass er pinkeln müsste. Und wenn er sich dann in die Büsche verdrückt hat, konnte er mit dem Handy die Polizei rufen – ganz auf die altmodische Art.

»Habt ihr das gehört?«, fragte Leni.

»Was gehört?«, wollte Andi wissen.

»Na, hör doch!«, befahl sie und alle horchten.

»Ja, stimmt!«, sagte Maxl. Nun konnten es alle hören.

»Das kommt von dort!« Leni zeigte auf eine große Halle.

Andi kramte eine Taschenlampe aus seinem bewährten Mehrzweckgürtel und leuchtete den Weg. Das Mondlicht war dafür nun doch zu wenig, entschied er. Vor allem, weil sich diese Geräusche so gruselig anhörten. Ein Gejammer und Geheule wie von Geistern. Andi machte also die Vorhut, dicht gefolgt von der

Nachhut, und bald standen sie vor einem großen Tor, das mit einem Vorhängeschloss und einer Kette verriegelt war.

»Was nun? Wie kommen wir rein?«, fragte Maxl, was einer Aufforderung zum Einbruch gleichkam. Andi verstand die unterschwellige Botschaft sofort und fummelte mit einer Art Dietrich – ebenfalls von seinem Gürtel – in dem Schloss herum. Allein es blieb beim Fummeln, wie so oft bei Kindern seines Alters und zur Erleichterung der Eltern. Doch keck und gescheit wie Leni ist, rannte sie während Andis Fummelei zurück zu dem am Boden liegenden Stenzel – die Burschen hatten es nicht einmal gemerkt, so beschäftigt waren sie mit sich selbst. Sie durchsuchte seine Hosentaschen durchsucht und – wer hätte das gedacht – einen Schlüsselbund gefunden, den sie ihm abnahm und zu Andi brachte. Schloss und Kette waren schnell entfernt und mit vereinten Kräften gelang es ihnen, das schwere Tor zu öffnen. Die Geräusche wurden lauter. Andi leuchtete in die riesige, dunkle Halle. Waren das vielleicht tatsächlich Geister? Oder waren es Killervampire wie im allseits beliebten Computerspiel *Night-Fight-Bite*? Wenn es irgendwo spuken sollte, dann doch wohl hier!

»Da schreit jemand um Hilfe!«, sagte Leni, die nicht ganz so viel Bammel hatte, weil sie weniger brutale Computerspiele spielte. Tatsächlich! Da schrie jemand um Hilfe. Das kam von drinnen. – Also gingen sie hinein und standen bald wieder vor einer versperrten Tür. Aber, dem Schlüsselbund sei Dank, konnte auch diese aufgesperrt werden. Andi gab Leni die Taschenlampe und schob mit

aller Kraft auch diese Tür auf. Seine Freundin und die anderen blieben diesmal ehrfürchtig zurück. Was würden sie jetzt finden? Wen würden sie finden? Dann trat er ein. Beiderseits war es plötzlich still. Leni leuchtete in den Raum hinein, wobei die Gefangenen geblendet wurden. Alles was diese nun sahen, waren die im gleißenden Licht erscheinenden Umrisse einer schrecklichen Gestalt – einer schrecklich pummeligen Gestalt.
Johanna gab einen Schrei des Entsetzens von sich. Silvia stand ihr um nichts nach. Der Bürgermeister stöhnte sowieso. Roli sah nichts, weil er aus dem Liegen nicht hochkam und die Chinesen staunten: »Ohhhh…!« Maxl und seine Bande gaben Fersengeld. Das war zu viel für ihre Nerven. Sie rannten fluchtartig durch die schwarze Halle in Richtung des vom Mondlicht erhellten Ausganges. Keine gute Idee. Aber was ist schon eine Kindheit ohne blutige Knie und aufgeschundenen Händen?
Andi blieb. Nicht, weil er mutiger als die anderen war, sondern weil ihn schon wieder die Totenstarre heimsuchte. Die Leni hingegen, die ist wirklich mutig, wie wir wissen. Die begriff sofort was los war und stürmte zu dem Bottich und gab sich zu erkennen. Und auch den Andi, indem sie ihm ins Gesicht leuchtete. Worauf Johanna und Silvia einen Schrei der Freude von sich gaben. Der Bürgermeister stöhnte nochmal, Roli kämpfte immer noch gegen die Schwerkraft und die Chinesen blieben bei ihrem »Ohhh…!«. Nachdem auch Andi realisiert hatte, dass er hier nicht das

Vampirmassaker vor sich hatte, befreite er die Gefangenen mit Hilfe seines Allzweckmessers von seinem Allzweckgürtel. Und als die ganze Gruppe endlich mit vereinten Kräften die Halle verließ, traf die – gefühlsmäßig seit Stunden überfällige – gerufene Verstärkung ein. Und auch der Edwin erlangte langsam wieder sein Bewusstsein zurück. – Sehr zur Erleichterung von Andi, der sonst doch ein schlechtes Gewissen gehabt hätte. Verbrecher hin oder her.

Die Auflösung (Dienstag)

Mia und Steinmeier staunten nicht schlecht als sie bei der alten Fabrikshalle vorfuhren und sie plötzlich diese skurrile Szenerie vor sich im Scheinwerferlicht hatten. »Was zur Hölle ist denn hier los?«, fragte sie laut.

»Fasching ist«, gab der Doktor als Antwort, weil er es nicht besser wusste. Steinmeier rief gleich das Einsatzkommando.

Mia und der Doktor stiegen aus. Zwei Asiaten hießen sie mit Applaus willkommen und riefen begeistert »Blavo! Blavo! Blavo!« Davon unbeeindruckt ging der Arzt gleich zum Bürgermeister und sagte: »Bertl, mach *Aaaa*!«

»Ja, bist du völlig deppert! Siehst du nicht dass ich eine Kugel im Bein habe?!« Worauf der Arzt ihm gegen genau dieses Bein mit seiner Arzttasche schlug.

»Aaaaaaaaaaa«, hallte es gleich darauf durch die Nacht.

»Sehr schön«, kommentierte der Doktor und widmete sich schließlich der Schusswunde.

Mia widmete sich der Aufklärung. Niemand würde hier weggehen, bevor nicht alles geklärt war.

»Also gut!«, begann sie. »Hilfe ist unterwegs, aber bis die eintrifft möchte ich ein paar Antworten haben!« Steinmeier hatte sein Gespräch inzwischen beendet und reichte Silvia und Johanna Decken aus dem Auto, weil sie für diese Temperaturen unpassend bekleidet waren. Mia war von dieser Geste still entzückt, wollte sich aber von Steinmeier nicht weiter ablenken lassen. »Wieso liegt hier jemand gefesselt am Boden?« Edwin, der mittlerweile wieder bei Sinnen war, schwieg. Was ihn betraf, war die Bombe wirkungslos verpufft.

»Weil er mich entführt hat und der Andi mich gerettet hat!«, sagte Leni nun voller Stolz. »Er ist ein Held!«

»Das ist der Edwin Stenzel«, erklärte Roli Mia, die diesen zum ersten Mal sah.

»Uns hat er auch entführt«, sagte Roli. »Und dem Bürgermeister hat er ins Bein geschossen. Der wollte uns alle umbringen. Unser Andi Bauknecht hier, der hat uns gerade aus einem Becken dahinten befreit. Ich glaube, das war ein Säurebecken. Der Scheißkerl wollte uns auflösen.«

»Warum?« Mia konnte sich keinen Reim darauf machen und machte sich eine Gedankennotiz, dass das Einsatzkommando dieses Becken unbedingt einer Spurensicherung unterziehen musste.

Edwin schwieg noch immer. Niemand sagte etwas. Niemand wusste etwas. Die Frauen wollten nicht sagen, dass er hinter einem Stoff her war, weil sie vor der Polizei nicht auffallen wollten. Roli und der Bürgermeister glaubten zwar zu wissen, dass er wegen dem geplanten Zwangsverkauf seiner Firma mit ihnen abrechnen wollte, allerdings passten da die beiden Frauen nicht ins Bild. Ja, und die Leni hatte noch gar nicht daran gedacht, dass er sie töten wollte, fühlte sich von der Frage also gar nicht angesprochen. Für die beiden Chinesen war ohnehin alles nur Theater. – So langsam durfte der Wein aber bald mal kommen!

Edwin schwieg weiterhin eisern. Er würde sich hüten, sich selbst zu belasten. Sie konnten ihn nur wegen Entführung und schwerer Körperverletzung drankriegen. Von *Powertexx* würde niemand etwas erfahren. Die Stoffmuster waren in seinem Auto und die Notizen in seinem Safe. Wenn er dann nach drei, vier Jahren wieder in Freiheit war – ein guter Anwalt würde das sicher deichseln können – konnte er immer noch reich werden.
Mia überlegte. Sie brauchte jetzt nicht unbedingt zu wissen, *warum* der Edwin Stenzel diese Leute entführt hatte. Er hatte es getan. Nur das zählte vor dem Richter. Vielmehr brannte ihr der Mord an Albrecht Zilles unter den Fingernägeln.

»Johanna, wieso hast du deinen Ziehvater erstochen?« Und so wie der Bernie Stenzel sie überrumpelt und sie sich in ihrer Überraschung verraten hatte, wurde sie auch jetzt kalt erwischt.

»Woher wissen Sie, dass er nicht mein leiblicher Vater war?« Fast wäre diese Frage auch Silvia rausgerutscht.
Mia wollte sich nicht auf ein Frage-Antwort-Spiel einlassen und ihr endlich ein Geständnis entlocken. »Du hast ein Messer aus der Küche genommen, aus eurem Messerblock. War es wegen des Streits zwischen ihm und deiner Mutter?« Johanna sagte nur: »Ich weiß nicht.« Mia ahnte zwar, dass Johanna die Täterin war und auch wenn sie viele Indizien belasteten, so waren es eben doch nur Indizien. Das reichte nicht für eine Verurteilung. Was sie brauchte war ein Geständnis. Allerdings musste sie behutsam vorgehen, damit das Mädchen nicht abblockte.

Deswegen versuchte sie, Silvia in die Sache hineinzuziehen. Außerdem hatte sie mit ihr sowieso noch die Sache zwischen ihr und Theodor zu klären. War sein Tod damals ein Unfall gewesen oder nicht?

»Und Sie haben nichts unternommen? Sie haben es nicht verhindert?«, warf sie Silvia vor und versuchte, sie als schlechte Mutter dastehen zu lassen, in der Hoffnung, dass sie Johanna belasten würde.

»Was hätte ich denn tun sollen?«, ging sie zunächst auf den Vorwurf ein, merkte aber schnell, dass dies eine Falle war. »Und wer sagt, dass Johanna das Messer genommen hat?«

»Sie brauchen gar nicht erst versuchen, sie in Schutz zu nehmen. Ich weiß auch, was Sie getan haben«, formulierte Mia kryptisch. Silvia hielt inne.

Bingo!, dachte Mia

»Die Sache mit Theodor. Der angebliche Unfall.«, legte sie noch eins drauf.

Silvia überlegte.

»Wir wollen einen Anwalt!«, sagte sie schließlich. »Ich weiß nicht, was Sie uns hier vorwerfen!« Sie verschränkte die Arme vor der Brust.

Scheiße! Jetzt hatten sie ein Problem.

»Vielleicht kann ich auch etwas zur Klärung der Sachlage beitragen«, witterte Edwin Stenzel seine Chance. Er hatte sich aufgesetzt und hielt mit schmerzverzerrtem Gesicht seinen Kopf.

»Wie meinen Sie das?«, wollte Mia wissen.

»Mal angenommen, ich könnte hieb- und stichfest beweisen, dass Johanna den Albrecht Zilles erstochen und Silvia den Theodor mit Brandbeschleuniger übergossen hat ... wäre das dann für mich strafmildernd?«

»Sicher«, sagte Mia schnell. Auch wenn sie wusste, dass das auf der Anklagebank nicht zählte. Er war schon selbst schuld, der Stenzel, wenn er versuchte, mit ihr einen Deal auszuhandeln. Von Rechtswegen durfte und konnte sie das ja gar nicht. Sie war weder Staatsanwalt noch Richter. Sie konnte höchstens ein gutes Wort für ihn einlegen, aber um das hatte er sie ja nicht gebeten, also würde sie das später auch nicht tun. Edwin hatte in seiner Lage nicht sehr viel mehr Möglichkeiten, als die Katze aus dem Sack zu lassen, gerade auch weil er jetzt mit der Sache schon angefangen hatte. Er hätte besser auch vorher mit seinem Anwalt gesprochen, der hätte sicher eine Strafmilderung erreicht. Aber Edwin war nun mal ein schlechter Geschäftsmann.

»Hier in meinem Sakko ...«, sagte er und hob dabei die rechte Schulter an, »... habe ich ein digitales Diktiergerät. Da ist alles aufgezeichnet. Zwei Geständnisse. Von Mutter und Tochter.« Mit dem Kopf nickte er zuerst in Richtung Silvia, dann zu Johanna. Steinmeier ging zu Stenzel und förderte das Gerät zu Tage, um es gleich darauf an Mia zu übergeben. Die studierte das Gerät kurz und drückte die *Play-Taste*. Es war nichts zu hören, außer Schritte und ein metallenes Geräusch.

Edwin wusste, das war er, ganz am Anfang, nachdem er das Gerät platziert hatte und aus dem Raum hinausging, um sogleich die Tür zu versperren. Johanna und Silvia waren zu diesem Zeitpunkt noch bewusstlos.

»Sie müssen ein gutes Stück vorspulen«, sagte Edwin. Mia tat, wie ihr geraten, und drückte erneut auf *Play*:

... später nur gespielt. Ich habe keine Reue gefühlt.
Mama, jetzt tut es mir leid, dass ich Papa getötet habe.
Nein das hast du nicht! Du hast deinen Papa nicht getötet. Ich habe es getan!
Was?
Dein leiblicher Vater war nicht der Albrecht, sondern der Theodor Stenzel.
Was?
Das war auch der Grund, warum wir gestritten haben. Irgendwie hatte er es nach all den Jahren doch noch erfahren. Der Theodor, das war der einzige Mann, dem er vertraut hat und auf den er nicht eifersüchtig war, wenn ich ihn traf. Er war sein bester Freund. Und gleichzeitig der einzige Mann, mit dem ich ihn je betrogen habe ...

Weiter hörte sie die Aufzeichnung nicht ab, weil sie vom eintreffenden Einsatzkommando samt Krankenwagen unterbrochen wurden. Mia brauchte aber auch nicht mehr zu hören. Sie wusste, dass sie hier die Beweise zur Überführung zweier Mörderinnen in Händen hielt. »Fall gelöst«, sagte sie und als hätte Steinmeier es schon kommen sehen, legte er den beiden unverzüglich Handschellen an. Die nahmen es kommentarlos hin.

Während Mia schnell und präzise ihre gerade eingetroffenen Kollegen über die Sachlage informierte, Steinmeier mit Argusaugen über das *Trio Infernale* wachte, der Bürgermeister in den Krankenwagen verfrachtet wurde, Roli sich vom selbigen mit Sauerstoff versorgen ließ und die Chinesen jede Menge Fotos schossen, erblickte Leni im Jaguar den schwarzen Stoff, den der Edwin ihr gestohlen hatte. Und weil sie das nicht auf sich sitzen lassen konnte, stahl sie ihn in einem unbeobachteten Moment zurück und versteckte ihn unter ihrem Pullover, dann zog sie sich mit Andi an eine weniger umtriebige Stelle zurück.

Gerade als der Sanitäter die Tür schließen wollte, durch die er gerade den Bürgermeister verfrachtet hatte, schrie Mia: »Halt!« – Eine Frage galt es noch zu klären.

»Was hat es eigentlich mit den Chinesen auf sich?«, wollte sie vom Bürgermeister wissen. Die Antwort übernahm aber der dicke Bankdirektor, der mittlerweile wieder von alleine Luft bekam.

»Der Stenzel ist pleite. Und entweder die Bank pfändet ihn und schickt ihn in Konkurs, oder er verkauft an einen Investor. Das wären dann diese beiden Herren.« Dabei zeigte er lächelnd und Kinn hebend auf die zwei kleinen Männer, die sie aufmerksam beobachteten. Die an die Chinesen gerichtete Kopfbewegung verfehlte seine Wirkung nicht und stimulierte die Asiaten zu einer Verbeugung – zu einer richtig tiefen.

»Aha«, sagte Mia, die irgendwie etwas Spannenderes als Antwort erwartet hatte. Und während nun also das Einsatzkommando die drei Übeltäter fachmännisch verlud, kamen Mia noch zwei weitere Sachen in den Sinn die heute noch gesagt, beziehungsweise geklärt werden mussten.

Sache Nummer eins wäre eigentlich Steinmeier gewesen, der gerade wieder um sie herumzuschwänzeln begann, weil er offenbar nichts mehr zu tun hatte. Nachdem das hier jetzt aber nicht der richtige Ort für eine Aussprache war und Sache Nummer zwei auch nicht länger warten konnte, weil die Kinder ins Bett gehörten, ging sie zu Andi und Leni, die händchenhaltend ein wenig abseits standen.

Wieso hatten sich eigentlich Lenis Eltern nicht längst bei der Polizei – also mir – gemeldet, wenn sie entführt wurde?, ging es Mia durch den Kopf. Gleich darauf hatte sie die Frage aber schon durch ein *Ach, sind die beiden süß!* verdrängt.

»Andi, mein Superheld!«, sagte Mia strahlend, worauf Leni ihn instinktiv näher zu sich heranzog. »Weißt du, dass du heute sieben Menschenleben gerettet hast?« Andi schwieg schüchtern.

»Wie hast du das gemacht?«

Ja wie?, fragte sich auch Steinmeier, der auch gerne Mias Held gewesen wäre.

»Na, ich bin von da oben runtergeflogen und ich und tausend andere Fledermäuse haben ihn eingekreist und dann habe ich ihm mit dem Maxl-Zerstörer eins auf die Birne gegeben. *Bumm, Tschak, Bumm.* Und dann ist der dagelegen«, sprudelte es aus ihm heraus und er zeigte dabei auf einen Turm, der so hoch wie ein Baum war.

Da kann er nicht runtergesprungen sein!, dachte sich Mia, die nichts von seinem *Powertexx-Cape* wusste. *Ganz zu schweigen von den tausend Fledermäusen und was bitte ist ein Maxl-Zerstörer?* Sie wollte schon nachfragen und ihn wegen der Unglaubwürdigkeit seiner Geschichte zur Rede stellen, als sie das Glänzen in Lenis und Steinmeiers Augen sah.

Die beiden himmeln ihn ja sichtlich an, stellte sie fest. Da beschloss sie, die Kinder lieber Kinder sein zu lassen und ihnen nicht die Illusion zu nehmen.

»Von da bist du herunter geflogen?«, sagte Mia also mit staunender Miene und neuer Taktik. »Wow! Wie hast du denn das gemacht?« Und gerade als Mia mit einer Antwort rechnete, wo plötzlich ein Zaubertrank oder eine gentechnisch veränderte Spinne mit ins Spiel kommen, haute es sie fast aus den Socken, weil sie in dem was Andi sagte, plötzlich die Wahrheit erkannte.

Und so begann Andi seine Geschichte zu erzählen, die den Lauf der selbigen verändern wird. – Zumindest die von Steinmeier und Mia. Zuerst sprach er von einer Sehnsucht. Einer Sehnsucht, die eigentlich eine Suche ist, nach Anerkennung, nach Liebe und nach Leben. Und irgendwann, so meinte er, endet diese Suche, aber nicht etwa, weil man gefunden hat, was man so dringend sucht, sondern weil man gefunden *wird*. – So wie ihn auch die Leni gefunden hat.

Und so wie ich den Steinmeier gefunden hab und er mich, dachte Mia, bevor der Andi fortfuhr. Wenn man sich gefunden hat, erzählte Andi, könnte alles so schön sein, wenn da nicht ständig diese

Herausforderungen wären. Herausforderungen und Prüfungen. Man lebt ja leider nicht von Liebe allein. Nein, man muss sich im Leben schon durchkämpfen und den *Dingen* stellen.

Den Dingen stellen, hallte es in Steinmeier nach. Ja, man muss sich regelrecht *beweisen*, sagte er. Und wo man sich beweisen muss, da kann man auch versagen. Und das kennt er gut, der Andi, das Versagen.

Das kenn ich auch!, dachte sich der Steinmeier. Und mit dem Versagen, da kommt dann die Angst. Die Angst, dass man nicht gut genug ist für den anderen. Die Angst, dass man sich lächerlich macht. Die Angst, dass die Liebe einen wieder verlassen könnte. Und weil man das nicht möchte – wo doch die Sehnsucht so groß ist – nimmt man diese Angst ernst und auch das *Etwas-beweisen-müssen* nimmt man ernst. Und so entstehen die Erwartungen.

Der Andi glaubte also, dass er der Leni etwas beweisen musste, damit sie beeindruckt war und bei ihm blieb. Und er, der Andi, glaubte auch, den anderen, wie dem Maxl, etwas beweisen zu müssen. Das erzeugte natürlich einen gewaltigen Druck, und wenn es drauf ankommt und man die Erwartungen erfüllen will, dann versagt man erst recht. »Dann landet man so richtig in der Scheiße!« So formulierte es der Andi und der Steinmeier dachte sich: *Wie wahr! Wie wahr!* Und dann ist alles nur noch eine richtige Katastrophe und man möchte am liebsten sterben. Dabei hat man es doch nur gut gemeint. Es war doch alles nur aus Liebe. Darum geht's doch. Nur weil er geliebt werden will, wollte er ein Held sein. Mia und Leni tränten die Augen. Steinmeier nickte.

»Und wie wird man zum Helden?«, fragte der Andi ganz rhetorisch und beantwortete seine Frage gleich selbst. »Indem man seine größte Angst überwindet! Wenn die Angst so groß ist, dass sie gar nicht mehr größer werden kann, dann muss man sich fallen lassen, weil dann kommt der Glaube in einen hinein und verleiht einem Flügel.«

Meint er das jetzt auch rhetorisch?, fragte sich der Steinmeier.

Wenn man nun den Glauben hat und über den Dingen schwebt, dann erkennt man plötzlich, dass man eigentlich gar keine Flügel braucht, um ein Held zu sein. – »Obwohl sie schon praktisch sind und lustig ist es auch«, fügt Andi noch hinzu.

Aber die Leni wollte eigentlich nie einen echten Superhelden, der vom Dach fliegen kann. Für die Leni war er doch schon immer ein Held! Ja, durch die Leni wurde er erst zum Held. Ohne sie wäre er doch nie ein Held gewesen. Und so hätte er es aber fast vergeigt: Aus Angst zu versagen und aus Angst, nicht gut genug zu sein, also aus Angst, kein richtiger Held zu sein, hätte er die Leni und sich selbst fast aufgegeben. Dabei hatte er nichts weiter tun müssen, als den Andi Andi sein zu lassen und die Leni Leni. Weil sie hatte ja gar keine extravaganten Erwartungen an ihn. Für sie war er von Anfang an gut genug und *kein* Versager. Sie machte ihn zu ihrem Helden – so wie er war. Dann war er fertig, der Andi, und konnte gar nicht so recht glauben, was er da gerade gesagt hatte.

Erstens in Gegenwart der Leni und zweitens zu zwei im Grunde wildfremden Leuten – auch wenn er den Steinmeier und die Mia beim Namen kannte. Geschadet hat ihm seine Ansprache dann aber nicht.

»Oh Andi!«, schwärmte Leni, schnappte ihn sich und drückte ihm einen Kuss auf die Lippen.

»Oh Mia!«, sagte der Steinmeier – es könnte auch nur ein Ohmpf! gewesen sein –, packte sie und küsste sie leidenschaftlicher denn je. Endlich erkannte der Steinmeier, dass alles ganz anders war, als er es sich in seiner Angst gedacht hatte. Er musste Mia nichts beweisen. Er brauchte keine Angst vorm Versagen zu haben. Es gab ja nichts, was sie erwartet hätte, was er nicht ohnehin hervorbrachte, weil er so war wie er war. Sie hatte ihn ganz bewusst auserwählt und dabei sollte er sich nicht verändern oder zu jemand anderem werden. Steinmeier durfte Steinmeier bleiben! Steinmeier sollte sogar Steinmeier bleiben! Er war ihr ganz persönlicher Held und niemand sonst! Dieser kleine dicke Batman hatte ja so was von recht!

Kaffeerunde (Mittwoch)

Trudl: »Das hätte ich nie gedacht von den beiden! Wie kann man bloß den eigenen Vater abstechen und die Liebe seines Lebens anzünden? – Und was ist eigentlich in den Edwin gefahren?«

Gabi: »Ich kann das ja alles gar nicht glauben. Und stell dir vor, die hatten siebzehn Jahre lang ein Verhältnis und wir haben es nicht mitbekommen. Kann es das geben?

Fanny: »Nein, eigentlich nicht. Das wüsste man doch sofort in so einem kleinen Ort, wenn hier jemandem ein Seitensprung passiert.«

Rosi: »Ich glaube nicht, dass so etwas *passiert*. Das muss man schon wollen.«

Gabi: »Und? Willst du? Jetzt wo die Johanna nicht mehr da ist, wäre der Bernie ja frei.«

Rosi: »Ich weiß nicht.«

Trudl: »Fängst du jetzt auch mit diesem *Ich weiß nicht an*, wie es die Johanna immer getan hat? Schau dir halt nicht zu viel von der ab.«

Rosi: »Eigentlich wollte ich sagen, dass ich mich morgen mit dem Thomas treffen werde.«

Trudl: »Wer ist Thomas?«

Gabi: »Weißt eh, der Herkules.«

Fanny: »Ah der!«

Rosi: »Kennst du ihn näher?«

Fanny: »Nein, nein! Nur flüchtig vom Klo gehen.«

Gabi: »Sag Trudl, wie geht's eigentlich deinem Bertl?«

Trudl: »Er wird's überleben. Jammern kann er schon wieder. Die Kugel ist schon draußen. Und am Freitag darf er wahrscheinlich wieder heim. Bis dahin habe ich zuhause S*chöner Wohnen.* Aber Sorgen gemacht habe ich mir am Montag schon, wie er nicht nach Hause gekommen ist und dann mitten in der Nacht plötzlich der Anruf vom Krankenhaus ... Ich sage euch, die Aufregung wünsche ich keinem.«

Fanny: »Darf man ihn denn besuchen?«

Trudl: »Wenn du willst. Er schmeißt dich eh raus, wenn es ihm reicht. Wobei ich glaube, dass es dir vorher reicht.«

Gabi: »Jetzt wo die Silvia nicht mehr da ist, sollten wir vielleicht die Frau Bankdirektor, die Gerti fragen, ob sie nicht in unsere Runde einsteigen will.«

Rosi: »Gute Idee!«

Epilog – Vier Wochen später

Am Ende kommt es, wie es am Ende immer kommt, wenn Liebe im Spiel ist. Denn Liebe ist das Ende und der Anfang aller Dinge. Das hat sogar der Steinmeier schon einmal geträumt. Er lässt seinem Glück einfach freien Lauf und versucht gar nicht erst, es einzufangen, weil es ihn ja sowieso verfolgt. Da hatte der Andi schon recht.

Keine Beweise mehr und keine Rollenspiele, das war das Geheimnis ihrer Beziehung, die nun so reibungslos läuft wie alles andere.

Für Edwin, Silvia und Johanna läuft es nicht so reibungslos. Die sitzen erst einmal in Untersuchungshaft und warten auf ihre Anklage. Quasi von der Zelle aus hat die Johanna ihr neues Erbe übernommen und das ganze Stenzel-Imperium für sich beansprucht. Zumindest die Reste davon. Und weil die Johanna noch nicht volljährig ist, hat Silvia die Hand drauf. – *Hatte* muss es richtig heißen, weil ihr der dicke Roli dann gleich einen Vertrag hingehalten hat, mit dem sie alles an die Chinesen abtreten musste. Mit dem bisschen Geld, das sie dafür noch bekommen hat, will sie für sich und Johanna einen guten Anwalt engagieren.

Der Edwin hat in seiner Not den Bernie zu sich bestellt und ihm aufgetragen, sowohl den Safe auszuräumen – und hier speziell zwei Notizbücher – als auch die Stofffetzen vom Rücksitz seines Autos einzusammeln und alles in einem Schließfach zu deponieren. Das wird sein Neubeginn werden, wenn er wieder frei ist, denkt er sich. Nur leider ist das *Powertexx*-Stoffmuster nicht mehr darunter und mit seiner Freiheit dürfte es länger dauern, als er anfangs dachte, denn seine Vergehen läppern sich zusammen. Zu seiner Anklage wegen Entführung, schwerer Körperverletzung, versuchten Mordes in sechs Fällen – Leni war noch nicht im Bottich und zählte deswegen nicht – Einbruchs, Nötigung und leichter Körperverletzung kommt noch eine Anzeige wegen Umweltgefährdung.

Nachdem der Exekutor die Anzüge und das Auto abgeholt hatte, gab es für den Bernie keinen Grund mehr, in Beidlhausen zu bleiben. Er wollte in die Großstadt ziehen, um dort Model zu werden, die schönsten Anzüge tragen zu können und um sich jeden Tag mit einem anderen Mädchen am Arm zu schmücken.

Die Chinesen ihrerseits waren von der Vorstellung am Montag herzlich angetan und planen nicht nur, die Textilproduktion auszubauen, sondern auch die Errichtung eines Adventure-Action-Parks auf dem alten Firmengelände.

Bei Rosi und Thomas kriselt es zur Zeit, weil Thomas die hohen Erwartungen – die Rosi ja eigentlich gar nicht hat – nicht erfüllen kann und dabei tut er doch schon alles Erdenkliche um ihr starker Herkules zu sein, den sie sich wünscht – wie er glaubt.

Und dann sind da natürlich noch Andi und Leni. Manchmal, so erzählt man sich unter den anderen Kindern, wenn die Mondscheinnächte klar sind, da kann man mit etwas Glück sehen, wie sie als Superhelden Hand in Hand von Bäumen, Dächern und Türmen fliegen und gemeinsam ihre Runden am Himmel ziehen.

Glossar

Bammel = Angst
Baatz = Schleim, weiche Masse
Beidl = umgangssprachlich für Penis
blaht = dick
Brunzer = Pisser
Cape = der Kostümumhang eines Superhelden
Cunnilingus = orale Stimulation der weiblichen Sexualorgane
Coitus interruptus = unterbrochener Geschlechtsverkehr
daherschwafeln = Blödsinn erzählen
Dampfplauderer = jemand der viel redet/quatscht ohne etwas zu sagen
distinguiert = hochnobel
Dorsum linguae = Zungenrücken
Fellatio = orale Stimulation des Penis
Feitl = traditionelles Taschenmesser
Furzritze = Anus
Gatschhupfen = in den Dreck/Schlamm springen
Gspusi = Liebschaft
Häfn = Gefängnis
Herpes genitalis = Genitalherpes
Herpes simplex = Lippenherpes
Hosenlatz = Hosenschlitz
Kitzler = Klitoris
Krot = Kröte (Schimpfwort: widerwärtige Person)
Luschen = Weicheier

Papillae linguales = Zungenwärzchen
Pfaff = Pfarrer
Pipimatz = Koseform für Penis
plauschen = unbedachtes vor sich hin quatschen
plemplem = durchgeknallt
plumpsen = tolpatschiges hinfallen
Radix linguae = Zungenwurzel
Tutteln = (weibliche) Brüste
Tuttlbär = jemand der mit Vorliebe weiblichen Brüsten nachstellt
Vulvitis = Entzündung des weiblichen Genitalbereiches
Wappler = Schimpfwort: ungeschickter und unbeholfener Trottel
zerpecken = sich krümmen vor Lachen
Zumpfel = umgangssprachlich für männliches Glied

„HER MIT MEINEN HENNEN"

Musik und Text: HORST CHMELA

© by Rudi Schedler Musikverlag GmbH

Mit freundlicher Genehmigung durch Horst Chmela (Urheber) und Rudi Schedler Musikverlag GmbH

Über den Autor

Geboren 1980 in Oberösterreich. Seit jeher von der Frage getrieben wie die Welt funktioniert, ging der Autor einen von der Naturwissenschaft gekennzeichneten Weg, um nach 10 Jahren zu erkennen, dass die Welt sich nach ganz anderen Gesetzen bewegt, als nach denen der Physik und Chemie. Deshalb folgte noch ein Soziologie Studium und das Studium der politischen Bildung.

Die Erkenntnis des Autors ist letztlich diese: Die Welt funktioniert für jeden Menschen ein wenig anders.

Kontakt:
https://www.facebook.com/people/**Leonard-Stein**/100007450846857

Oder auch per Email an:
  Es_schreibt_dir-einWappler@yahoo.de